수업의 뿌리를 찾는 교육과정 여행

수업의 뿌리를 찾는 교육과정 여행

펴 낸 날/ 초판1쇄 2024년 3월 1일
지 은 이/ 전주교육대학교전주부설초등학교 교육공동체

펴 낸 곳/ 도서출판 기역
편   집/ 책마을해리
출판등록/ 2010년 8월 2일(제313-2010-236)
주   소/ 전북 고창군 해리면 월봉성산길 88 책마을해리
          경기도 파주시 회동길 363-8 출판도시
문   의/ (대표전화)070-4175-0914, (전송)070-4209-1709

ⓒ 전주교육대학교전주부설초등학교 교육공동체, 2024

ISBN 979-11-91199-81-9 03810

수업의 뿌리를 찾는
교육과정 여행

전주교육대학교전주부설초등학교 교육공동체 지음

ㄱ

모두가 행복한 수업을 꿈꾸며

우리 사회는 심해지는 양극화로 인해 취약계층이 증가하고 있습니다. 또 맞벌이 가정이 늘어나고, 사회의 전반적인 노동 강도가 더해지면서 가정에서의 '돌봄'이 부족한 학생들이 점점 많아지는 상황입니다. 이에 따라 정서 장애 아동의 증가, 학습 동기과 학습 능력이 부족한 아이들의 증가로 인해 정상적인 수업마저 어려움을 겪고 있습니다. 이러한 정규 수업의 부실화는 사교육의 확대와 맞물려 끊임없는 악순환의 고리를 형성하고 학교수업의 공동화를 불러올 뿐 아니라 장차 우리 교육이 이뤄내야 할 자기주도적 학습능력의 신장과 학업성취의 실현을 어렵게 합니다.

우리 학교는 '모든 교육의 중심은 교실이다'라는 철학으로, 수업을 통해 교실을 변화시키기 위해 노력하고 있습니다. 질문과 토론 위주의 살아있는 수업을 통해 우리 아이들이 본래 지닌 자생력을 키우는 학교. 교육과정 속에서 진정한 자신의 재능을 발견하고 스스로 학습능력을 키워가도록 아이들과 함께 성장하는 학교. 아이들, 선생님 그리고 학부모 모두가 행복하고 즐거운 학교. 바로 그런 학교를 꿈꾸며 아이들을 지도하고 있습니다.

이런 학교공동체의 노력을 한데 모아 수업에세이를 발간하게 되었습니다. 수업에세이는 교육과정과 수업을 통해서 아이들이 주체적이고 건강한 삶을 살아가는 능력을 기르는 과정을 상세하게 기록하고 있습니다. 선생님들의 노력이 교육과정과 수업을 통해 구현되는 과정을 세세하게 기록하고 어려움을 이겨나가는 공동체의 지혜를 모았습니다. 교육과정과 수업에 교사와 학생의 상상력을 가미하여 창의적인 수업, 즐거운 수업을 만들어 내기 위해 개인의 특성과 잠재력을 찾아내어 이를 발현할 수 있도록 엮었습니다.

이 수업에세이가 미래사회가 요구하는 창의적 인재 육성을 위해 학생 중심의 맞춤형 교육을 강화하고, 창의·인성교육에 필요한 여건 조성, 수업내용과 수업방법 개선 등을 실현해가는 데 마중물이 되기를 소망합니다.

전주교육대학교부설초등학교 교장 민환성

차례

004   프롤로그 | 모두가 행복한 수업을 꿈꾸며 …… 민환성

009   6학년 | 새로운 시작을 위한 도전
010   수업을 꿰뚫으면 교육과정이 보인다 …… 정수경
020   교육과정이 먼저면 모두가 꽃이다 …… 임다운
030   나를 담은, 모두가 즐거운 프로젝트 수업 …… 심지현
040   바다를 갈망하게 만드는 영어수업을 그리다 …… 임이랑
048   Travel & English Project …… Charlie Lily O'Neill

053   5학년 | 내가 나로 서기 위한 실천
054   한옥의 가치를 전하고 싶은 마음을 수업에 담아 …… 김선희
064   선택과 결정의 프로젝트 수업 …… 이종윤
072   배움을 향하는 뫼비우스의 띠 …… 임주연
082   소리를 찾아가는 음악수업 …… 송성근

091   4학년 | 껍데기를 벗으며
092   새로운 시도를 통해 더 깊이 있는 시간과 마주하다 …… 이경화
100   '울타리'를 넘어서 …… 윤대건
110   모든 과정은 나와 학급을 위함이었다 …… 정현우
120   가장 올바른 선택을 위해 고민에 고민을 더하다 …… 신치호

129 **3학년 I** 이해하다

130 질문! 우리를 성장하게 하는 것 ······ 곽철종

138 가르친다는 건, 희망을 노래하는 것 ······ 박하나

148 이해하다 ······ 김정화

159 **2학년 I** 함께 빛나는 우리

160 2학년 학교교과목의 변형과 지속가능성 ······ 최광용

170 함께 빛나는 수업을 꿈꾸며(배움의 향기를 전하는 공개수업) ······ 서지선

181 **1학년 I** 수업! 아이와 나를 만나는 길

182 수업 속에서 나를 대면하다 ······ 정선영

190 학생 배움 중심 수업: 교육과정이 먼저다 ······ 유민환

200 학생참여(주도)형 수업 만들기 ······ 전미옥

210 에필로그 I 우리는 왜 교육과정을 갈망하는가! ······ 오재승

214 추천 글 I 좋은 수업이란? ······ 이동성

6학년
새로운 시작을 위한 도전

수업을 꿰뚫으면 교육과정이 보인다

— 정수경

나는 이 수업을 왜 하는가?

수업을 통해 교사로서 아이들과 함께하고 싶었던 것은 무엇일까? 생각해 보면 '통하다'라는 단어가 가장 먼저 떠오른다. 일 년 동안의 교육과정 운영과 다양한 프로젝트의 목적과 의도를 돌아봤을 때, 아이들이 자아를 찾아보고, 찾은 결과에 따라 다른 사람들과 협력하며 세상과 소통하며 살아가는 방법을 알아가도록 돕는 데 전력을 다해 왔다. 교사로서 나는 학생들이 어떤 능력을 길러서 다른 사람들과 소통을 잘하도록 만들어주고 싶었을까!

'속담을 꿰뚫으면 세상이 보인다'라는 말이 있다. 속담은 간결한 문장이지만, 나라의 문화와 사상이 녹아 있고 사람들의 생활 경험과 교훈도 반영되어 있다. 감정표현조차 이모티콘에 의존하는 대화에 익숙해지고 있는 요즘, 속담은 비유성, 교훈성, 풍자성을 모두 지니고 있어 자신의 생각을 효과적으로 표현하는 데 도움이 된다.

6학년 1학기 국어 교과 단원인 〈5. 속담을 활용해요〉는 다양한 상황에서 알맞게 속담 표현을 활용해 자신의 생각과 느낌을 효과적으로 표현할 수 있는 의사소통 역량을 기르는 것을 목적으로 한다. 이를 위해 ①속담의 개념을 이해하고 속담을 사용하는 까닭을 생각하며 일상생활에서 속담을 사용했던 경험을 표현하는 준비학습, ②다양한 상황에서 쓰이는 속담의 뜻을 알아보고 주제를 생각하며 글을 읽는 기본학습, ③속담 퀴즈를 만들어 해결해 보고 주제에 알맞은 속담을 떠올려 글을 쓰는 실천학습으로 단원을 구성하였다. 다양한 담화 상황에 적절한 속담을 활용하는 것에 초점을 두고 지도하는 데 목적이 있으므로 이번 단원의 핵심차시는 속담을 직접 활용해보는 실천학습 이라고 생각한다. 속담의 뜻을 이해하고 사용할 수 있는 상황을 떠올려 표현 해 보는 퀴즈 만들기의 과정은 속담 활용 교육의 효과를 확대시킬수 있다.

어떻게 기획하였는가

본 수업의 성취기준은 '[6국04-04] 관용 표현을 이해하고 적절하게 활용한 다'이다. 가장 중요한 기능 동사는 "활용한다"로, 속담을 이해했다면 적절한 상황 속에서 적용해보는 것이 속담 학습의 주된 목적이다. 본시 수업에서는 학생들의 흥미를 불러올 수 있도록 사전의 내용을 담은 퀴즈 형태로 제시하 기로 하였다.

속담은 보통 짧은 문장으로 구성되어 있고 일상에 필요한 삶의 교훈이 담 겨있어 다양한 의사소통 상황에서 적절하게 활용하는 것이 어렵다. 따라서 효과적인 속담 교육 방법으로, 문자와 그림을 결합한 속담 그림을 시각적으 로 보여주고 다양한 상황을 속담 퀴즈로 만들어 풀어보는 수업 활동을 적용 하고자 했다. 이에 학생들이 탐구 주제를 선정하여 생활 속에서 사용되는 속 담들을 찾고 그림으로 표현해 속담 퀴즈를 만드는 활동을 목적으로 수업을 기획하였다.

수업 디자인을 위해 평소 속담에 대한 이해도를 분석해 본 결과 대다수 아 이는 속담의 뜻과 속담을 연결짓지 못하고 있었다. 학생 간 어휘력의 차이도 컸다. 이에 따라 짝 혹은 모둠원들과 함께 속담의 뜻, 속담이 어울리는 상황 을 의사소통하며 떠올릴 수 있도록 수업을 구성하였고, 속담과 친숙해지도록 활동 중심의 수업방법을 기획하는 것이 필요했다. 따라서 본 수업을 구성할 때 짝활동을 통해 속담 퀴즈를 만들도록 조직했고, 대화를 통해 속담을 적용할 수 있는 다른 상황을 떠올리도록 하는 것을 중요한 과정으로 삼았다.

교수학습 모델의 적용

창의성 계발 학습모형은 창의적 국어 사용 능력을 계발하는 데 초점을 두고 사고의 유창성, 독창성, 융통성, 다양성을 강조하는 모형이라고 할 수 있다. 이 모형은 학습자의 독창적이고 다양한 아이디어나 문제 해결 방법을 존중한다. 본 수업에서는 독창적 사고에 기반한 다양한 아이디어를 필요로 하기 때문에 '창의성 계발 학습모형'을 적용하여 진행하고자 했다.

문제 발견하기는 학습문제를 확인하고, 학습문제 해결을 위해 주어진 학습과제를 이해하고 분석하는 단계이다. 배움을 되돌아보기 위해 우리 생활에서 자주 사용하는 속담들이 어떤 특징을 가지고 있었는지 떠올려 보고, 이를 기반으로 어떤 주제를 중심으로 속담을 찾을 것인지, 모둠이 선정한 주제를 확인하였다. 이어 교사가 직접 그린 그림을 보고 관련된 속담을 추측하고 수업에서 학생들이 해결해야 하는 학습문제와 활동을 이해하고 분석하게 하였다.

아이디어 생성하기는 아이디어를 생성하는 방법을 탐구하고, 이를 바탕으로 다양한 아이디어를 생성하는 단계이다. 속담을 적절히 사용함으로써 우리말의 다양한 표현 방법을 알고, 언어표현 능력을 키우는 것이 이 단원의 목적이다. 본 수업에서는 아이들이 일상생활에서 전하고 싶은 생각을 다양한 속담으로 표현할 수 있음을 이해하기 위해 속담에 어울리는 상황을 떠올리는 것이 매우 중요했다. 따라서 모둠별 주제에 맞는 속담을 패드를 이용하여 다양하게 찾도록 안내하고 뜻을 탐색하게 했다. 짝활동을 통해 속담을 퀴즈로 표현하는 등 의사소통을 통해 속담에 대한 이해를 심화할 수 있도록 구성하였다.

아이디어 선택하기는 다양하게 생성된 아이디어를 검토해 최선의 선택을 하는 단계이다. 지금까지 살펴본 속담과 어울리는 상황을 넣어 직접 퀴즈로 만들어보는 과정으로, 교사의 안내에 따라 속담 퀴즈에 반드시 담겨야 하는 내용(그림, 속담에 어울리는 상황, 속담, 속담의 뜻)을 살펴보게 했다. 속담 퀴즈를 만들기 위해 한 명의 학생은 디지털 드로잉에 유용한 '프로크리에이트 어플'을 활용하여 그림으로 표현했다. 다른 학생은 구글프레젠테이션에 속담에 어울리는 상황, 속담, 속담의 뜻을 배치하여 퀴즈 형식으로 만들었다. 어플을 활용하여 속담에 어울리는 상황을 나타낼 수 있도록 수업에 적용해보았고, 관련 속담을 알 수 있도록 창의적 표현의 기회를 제공하였다.

아이디어 적용하기는 앞에서 선택한 아이디어를 실제 상황에 적용해보고 평가하면서 이를 수정·보완·확정하는 단계이다. 모둠별로 만든 속담 퀴즈를 해결해 보면서 주제별로 얼마나 다양한 속담이 있는지 확인해보고 상황과 속담을 연결지어 생각해보는 추론 과정을 경험할 수 있도록 하였다. 적용 활동의 심화를 위해 이어지는 후속 차시에서 이야기 주제에 알맞은 속담을 떠올려 글을 쓰는 과정을 추가하여 재구성하였다. 글쓰기 과정에서 학습자가 속담 활용에 대한 자신감을 가질 수 있도록 하였다.

교육과정으로 성장하다

매년 수업연구과제는 교사에게 큰 과제이다. 어떤 내용을 주제로 어떻게 수업을 할까, 주제와 방법을 결정하는 데 많은 고민을 한다. 올해에는 어떻게 수업할 것인지 고민하던 중 온라인 연수 과정을 둘러보며 눈에 띄었던 것이 디지털드로잉 연수였다. 단순히 '아이들과 해보고 싶다'는 마음으로 디지털드로잉 연수를 수강하였는데, 흥미와는 달리 적재적소에 적용하는 것은 쉽지 않았다. 오랜 시간 고민 끝에 디지털드로잉을 다양한 상황에 적용하며 익히기 쉬운 속담과 접목하면 좋을 것 같아 수업 주제로 선택했다. 그러나 아이들과 함께할 즐거운 수업에 대한 막연한 기대감으로 시작한 수업 연구에는 생각보다 많은 고난이 있었다.

연수를 수강해야 아이들을 지도할 수 있다는 것이 첫 번째 고난이었다. 어려운 여건이었으나 "한 번 해보자" 하는 마음을 먹게 한 것은 아이들의 폭발적인 반응이었다. 아이들의 수행 속도와 응용 범위는 무궁무진했다. 스케치하고 채색하는 것도 어려워했던 아이들이 자신들의 생각을 담아 재미있는 표현을 해냈다. 수업연구로 시작한 수업방법이 여러 과목에 접목되었고 새로운 수업방식이 아이들의 성장에도 많은 영향을 끼치고 있음을 확인했다. 과목을 불문하고 디지털 드로잉 수업방법은 매우 유용했다.

수업방법을 먼저 선정함에 따라 성취기준과 학습목표를 연결 짓는 과정이 두 번째 고난이었다. 수업방법을 먼저 결정하고 나니 어울리는 수업 주제를 탐색하는 데 시간이 오래 걸렸다. '과목-단원-주제' 순으로 결정해야 하는 수업연구가 거꾸로 가려니 수업모형 선택에서부터 어떤 내용을 지도할 것인지 생각하는 데 긴 시간이 걸렸다. 학습 주제를 정하고, 창의성 계발 학습모형에 접목하고, 단계별 활동을 정선하고 기능 요소를 생각하는 과정이 쉽지 않았다. 고민 속에서 수업은 완성되어갔고 수업 당일 아이들과의 호흡, 교사와 아이들의 언어와 태도까지 삼박자가 잘 들어맞았다.

올해부터 수업협의회의 색깔이 변하면서 세 번째 고난이 찾아왔다. 수업 과정안 작성과 수업 활동 계획을 하고 있던 그때, 올해 수업협의회 방향에 대한 안내가 있었다. 수업 전 협의회를 여러 번 하는 것도 쉽지 않은 일인데, 수업 후 협의회도 준비해야 한다고 하니 눈앞이 캄캄했다. 수업에서 목표로 하는 주요 성취요소, 관련된 기능을 이해해야 했다. 수업협의회를 위해 연구가 또 필요했고 답이 무엇일까 고민하는 시간이 쉽지 않았다. 협의회를 준비하는 시간은 내 수업에 대한 깊이를 더해가는 기회였다. 답을 찾아가면서 수업 대화에 사용하는 언어에 변화가 있었다. 성취요소와 기능을 확인한 뒤 하는 수업은 방향성을 잃지 않았다. 수업을 마치고 참여한 수업협의회에서도 준비한 만큼 대답이 수월했으며 '함께 배우며 성장해 간다'는 말을 몸소 알게 되는 기회가 되었다.

'고생 끝에 낙이 온다'는 말이 이 글을 쓰는 지금과 딱 들어맞는 기분이다. 수업연구의 끝이 왔기 때문이다. 과정이 쉽지 않았지만, 디지털 드로잉이라는 새로운 수업방법을 알게 되었다. 방법을 중심으로 수업 주제와 모형을 맞추는 거꾸로 된 수업준비를 하던 내가 교육과정에서 시작해서 방법을 찾아가는 나로 바뀌었다. 수업 전 청심환을 챙겨 먹어야 할 정도로 긴장이 많은 편이었는데, 올해에는 준비한 만큼 긴장감도 없이 해내는 스스로를 보며 성장을 확인했다.

워크숍으로 깊어지다

수업준비, 새로워진 협의회 문화, 수업과 협의회를 통한 성찰글 작성, 이후 1학기 교육공동체 협의회를 통해 나의 수업과 교육과정 톺아보기 단계까지, 수업 하나를 통해 다양한 과정을 거쳐왔다. 수업에 대한 생각도 많은 변화를 겪었다.

수업 전 공개수업을 준비하는 나의 모습은 어땠을까? 공개수업 대상자로 선정된 이후 끊임없이 고민했던 것은 '주요 활동은 무엇이며 활용 도구는 무엇으로 할까?'였다. 에듀테크 기반 공개수업이 많은 편이고, 6학년을 지도한다는 부담감을 갖고 새로운 도구를 찾아 지도하는 것은 당연했다. '무엇을 수업할까'보다 활용 도구를 미리 정해놓고 이를 잘 활용할 수 있는 주제가 무엇이 있을까를 나중에 고민하며 6학년 교육과정을 살펴보았다. 프로크리에이트라는 도구를 가지고 무엇을 할 수 있을지를 생각하며 과목을 정하고, 과목 내에서 적절한 단원을 선정하여 적합한 성취기준을 찾은 후 수업을 설계하였다.

수업 직후 협의회를 준비하고 성찰글을 작성하며 나의 준비 과정을 떠올렸다. 협의회 문화가 변화하면서 협의회를 위한 다양한 예상 질문이 미리 주어졌고 답을 고민하는 시간이 필요했다. 핵심차시, 주요 성취 요소, 핵심기능 동사, 단원의 흐름과 교육목표 분류체계 형식 등 익숙하지 않은 용어에 대한 이해가 필요했다. 질문 자체가 이해되지 않으면 답하는 것이 불가능하기 때문이다. 협의회에 이어 나는 수업을 왜 하는지, 어떻게 기획하였는지, 교육과정 맥락 속에서 수업의 기획은 어떻게 되었는지, 왜 교수학습 모델을 적용하게 되었고 다른 모형에 대한 고민은 없었는지, 수업을 돌아보며 느낀 점은 무엇이었는지 성찰글도 작성해야 했다. 이 과정은 수업 속에서 의도한 것을 글을 통해 거꾸로 되짚는 시간이 되었다.

4개월 후 워크숍을 통해 성찰글과 수업의 과정을 다시 꺼내는 시간을 가졌다. 성찰글을 기반으로 수업은 왜 하게 되었는지, 어떤 과정을 통해 기획되었고, 그 기획은 어떤 성취기준을 기반으로 어떤 모형을 적용하게 되어 구성되었는지 다시 돌아보는 기회가 되었다. 글로만 남겼던 수업을 다른 사람들에게 전달하는 과정은 내 수업에 대해 깊게 이해하는 기회로 다가왔다. 또 다른 사람들의 수업이 어떻게 기획되었고 어떤 교육과정의 맥락 속에서 구성되었는지 알게 된 소중한 시간이었다. 특히 한 선생님의 발표를 듣고 수업 설계의 기본 방향에 대해 크게 반성하게 되었다.

"저는 이번 수업을 통해서 왜 이런 활동을 구성했는지, 수업의 소주제와 상세 계획을 수립한 이유를 분명하게 말할 수 있게 되었습니다."

수업의 핵심 가치를 선정하고, 핵심 아이디어를 정의한 후 단원의 목표를 설정하는 단계를 통해 수업의 의도를 분명히 할 수 있었다는 말에 충격을 받았다.

주요 활동과 활용 도구를 먼저 정한 후 과정안을 쓰고 수업만 잘 준비하던 나는 수업협의회, 성찰글 작성, 워크숍을 통해 '이 수업을 왜 하는가, 어떻게 기획하였는가, 핵심 아이디어는 무엇인가'를 끊임없이 고민해야 했다. 가장 먼저 정했어야 하는 수업의 목표와 의도를 수업 후에 생각해내야 하는 아이러니한 상황에 접하게 된 것이다. 나는 어떤 수업을 하는 사람이고, 아이들을 지도할 때 어떤 가치에 핵심을 두었는지에 대한 고민이 깊지 않다 보니 수업 후 모든 과정에서 일관된 '나의 수업' 이야기를 들려주기 어려웠다. 거꾸로 수업의 유행에 발맞추듯 수업 계획을 거꾸로 하다 보니 다음 과정도 연속적으로 삐걱거리기 시작했다. 그래서 협의회, 글쓰기, 워크숍 준비에 더 많은 시간이 걸렸다.

수업 하나에 담긴 많은 과정과 고민을 겪어내며 '교사 정수경'이 나아가야 할 길을 알게 된 기회였다. 내 수업에 담긴 핵심 가치라는 뿌리를 찾아 수업의 핵심 아이디어를 정하고 목표를 설정해가며 수업 기획의 단계를 세우는 교사이고 싶다. 수업협의회 직후 교사로서 살아가야 할 방향을 알게 되었고, 워크숍까지 긴 과정을 거치며 나 스스로가 나아가야 할 방향을 깨닫게 되는 소중한 시간이었다.

이제 나는 자신 있게 말할 수 있을 것 같다. 내 수업의 뿌리는 교육과정의 이해에 있음을 말이다.

6학년 국어과 교수·학습 설계안

1. 단원 성취기준 분석

선수 학습		본학습		후속 학습
5~6학년군 5-1, 4. 글쓰기의 과정 5-1, 5. 글쓴이의 주장 〔쓰기〕 [6국03-01] 쓰기는 절차에 따라 의미를 구성하고 표현하는 과정임을 이해하고 글을 쓴다. 〔문법〕 [6국04-03] 낱말이 상황에 따라 다양하게 해석됨을 탐구한다.	⇒	**5~6학년군** 6-1, 5. 속담을 활용해요 〔문법〕 [6국04-04] 관용 표현을 이해하고 적절하게 활용한다. 〔읽기〕 [6국02-03] 글을 읽고 글쓴이가 말하고자 하는 주장이나 주제를 파악한다. 〔쓰기〕 [6국03-01] 쓰기는 절차에 따라 의미를 구성하고 표현하는 과정임을 이해하고 글을 쓴다.	⇒	**5~6학년군** 6-2, 2. 관용 표현을 활용해요 〔듣기〕 [6국01-06] 드러나지 않거나 생략된 내용을 추론하며 듣는다. 〔문법〕 [6국04-04] 관용 표현을 이해하고 적절하게 활용한다. [6국04-03] 낱말이 상황에 따라 다양하게 해석됨을 탐구한다. [6국04-01] 언어는 생각을 표현하며 다른 사람과 관계를 맺는 수단임을 이해하고 국어 생활을 한다.

2. 본 차시 목표

목표	속담을 활용해 자신의 생각을 효과적으로 표현할 수 있다.
성취기준	[6국04-04] 관용 표현을 이해하고 적절하게 활용한다.

3. 본 차시 평가계획

영역	평가내용	평가방법
문법	주제에 알맞은 속담을 찾아 어울리는 그림, 속담이 활용될 수 있는 상황, 속담, 속담의 뜻을 담아 퀴즈 만들기	관찰평가 상호평가

성취기준		평가기준	평가과제
[6국04-04] 관용 표현을 이해하고 적절하게 활용한다.	상	두 사람의 대화를 읽고 대화 속에서 쓰인 속담의 뜻을 알고 있으며 속담을 사용할 수 있는 다른 상황을 생각하여 설명할 수 있다.	다양한 상황에서 쓰이는 속담의 뜻과 속담을 사용할 수 있는 다른 상황 생각하여 설명하기
	중	두 사람의 대화를 읽고 대화 속에서 쓰인 속담의 뜻을 알고 있으나 속담을 사용할 수 있는 다른 상황을 생각해내는 데 어려워한다.	
	하	두 사람의 대화를 읽고 대화 속에서 쓰인 속담의 뜻을 짐작하는 데 어려워한다.	

4. 본시 교수·학습 과정안

단원	5. 속담을 활용해요	차시	8/10	교과서 범위	168~170쪽
성취기준	[6국04-04] 관용표현을 이해하고 적절하게 활용한다.				
학습목표	주제에 알맞은 속담을 찾아 퀴즈를 만들 수 있다.		수업모형	창의성 계발 학습모형	
			학습형태	전체-모둠-짝-모둠-전체	
학습 자료	교사	그림 속담, 도화지, 포스트잇, 이동식TV			
	학생	스마트패드, 스마트펜슬, 프로크리에이트, 구글프레젠테이션			

단계	학습 과정	교수·학습활동	시간	자료(㉯) 유의점(㉮)
문제 발견하기	되돌아 보기 동기 유발	•지난 시간에 배운 내용 떠올리기 -우리나라 속담의 특징을 발표해 봅시다. -모둠별 탐구하고 싶은 주제 발표해 봅시다. •그림 속담 맞추기 -선생님의 그림을 보고 상황에 어울리는 속담을 발표해 봅시다.	5′	㉯ 그림 속담
	학습 문제 확인	•학습문제 **주제에 알맞은 속담을 찾아 퀴즈를 만들어보자.**		
아이디어 생성하기	검토 및 아이디어 산출	<활동1> 속담 찾기 •주제에 알맞은 속담 찾기 -주제와 관련 있는 다양한 속담을 찾아 포스트잇에 적어봅시다. •속담에 어울리는 상황 떠올리기 -조사한 속담 중에서 퀴즈로 표현하고 싶은 속담을 선택하고 어울리는 상황을 떠올려 봅시다.	10′	㉮ 선택한 속담이 모둠에서 서로 중복되지 않도록 모둠별로 공유한다. 짝과 협의하여 구글프레젠테이션과 디지털드로잉 하는 활동을 두 개로 역할을 나누어 퀴즈를 만든다.
아이디어 선택하기	최선의 아이디어 선택하기	<활동2> 퀴즈 만들기 •속담 퀴즈에 들어갈 내용 알아보기 -속담 퀴즈에 들어갈 내용을 생각해 봅시다. •속담 퀴즈 만들기 -주제와 관련된 속담 중 한 가지를 선택하여 그림으로 표현하고 퀴즈 형식으로 만들어 봅시다.	10′	㉮ 속담에 어울리는 그림과 어울리는 상황은 첫 화면에, 표현하고자 하는 속담은 두 번째 화면에 배치하도록 안내한다.
아이디어 적용하기	아이디어 적용결과 발표하기	<활동3> 속담 퀴즈 •속담 퀴즈 풀기 -모둠별로 만든 속담 퀴즈를 함께 풀어봅시다. •평가하기 -친구들이 만든 다양한 속담 퀴즈 중에서 기억에 남는 속담을 발표해 봅시다.	12′	㉯ 구글프레젠테이션
	정리 하기	•공부한 배운 내용 정리하기 -오늘 배운 내용과 소감을 발표해 봅시다. •차시예고 -다음 시간에는 속담과 어울리는 나만의 이야기를 만들겠습니다.	3′	

교육과정이 먼저면 모두가 꽃이다

— 임다운

수업의 접근을 고민하다

요즘 학교교과목이 주목을 받고 있고, 외부에서도 학교교과목이 어떻게 적용되고 있는지 관심이 높아지고 있어 수업 주제와 차시를 선택하는 것에 많은 생각과 신경이 쓰였다. '꿈바라기 아이들'은 마을 연계 학교교과목인데 마을 연계의 중요성을 '먼저 알려주는 접근'으로 수업을 할지, '과정 안에서 알아가는 접근'으로 수업을 할지 고민이 되었다.

두 접근 모두 의미가 있지만 '한지의 우수성과 아름다움을 이해하고 소중히 여기는 마음을 길러가는 과정'을 자연스럽게 보여주는 것이 더 좋겠다는 생각에 이르렀고 '배움의 과정 안에서 알아가는 접근'으로 수업을 진행하게 되었다.

수업의 주제를 고민하다

그렇다면 왜 시화의 시 쓰기인가? 34차시 중 '한지의 우수성과 아름다움을 이해하고 자신의 언어로 나타낼 수 있으며, 이를 소중히 여기고 자긍심을 기르는' 가장 적합한 방법이 시화 표현하기라는 생각이 들었다. 이에 한지 공예 위주로 수업했던 작년과 달리 한지의 우수성과 아름다움을 내면화하고 나만의 언어로 풀어내는 수업에 더 초점을 맞추기로 생각을 정돈하게 되었고 본 차시는 시화 표현하기 중 시를 쓰는 활동으로 주제를 구상하게 되었다.

수업의 방법을 고민하다

AI 챗봇에 질문하고 대화하는 수업과 AI 제작 스튜디오와 함께 생각하는 수업 중 어떤 방법이 효과적일지 고민하던 중 AI 제작 스튜디오의 질문에 자신의 생각을 입력하는 수업을 하기로 결정했다. 본 차시의 중심된 활동은 한지의 우수성과 아름다움을 나타내는 시를 쓰는 것이고, 그것을 원활하게 하기 위한 도구로 AI를 활용했다. 대신 아이들이 선택할 수 있는 질문의 양과 범위를 늘렸다. 시의 주제, 시의 제목, 시에 포함되어야 하는 핵심단어, 분위기 등을 모두 아이들이 직접 설정하도록 했다. 특히 시 하나의 연을 아이들이 창작하여 입력할 수 있도록 개방성을 높임으로써 창의적인 결과물이 나올 수 있는 수업 방법을 구성하였다.

수업의 기준을 잡다

수업의 주제, 방법을 고민하고 최종 결정을 내린 후에도 나를 흔든 두 가지 의문점이 있다. 첫째, 이 수업은 학교교과목 수업인가, 국어 수업인가, 창체 수업(AI 수업)인가? 둘째, AI를 활용한 시 쓰기가 학생들에게 도움이 되는가? 오히려 6학년 수준에서 AI의 도움 없이도 시를 쓸 수 있는데, 자연스러운 시 쓰기를 저해하는 요소가 아닐까? 이러한 의문에 흔들리지 않기 위해, 그만 흔들리고 싶어 아래와 같은 답을 생각하고 성찰해 보았다.

'이 수업은 전주 한지의 우수성과 아름다움을 나타내는 수업이며 이를 위해 AI를 활용한 시 쓰기라는 표현 방법을 사용할 것이다.' 시를 선택한 이유는, 한지의 우수성과 아름다움을 이해하고 그것을 나만의 언어로 나타내는 과정을 통해 한지를 소중히 여기고 자긍심을 기를 수 있기 때문이다. 또 전주 천년한지관에서 직접 만든 한지에 시화를 그릴 예정이기 때문이다.

AI를 활용하는 첫 번째 이유는, 시 쓰기를 어려워하는 친구들은 물론 시 쓰기를 곧 잘하는 친구들에게 도움이 되기 때문이다. 학생들은 AI를 통해 새로운 아이디어를 쉽게 탐색할 수 있는데, AI 제작 스튜디오에 나의 아이디어를 입력하면 그것을 바탕으로 새로운 아이디어에 관한 다양한 정보를 얻을 수 있다. 또 원하는 아이디어를 다양한 방식으로 활용할 수 있어 생각의 폭을 넓힐 수 있다.

두 번째 이유는, AI 활용 능력을 키워주고 싶었기 때문이다. AI를 활용한 시 쓰기가 AI를 활용하지 않은 일반적인 시 쓰기보다 더 못하다고 생각할 수도 있다. 하지만 AI가 생성해 준 내용을 나의 기준에서 생각하고 판단하여 취할 것은 취하고 버릴 것은 버려 수정하는 과정을 통해 하나의 새로운 완성된 시로 만들어 낼 수 있도록 AI를 활용하는 능력을 키워주고 싶었다. 또 AI가 제공한 내용을 그대로 받아들이는 것이 아니라 이를 분석하고 주체적으로 활용할 수 있는 학습자가 될 수 있기를 희망했다.

정리하자면 이 수업은 전주 한지의 우수성과 아름다움을 'AI를 활용한 시 쓰기'라는 표현 방법으로 나타내는 수업이며, 학생들은 수업을 통해 '전주 한지에 대한 자긍심과 전주 한지를 소중히 여기고 계승·발전하려는 태도를 함양한다'라는 것에 초점을 맞춰 실행되었다.

교육과정 맥락과 수업 설계

성취요소와 교과역량 분석

본 차시의 성취기준은 가치·태도와 관련된 '[6꿈03-05] 우리 마을의 전통문화유산인 전주 한지의 우수성과 아름다움을 이해하고 소중히 여기는 자긍심을 기른다'이다. 성취기준의 관점에서 본 차시의 성취요소는 한지의 우수성과 아름다움을 느끼고 자긍심과 소중히 여기는 태도 내면화하기인 '가치·태도'로 볼 수 있다. 또 '한지의 우수성과 아름다움을 나타내는 시를 쓸 수 있다'라는 본 차시의 학습목표 관점에서 성취요소는 내용 생성하기와 시를 선택, 수정 및 완성하기인 '과정·기능'으로도 볼 수 있다.

이 수업과 관련한 역량은, 공동체 역량, 지식정보 처리 역량, 창의적 사고 역량, 심미적 감성 역량이 있는데, 그중 가장 중점을 둔 역량은 공동체 역량이다. 공동체역량은 지역·국가·세계 공동체의 구성원으로서 요구되는 가치와 태도를 가지고 공동체의 발전에 적극적으로 참여하는 능력을 말한다. '꿈바라기 아이들'은 마을 교육과정이다. 따라서 지역 구성원으로서 요구되는 가치와 태도는 마을 전통 문화유산의 가치와 아름다움을 이해하고 계승하려는 태도다. 정리하자면 '마을의 구성원으로서 한지의 가치와 아름다움을 이해하고 이를 계승하여 마을 공동체의 발전에 적극적으로 참여하는 능력'을 길러주고 싶었고, 학교교과목 전체를 관통하는 공동체 역량을 중점으로 두어 학교교과목을 지도하였다(이 외에도 AI를 활용하는 과정에서 지식정보 처리 역량을, 시를 수정 및 완성하는 과정에서 창의적 사고 역량과 심미적 감성 역량을 함양할 수 있을 것으로도 기대된다). 이러한 사고의 결과로 본 수업의 주제와 핵심 아이디어를 선정하였고 성취기준 분석을 통해 성취해야 할 요소를 정리하였다.

수업의 지향점과 활동 및 내용 구성

본 차시 활동의 핵심동사'는 '활동1: U떠올리다 / 활동2: C표현하다 / 활동3: E공유하다'로 설정하였으며 본 차시의 핵심기능은 'C표현하다와 E공유하다'이다.

....

* 블룸의 택사노미에 제시된 6가지 동사를 기준으로 설명하고 있음(Remembering, Understanding, Analyzing, Applying, Evaluating, Creating).

도입(전시학습 상기 및 동기유발)에서 학생들은 배운 내용을 '기억'해낸다. 〈활동1〉에서 학생들은 한지의 특징을 나타내는 다양한 단어를 이끌어내며 기존에 공부하고 체험하고 '이해'한 내용을 자신의 언어로 풀어낸다. 다음으로 AI 제작 스튜디오에 시의 주제, 제목, 핵심단어들을 작성하는데, 이 역시 기존에 '이해'했던 AI 활용 방법을 토대로 활동에 참여한다. 〈활동2〉에서는 AI 제작 스튜디오에서 생성해주는 시를 읽어보고 마음에 드는 '시' 또는 '연'과 '행'을 선택하여 나만의 느낌으로 시를 수정 및 완성, 즉 '창안'한다. 〈활동3〉에서 모둠원이 완성한 시를 살펴보고 완성하기까지의 과정을 설명 들으며 모둠별로 가장 잘 쓴 친구를 '평가' 및 추천한다. 추천받은 학생은 전체 친구들을 대상으로 자신의 시를 소개하고 다른 친구들은 그 친구의 시를 감상 및 '평가'한다. 정리 단계에서 학생들은 오늘 새롭게 알게 된 점이나 생각, 느낀 점 등을 나눠보며 배운 내용을 전체적으로 공유하고 '이해'한다.

본 차시의 활동별 성취요소를 명확히 구분 지을 수는 없지만, 핵심적인 성취요소를 기준으로 정리해 보면 다음과 같다.

〈활동1. 구상하기〉에 해당하는 성취요소는 지식·이해이다. 먼저 전주 한지의 특징을 나타내는 단어를 브레인스토밍하여 생각그물로 뻗어 나가고(지식·이해), 이를 토대로 AI 제작 스튜디오인 뤼튼에 입력 내용을 작성하기 때문이다(이 부분은 과정·기능에 해당하기도 한다). 이러한 이유에서 성취요소와 관련된 핵심기능 동사는 'Ｕ떠올리다'로 선정하였다.

〈활동2. 선택 및 수정하기〉에 해당하는 성취요소는 과정·기능이다. 한지의 우수성과 아름다움을 나타내기 위해 과제로 써 온 한 연을 바탕으로 내용을 생성해야 하고 시를 선택하여 구글 슬라이드에 수정·완성해야 하기 때문이다. 이러한 이유에서 <활동2>와 관련된 핵심기능 동사는 'C표현하다'로 선정하였다. 하지만 시를 선택, 수정, 완성하면서 한지의 우수성과 아름다움을 나타내고 있는 시인지 확인해야 하고 만약 그렇지 않다면 한지의 우수성과 아름다움이 드러나게 수정해야 하므로, 지식·이해 측면도 관련되어 있다. 이렇게 한지의 우수성과 아름다움을 노래하는 시를 쓰다 보면 한지에 대한 자긍심, 소중히 여기려는 마음 등이 길러질 수 있으므로 가치·태도에도 해당한다고 볼 수 있다.

<활동3. 공유하기>에 해당하는 성취요소는 가치·태도이다. 그 이유는 모둠, 전체의 공유 과정을 거치면서 친구들이 쓴 한지의 우수성과 아름다움이 담긴 다양한 시를 살펴보게 되는데, 이를 통해 한지에 대한 자긍심, 소중히 여기려는 마음, 계승 및 발전시키려는 마음을 내면화할 수 있기 때문이다. 핵심기능 동사는 활동명과 동일하게 'E공유하다'로 선정하였다.

나는 어디쯤 가고 있나?
34차시에 대한 생각

올해 수업을 위해 학교교과목을 톺아보기 전까진 6학년 학교교과목의 꽃은 한지 패션쇼이며, 남은 30여 차시는 이를 위한 발판이라고만 생각했다. 하지만 학교교과목 수업 공개를 위해 성취기준, 관련 역량, 성취요소, 핵심기능 등을 샅샅이 살펴보며 재정비하다 보니 차시마다 지닌 매력이 눈에 들어왔다. 수업을 준비하고 실행해보니 겉으로 화려하지 않더라도 교사가 교육과정을 어떻게 바라보고, 어떻게 분석하여, 어떻게 활동을 끌어낼 수 있는가에 따라 모든 차시와 수업이 꽃이 될 수 있다는 것을 알았다.

수업 중 가장 기억에 남았던 학생의 시가 있다.

한지를 찢어보면
김○○
한지를 찢어보면　　　　　　한지를 찢어보면　　　　　　한지를 찢어보면 새털구름처럼 부드러운　　　오랜 역사가 느껴져요　　　강인하게 버텨온 천년의 촉감이 느껴져요　　　　　　그 찢어진 자국의 결　　　시간이 느껴져요 오늘따라 왠지 찢어진 자국이　하나하나마다 스며든　　　그 세월이, 천 년이 헛되지 제게 속삭이는 것처럼　　　우리의 역사와 시간이　　않도록 우리가 한지를 더욱 더 보이네요　　　　　　　　보이네요　　　　　　　　빛내갈 거예요

34차시의 한지 수업을 모든 마친 지금, 이 학생에게는 과연 한지 패션쇼만이 꽃이었을까? 한지 패션쇼가 꽃밭일 수는 있겠지. 하지만 꽃은 그 전에 이미 피어났으리라. 이 학생에게는 한지 시 쓰기가 6학년 학교교과목 최종 목표인 '우리 마을의 전통문화유산인 전주 한지의 우수성과 아름다움을 이해하고 소중히 여기는 자긍심을 기를 수 있었던' 진정한 꽃이 아니었을까 생각한다.

교육과정에 대한 생각

수업을 계획하는 가장 바람직한 순서는 다음과 같다. ①먼저 해당 수업을 왜 하는지 생각한다. ②교육과정을 살펴 수업을 기획한다. ③수업에서 초점을 부여하여 깊이 있는 학습을 위해 핵심 아이디어를 구성한다. ④해당 차시의 성취기준과 이에 따른 학습목표, 주요 활동을 선정한다. ⑤마지막으로 그 수업을 달성하기 위한 가장 효과적인 활용 도구를 선택해야 한다.

기존에 나는 수업을 계획할 때 항상 가장 마지막에 해야 할 수업기법과 도구를 먼저 선정한 후 역순으로 수업을 구성했다. 이번 수업준비에서 달라진 점은 가장 먼저 교육과정을 읽어보기 시작한 것이다. 교육과정을 톺아보며 분석하는 과정에서 기존 총론과 맞지 않는 부분을 수정, 보완, 재정비할 수 있었다. 이 과정에서 나는 이해를 넘어 교육과정 운영의 주체로 교육과정 전문가로서 자부심까지 느꼈다. 아직은 자유롭게 실천하기 어려울지라도 '교육과정이 먼저'라는 사실을 인지하게 되었고 더 성장하기 위해 노력하고 있다.

평소 나는 교육 전문가인가, 진정한 교육 전문가로서 나는 어디쯤 왔을까 고민하며 다음과 같이 생각하곤 한다. '계속 걷다 보면 언젠가 진짜 교육 전문가로 거듭날 날이 오겠지….' 그 '언젠가'가 어쩌면 조금은 빨리 찾아온 걸지도 모르겠다.

앞으로의 수업과 나의 발전에 대한 생각

앞서 34차시에 대한 생각에서 말했듯이 학교교과목의 모든 차시가 꽃이 될 수 있었다. 다만 교사가 편협한 시각 속에 갇혀 교육과정을 충분히 읽어내지 못하고 있거나 읽어냈어도 그것을 수업과 연계시키지 못하고 있다. 이로 인해 피어나지 못한 수업들도 있다. 수업을 피워내기 위해 필요한 것은 교육과정 연구·분석·적용에 대한 교사의 끊임없는 노력이라고 생각한다. 교사가 이러한 열정을 마음껏 뽐내기 위해서는 당연하게도 '믿고 의지할 수 있는 동료'가 필요하다. 나는 운이 좋게 2년 연속 훌륭한 동료 교사들의 도움을 받아 나를 성장시켜 나가는 중이고 신뢰와 협업을 지속하고자 노력하고 있다.

그렇다면 과연 나는 믿고 의지할 수 있는 동료인가? 이 질문에 부끄럽지 않게 답하기 위해서라도 항상 새로운 시각과 다양한 관점으로 교육과정을 연구, 분석, 적용하는 것을 게을리하지 말아야겠다. 끊임없이 노력하는 자세를 가져야겠다고 다시 한번 다짐하며 글을 마친다.

6학년 꿈바라기 아이들 교수·학습 설계안

1. 수업의 주제: 한지의 우수성과 아름다움을 나타내는 시 쓰기

2. 핵심 아이디어
- 전주한지의 우수성과 아름다움을 이해하고 발전시키는 것은 지역 문화의 특수성을 계승하는 토대가 된다.
- 시에는 주제에 대한 글쓴이의 생각이 함축적으로 담겨있고, 음악적, 회화적, 의미적 요소를 포함한다.
- 인공지능의 기본 개념과 원리를 기반으로 하는 AI 활용 능력은 일상생활의 문제를 효율적으로 해결한다.

3. 역량 및 성취기준 분석

관련 역량	공동체 역량, 지식정보처리 역량, 창의적 사고 역량, 심미적 감성 역량
성취기준	[6꿈03-05] 우리 마을의 전통문화유산인 전주 한지의 우수성과 아름다움을 이해하고 소중히 여기는 자긍심을 기른다.

성취기준 및 학습목표 분석		
지식·이해	과정·기능	가치·태도
• 전주 한지의 우수성 • 전주 한지의 아름다움	• 내용 생성하기 • 시를 선택, 수정 및 완성하기	• 전주 한지에 대한 자긍심 • 전주 한지를 소중히 여기는 태도 • 전주 한지를 계승·발전시키려는 태도

4. 교수·학습목표 및 활동 분석

학습목표	한지의 우수성과 아름다움을 나타내는 시를 쓸 수 있다.

학습목표 및 활동 분석						
인지기능 지식	기억하다	이해하다	적용하다	분석하다	평가하다	창안하다
사실적 지식(A)	[도입]					
개념적 지식(B)		[활동1]				
절차적 지식(C)					[활동3]	
메타인지 지식(D)		[정리]				[활동2]

5. 평가 과제

평가과제	AI 챗봇을 활용하여 한지의 우수성과 아름다움을 나타내는 시 쓰기		
평가방법	평가주체	평가도구	평가시기(핵심동사)
관찰(개인)	교사 관찰 / 동료 평가	구글 슬라이드	[활동2] 표현하다 [활동3] 공유하다
평가과제 핵심질문	1. 시에 나타난 한지의 우수성과 아름다움은 무엇인가요? 2. 선택의 이유와 어느 부분을 수정하여 시를 완성하였나요? 3. 시를 쓰면서 전주 한지에 대해 어떤 마음이 들었나요?		

6. 본시 교수·학습 과정안

단계	학습 과정	교수·학습활동	시간	자료(㉔) 유의점(㉠)
문제 발견하기	전시학습 상기 학습동기 유발	•전시학습 상기 -지난 시간에 공부한 내용 이야기해 봅시다. •학습동기 유발 -전주 천년한지관에 가서 직접 한지를 뜨고 왔습니다. 우리가 직접 만든 이 한지에 무엇을 하면 좋을까요?	5′	㉔ PPT
	학습 문제 파악	•학습문제 **한지의 우수성과 아름다움을 나타내는 시를 써 보자.**		
	학습 활동 안내	•학습활동 안내 활동1. 구상하기　　　　활동2. 선택·수정하기 활동3. 공유하기		
	평가 안내	•평가 안내하기 -한지의 우수성과 아름다움을 나타내는 시를 썼는지 활동2에서 관찰을 통해(교사), 활동3에서 친구들의 시를 감상하며 동료(학생) 평가하겠습니다.		
아이디어 생성하기	문제 해결 을 위한 다 양한 아이 디어 산출 하기	<활동1> 구상하기 •한지의 특징 떠올리기 -특성을 정리하여 관련 단어를 떠올려 봅시다. •시의 주제, 제목, 핵심단어, 분위기 설정하기 -과제로 써온 시의 한 연의 내용에 어울리게 시의 주 제, 제목, 핵심단어, 분위기 등을 설정해 봅시다.	12′	㉠창의적인 시 쓰 기를 위하여 다양 한 단어 허용. ㉔ 노트북 ㉠ 허용적 분위기 를 형성.
아이디어 선택하기	아이디어 비교 및 최 선의 아이 디어 선택 하기	<활동2> 선택·수정하기 •다양한 시 읽어보기 -AI가 제시해주는 다양한 시를 읽어봅시다. •마음에 드는 시 선택하고 수정하기 -AI가 제시한 시 중 마음에 드는 시를 선택해 봅시다. -마음에 든다면 그 이유를 작성하고, 연 또는 행과 같 이 일부가 마음에 든다면 그 부분을 바탕으로 제시 된 시를 수정하여 나만의 시를 완성해봅시다.	15′	㉠ 전반적으로 마 음에 드는 시가 없어도 연 또는 행 중에서 마음에 드는 부분이 있다 면 선택하여 수정 하도록 지도한다.
아이디어 적용하기	아이디어 적용 결과 발표 및 평 가하기	<활동3> 공유하기 •모둠별 공유하기 -완성한 시를 모둠 친구들과 공유해봅시다. •전체 공유하기 -모둠에서 가장 많은 추천을 받은 시를 함께 공유해 봅시다.	15′	㉔ PPT
	학습정리 차시예고	•정리하기 -새롭게 알게 된 점이나 느낀 점을 이야기해 봅시다. •차시예고 -다음 시간에는 오늘 완성한 시에 어울리는 시화를 그려보도록 하겠습니다.	3′	

나를 담은, 모두가 즐거운 프로젝트 수업

— 심지현

수업자 의도

"코딩 싫어요, 어려워요"

실과 SW 단원을 시작할 무렵에 아이들에게 물었다. "엔트리 해 본 사람?", "레고나 햄스터 해본 사람?"이라는 질문에 많은 아이들이 손을 들었다. 여덟 번의 6학년 경험에 이렇게 많은 아이들이 손을 든 적은 처음이었다. '이제 SW교육이 많이 활성화되었구나' 하는 마음에 기쁘기도 하였다. 하지만 거부감을 표하는 반응이 격하게 쏟아지기 시작했다. 이런 적은 처음이었다. '대체 이 아이들은 어떤 경험을 가지고 있었단 말인가?' 하는 생각에 질문하였다. "싫다는 사람은 배운 적이 있는 것 같은데, 어디서 배웠니?" "학원이요, 방과후요" 배운 곳에서 어떻게 학습하였는지는 알 수 없다. 다만 코딩에 대해 부정적인 생각을 가지고 있는 것만은 확실했다.

'끝날 때쯤에는 어떤 생각을 가지게 될지 한번 보자'

내가 진행하려는 프로젝트는 융합을 통해 당면한 문제를 하나씩 해결해가며 고차원적인 산출물이 완성되는 작업이다. 아이들이 흥미와 열정이 없으면 산출물의 질을 보장할 수 없었다. 아이들은 코딩에 부정적인 인식을 가지고 있지만, 그래서인지 오기가 더 생겼다. 초등학교 단계에서는 놀이와 체험을 통해 코딩은 기본 소양이며, 재미있는 것이라는 인식을 심어주면 된다.

노벨엔지니어링(SW융합교육) + SDGs + 미래역량 + 삶과의 연결

이 프로젝트는 SW에 큰 관심을 갖게 하면서 컴퓨팅 사고력을 가장 효과적으로 향상시킬 수 있는 SW융합교육의 한 방법이다. SW를 도구로 활용하여 주어진 문제를 해결해나가며 역량을 신장할 수 있다. 아이들이 문제를 해결하기 위해 서로 이야기하며 고민하면서(협력적 소통역량), 창의적인 아이디어를 제시하고(창의적 사고 역량), 역할을 분담하며 실제로 구현하기 위해 작품을 꾸미고(심미적 감성 역량), 어떻게 하여야 할지 계산하고 실패하며 다시 고민하고(지식정보처리 역량), 결국 성공하여 모두의 작품(공동체 역량)을 만드는 과정을 겪는다. 이 프로젝트를 통해 우리 아이들이 살아갈 삶에 작은 하나의 보탬이 되길 바랐다.

교육과정 맥락과 수업의 기획

본 프로젝트는 노벨엔지니어링(NE) 진행방식에 따라 지속가능한 발전목표(SDGs)와 관련이 있는 동화를 선정하여 읽고, 관련된 문제들을 피지컬 컴퓨팅 교구를 이용하여 해결함으로써 세계시민으로서 성장하기 위한 의미 있는 경험을 얻는 것을 목적으로 한다. 모둠별로 어떻게 해결할지 논의하고 지속적으로 협의하는 과정 속에서 협력적 소통 역량을 기를 수 있다. 또한 문제를 해결하기 위한 아이디어를 브레인스토밍하고 구체화하는 과정에서 창의적 사고 역량을 기를 수 있으며, 아이디어를 실제로 구현하고, 디버깅하는 과정 속에서 지식정보처리 역량을 키울 수 있다.

노벨엔지니어링 기법에 따른 프로젝트의 흐름

책 읽기, 문제상황 인식, 도서 선정하기

일반적으로 NE는 책 하나만을 선정해 여러 모둠이 다양한 해결책을 제시한다. 그런데 SDGs는 17개 목표가 존재하지만, 한 가지 동화는 두세 가지의 SDGs 목표만을 가지고 있다는 한계를 극복하기 위해 다양한 도서를 선정했다. SDGs와 관련된 동화를 매일 함께 읽었으며, 그때마다 주인공의 문제상황을 찾는 것에 집중했다. 그리고 주인공의 마음에 공감하며 문제 상황을 가장 해결해주고 싶은 동화를 선택하게 했다. 모든 동화를 함께 읽으며 여러 가지 지구촌 문제를 한 번쯤은 생각해 볼 기회를 가졌고, 다른 모둠이 문제를 해결한 방법을 살펴보고 자신도 의견을 제시할 때 도움이 되도록 했다.

해결책 설계하기

도서 선정 후 문제 상황에 따른 해결책을 모둠원들과 협의하여 찾도록 했다. 또한 필요시 스마트 패드를 이용하여 자료를 검색할 수 있게 했다. SDGs의 일부를 [11. 지속가능한 도시]를 기반으로 설계해야 하며, 이때 기본적으로 레고 스파이크 프라임(Lego Spike Prime)과 햄스터(Hamster)를 이용하여 구현해야 한다는 조건을 지정하고, 따로 필요한 준비물을 생각하도록 했다. 다만 아이들이 준비물을 이용하여 어느 정도까지 만들 수 있는지 스스로 경계를 알 수 없기에, 모둠 안에서 최대한 아이디어를 제시하되 표현하는 방법이 고민된다면 교사와 상의하게 했다.

창작물 만들기

아이들은 피지컬 컴퓨팅 교구와 다양한 재료를 활용하여 창작물을 만든다. 창작동화 속 주인공의 문제 상황을 해결해 주는 도시 형태의 산출물을 제작하게 했다. 다양한 해결책을 표현할 수 있도록 아이들이 선택한 준비물 이외에도 추가적인 재료를 제공하였다. 이 과정에서 아이들이 겪게 되는 실패를 극복할 수 있도록 세심한 조언을 아끼지 않았다.

발표 및 피드백하기(본 차시)

자신의 작품에 매달리다 보면 애착이 생기고, 그 틀에 맞추어져 객관적으로 자신의 작품을 평가하지 못하는 경우가 많다. 이때는 다른 시선에서 보고 문제점을 찾는 것이 필수적이다. 본 차시는 자신의 모둠이 아닌 다른 모둠의 개선할 점을 찾아주는 것이 핵심목표이다. 그리고 자신의 모둠이 받은 개선 의견 중 검토를 통해 받아들일 점을 선정한다.

〈문제 인식 및 문제 정의〉 단계에서는 SDGs 17가지 중 모둠작품과 연결되는 목표가 무엇인지 말해보고, 다른 사람의 시각에서 보는 것의 중요성을 인식하게 했는데 수업자가 저술한 책의 사례를 바탕으로 진행했다.

〈문제 해결계획 및 탐색〉 단계에서는 모둠별 발표를 들으며 칭찬할 점과 개선할 점, 또는 추가적인 아이디어를 간단하게 생각하게 했다.

〈문제 해결안 제시〉 단계에서는 아이들이 돌아다니며 다른 모둠의 작품을 관람할 수 있는 시간을 부여했다. 보다 가까이에서 작품을 살피며 실제 동작시켜 보면서 작품에 대한 심층적인 이해를 유도했고, 포스트잇을 활용하여 칭찬할 점과 개선할 점에 대한 의견을 해당 작품에 직접 붙일 수 있게 했다. 다른 모둠의 작품이 어떠한 문제를 해결한 것인지, 어떠한 알고리즘으로 움직이는지 살펴보며 개선할 점을 찾는 과정에서 지식정보처리 역량과 창의적 사고 역량을 함양할 수 있다.

〈평가하기〉 단계에서는 각 모둠에서 받은 의견(포스트잇)을 살펴보며, 그 중 작품에 반영할 수 있는 좋은 의견을 찾아 토의하게 했고 반영할 의견을 결정하게 했다. 토의하는 과정에서 아이들은 '협력적 소통역량'과 '공동체 역량'을 기를 수 있다.

해결책 업그레이드 및 전시하기

아이들은 피드백 받은 내용을 바탕으로 결과물을 개선하고 자신의 생각을 말하는 공유의 과정을 통해 일련의 활동을 마무리한다. 결과물을 전시하여 다른 반, 다른 학년들이 관람하며 포스트잇으로 피드백을 받을 수 있도록 했다. 잘 구성된 피드백은 우리 아이들에게 성취감과 또 다른 작품에 도전할 수 있는 자신감을 심어줄 수 있을 것이다.

이야기 재구성하기

NE의 처음과 끝은 인문학적 요소로 연결되어 있다. 자신의 해결 방법이 가져오는 결과물을 활용하면서 변화를 경험하고 소감을 쓰는 시간을 가지며 인문학적 소양을 함양하게 했다.

아이들이 각자의 산출물을 만들면서 얻는 지식·이해, 과정·기능 부분은 세밀하게 들어가면 달라질 수 있다. 작품마다 선정한 책이 다르고 문제상황이 다르며, 문제를 해결하는 알고리즘이 달라지기 때문이다. 다만 가치·태도 부분에서 책 속 주인공의 문제를 해결해주려는 동기를 지속적으로 심어주려고 노력했다. 이는 아이들이 작품을 만들면서도 "이것이 주인공의 마음에 들까", "주인공이 이런 부분에서 불편하지는 않을까", "이렇게 만들면 주인공에게 피해를 주지는 않을까" 하는 지속적인 의문을 가질 수 있게 했다. 주인공을 계속 생각하는 과정을 통해 자연스럽게 가치·태도 요소가 성장하는 아이들 모습을 볼 수 있었다.

되돌아보기

질문 1: 선생님은 아이들의 작품을 얼마나 도와주신 건가요?

교생의 질문이었다. 프로젝트를 할 때마다 아이들에게 말한다. "아이디어만 떠올리자." "지레 겁먹고 이 방법은 안 되겠지 하지 말고 선생님과 상의하자." 중요한 것은 아이디어를 떠올리는 것이고, 실제 구현은 교사의 도움을 통해 할 수 있다. 도움을 주는 행위는 답을 주는 것이 아니다. 단지 질문할 뿐이다. 그 질문으로 아이들이 스스로 답을 찾도록 돕는다. 소크라테스의 문답법이자 비고츠키의 근접발달 영역 안에서 잠재적, 실제적 발달 수준의 거리를 좁히기 위한 비계설정이다.

질문 2: SW 수업을 하려면 어느 정도 수준을 갖추어야 하나요?

어느 교사의 질문이다. 이 프로젝트 수업에서 교사의 중요한 역할은 가이드이자 조언자다. 조언자로서 역할은 문제 해결 과정의 방법을 제시하는 것이다. 하지만 아이들이 어떤 문제에 봉착했을 때 교사도 해결할 수 없는 경우가 종종 있다. 그때 해결책은 '함께 찾아보고 고민하는 것'이었다. 교사가 먼저 해결책을 발견하면 질문을 통해 유도하고, 아이들이 먼저 발견하면 그 해결 과정을 들어보고 크게 인정해 주면 될 일이다. 교사와 학생이 함께 디버깅 과정을 거치면 아이들은 디버깅 방법을 자연스럽게 습득한다. 그러한 과정이 반복되면 교사도 아이도 경험과 노하우가 쌓인다. 가장 중요한 것은 실행 의지와 한 번의 경험이다.

에피소드

독감의 핑거스냅(Finger Snap)

아이들이 어떻게 문제를 해결할 것인지 계획을 세웠다. 이제 만들기를 하면 된다. 공개 수업은 일주일 남았다. 그런데 아이들이 하나둘 나오지 않기 시작했다. 독감이었다. 독감은 타노스마냥 손가락을 튕기며 일주일간 우리 반 학생들의 절반을 강제로 쉬게 했는데, 그들 대부분이 소위 리더그룹에 속하는 아이들이었다. 결국 작품의 구현은 우리 반 모든 인원이 함께하지 못했다. 다만 계획단계에서 모둠의 협의가 있었기 때문에 늦게나마 온 아이들도 작품에 대한 이해와 애착이 있었다. 다행히 자신의 작품으로 여겼고, 수업 전날 만들어 놓은 작품을 이해하고 발표준비에 몰입했다. 아마 모든 인원이 있었다면 더 멋진 산출물이 나왔을 것이지만, 남아있는 아이들은 정말 최선을 다한 역전의 용사들이다. 나오지 못했던 아이들은 개선할 점을 찾는 수업에서 외부의 시선으로 많은 피드백을 제시하는 역할을 했다.

아직도 싫니?

올해 SW 수업을 시작하며 이전의 경험을 질문하였을 때의 반응은 평생 잊을 수 없을 만큼 충격적이었다. 특별히 더 재미있는 미션을 도입하여 기초 프로그래밍 과정을 거치며 흥미를 느끼게 하고 인식을 바꾸기 위해 노력했다. 그리고 프로젝트를 시작하였다. 가장 격하게 부정적인 반응을 보이던 여학생과 문제를 해결하기 위해 이야기를 나누고, 결국 구현에 성공했을 때 물었다. "아직도 싫니?" 그 아이가 대답했다. "이렇게 재미있는 것인지 몰랐어요."

프로젝트를 따라 하지 않는 교생, 그리고 따라 하는 교생

이 프로젝트의 공개수업은 3학년 교생들을 대상으로 한 것이었다. 마침 우리 반에 컴퓨터교육과 교생이 있었는데, 그 교생은 실과를 인증 수업으로 해야 했고, 나는 SW 단원을 추천하였다. 하지만 교생은 극구 거부하였다.

부담스웠을 것이다. 하지만 교생들은 나름대로의 작은 프로젝트를 만들기 시작했다. 두 교생은 발명 단원을 바탕으로 수업을 이어갔는데, A교생은 발명의 중요성에 대해, B교생은 발명 기법에 대해 수업을 했다. 나는 담임교사로서 발명 아이디어 떠올리기 수업을 진행했고, 다시 B교생의 '발명 제품 영어로 산출물 만들기' 수업을 진행했다. '외국 친구들에게 발명품 소개하기' 등으로 이어지는 교생들의 인증수업이 진행되었다. 교생들과의 협업은 나에게도 교생들에게도 자극이 되었다. 교생들은 프로젝트 수업의 효과성을 실감했을 것이다. 교생들의 수업은 내가 기대한 것과는 달랐지만, 스스로 수업을 만들어가는 과정을 보면서 더 만족스러웠다.

융합 프로젝트를 주제로 직무연수를 기획하고, 선생님들과 직접 여러 번 실행해 본 경험이 있다. 연수에 참여한 선생님들은 참신한 주제로 항상 멋진 작품을 만들어주셨다. 그 과정속에서 느낀 희열, 보람을 아이들과 꼭 나누고 싶다는 분들도 계셨다. 많은 자료와 경험을 축적해 나가며 내 스스로 많은 성장을 이루었다. 하지만 정작 이 학교에 오기 전까지는 아이들과 실제 실행할 수가 없는 여건 속에 있었다. 이 학교에 와서 SW와 관련된 프로젝트를 아이들과 진행하면서, 실전으로 많은 경험을 얻었고, 이를 나의 전문성으로 승화시킬 수 있었다. 여러 문제상황에 직면하면서도 어떻게든 해결해나가는 아이들, 50을 기대하였으나 100 이상을 만들어 내는 아이들을 보며 가장 행복했던 것은 바로 나였다. 이 맛에 6학년 했나 보다.

6학년 사회과 교수·학습 설계안

1. 수업의 주제: 책의 주인공이 처한 문제를 해결한 작품의 개선점 찾아주기

2. 핵심 아이디어
- 지구촌 문제에 관심을 가지고 해결하는 과정을 통해 우리의 삶을 변화시킬 수 있다.

3. 역량 및 성취기준 분석

관련 역량	협력적 소통 역량/ 지식정보처리 역량/ 창의적 사고 역량
성취기준	[6사08-05] 지구촌의 주요 환경문제를 조사하여 해결 방안을 탐색하고, 환경문제 해결에 협력하는 세계시민의 자세를 기른다. [6사08-06] 지속가능한 미래를 건설하기 위한 과제(친환경적 생산과 소비방식 확산, 빈곤과 기아 퇴치, 문화적 편견과 차별 해소)를 조사하고, 세계시민으로서 이에 적극 참여하는 방안을 모색한다. [6실05-07] 여러 가지 센서를 장착한 로봇을 제작한다.

성취기준 분석		
지식·이해	과정·기능	가치·태도
• 지구촌의 환경문제 • 지속가능한 미래 • 로봇 구동 알고리즘	• SDGs 환경문제를 공학적으로 구현한 내용 발표하기 • 작품 속 센서를 장착한 로봇 시연하기 • 작품의 개선점 찾기	• 전환경문제 해결에 협력하는 세계시민의 자세 • 지속가능한 미래를 위한 적극적인 참여 자세 • SDGs 작품을 감상하고 적극적으로 개선하려는 태도

4. 교수·학습목표 및 활동 분석

학습목표	SDGs를 구현한 작품의 개선점을 찾을 수 있다.

학습목표 및 활동 분석						
인지기능 지식	기억하다	이해하다	적용하다	분석하다	평가하다	창안하다
단계	[도입]	[활동1]	[활동3]	[활동2]	[활동1]	

5. 평가 과제

평가과제	[평가 1] -자신의 모둠 작품 발표하기 [평가 2] -다른 모둠 작품의 칭찬할 점과 개선점 찾기		
평가방법	평가주체	평가도구	평가시기
발표(모둠)	교사 관찰 / 동료 평가	동료 평가지	[활동1]
관찰(개인)	교사 관찰 / 동료 평가	포스트잇 / 동료 평가지	[활동2]
평가과제 핵심질문	1. 모둠 발표에서 자신의 역할을 바르게 수행할 수 있는가? 2. 다른 모둠의 발표를 잘 듣고 칭찬할 점과 개선할 점을 찾을 수 있는가?		

6. 본시 교수·학습 과정안

단계	학습 과정	교수·학습활동	시간	자료(줘) 유의점(윤)
문제 인식 및 문제 정의	되돌아 보기 동기 유발	•SDGs 떠올리기 -UN에서 발표한 SDGs에는 무엇이 있었는지 이야기 해 봅시다. •동기유발 -선생님이 책을 쓸 때 작품을 어떻게 완성했는지 살펴 봅시다.	5′	줘 PPT 줘 동영상
	학습문제 확인	•학습문제 **SDGs를 구현한 작품의 개선점을 찾아 보자.**		
	평가 안내	•평가 안내 -모둠 발표에서 자신의 역할을 바르게 수행할 수 있는가? -다른 모둠의 발표를 잘 듣고 칭찬할 점과 개선할 점을 찾을 수 있는가?		
문제 해결 계획 및 탐색	탐색 하기	<활동1> 발표하기 •모둠별 발표하기 -발표를 들을 때 평가기준에 대해 말하여 봅시다. -모둠별로 SDGs 작품의 구현방법을 발표해 봅시다. -발표를 들으며 평가지에 자신의 의견을 적어봅시다.	20′	줘 모둠평가지 모둠용 TV, 중계용 스마트패드, 모둠별 작품, 모둠별 발표자료
문제 해결안 제시	해결책 구안 및 제시	<활동2> 개선점 찾기 •작품 개선점 찾기 -다른 모둠의 작품을 직접 살펴보며 칭찬할 점과 개선할 점을 적어 모둠 게시판에 붙여 봅시다. ·작품을 관람하며 칭찬할 점과 개선할 점을 찾아 포스트잇에 적은 후 해당 작품에 붙인다.	10′	줘 포스트잇 개인별 6장 윤 개선점과 칭찬할 점을 쓸 때는 그렇게 생각한 이유를 구체적으로 적도록 한다.
평가하기	문제해결 방법의 적정성 평가하기	<활동3> 선택하기 •의견 수합 하기 -모둠별로 받은 의견을 칭찬할 점과 개선할 점으로 나누어 정리하여 봅시다. -여러 의견 중 마음에 드는 칭찬할 점과 개선할 점을 각각 선정하여 봅시다. •검토 결과 발표하기 -친구들의 의견 중 마음에 드는 칭찬할 점을 말하여 봅시다. -친구들의 의견 중 우리 작품에 반영할만한 의견을 말하여 봅시다.	8′	윤 의견에 추가적인 질문이 있는 경우 자연스럽게 질문할 수 있도록 한다.
정리		•정리하기 -이번 수업을 통해 알게 된 점이나 느낀 점을 발표해 봅시다. •차시예고 -다음 시간에는 오늘 친구들이 제시한 의견을 토대로 작품을 수정해보도록 하겠습니다.	2′	

바다를 갈망하게 만드는 영어 수업을 그리다

— 임이랑

연간 수업지도를 그리다

6년 만에 영어전담을 맡았다. 워낙 오랜 시간 영어 수업과 떨어져 있던 터라 이런저런 고민에 싸인 채 2월이 시작되었다. 다행히 크게 달라진 어휘나 언어기능, 맥락, 의사소통 문형은 없었다. 다만 교과 간 융합이나 연계 활동 요소들을 추구하고자 하는 내용이 추가되고, 고학년의 경우 교과서가 워크북 형태로, 지필 평가 내용까지 추가되었다. 교과서도 현장과 요구에 맞추어 지속적으로 발달하는데, 영어를 가르치는 교사인 나는 어떠한가? 자신이 없었다. 나는 무엇을 강점으로 영어전담교사의 역할을 할 수 있을까? 그 답은 교육과정 전문가로서 실천하며 찾아보기로 했다. 작년부터 동아리 활동을 통해 학습하고 나눈 경험치가 있고 주변의 많은 조력자가 있으니 가능하리라 믿었다. 올해 영어 수업은 '개념적인 이해를 바탕으로 하는 깊이 있는 영어학습'의 기회를 제공하여 주자는 다소 거창한 목표를 세웠다. 영어표현을 익혀 외국인과 대화 잘하거나 좋은 성적을 받는 학생을 키우는 것을 넘어서고자 했다.

혼자 지도를 그리다 보면 넓고 깊게 바라보지 못할 때가 많이 있다. 그래서 원어민 선생님과 충분히 대화를 나누며 영어교실의 목표에 다가가기 위한 지도를 함께 그렸다. 지도에는 큰 섬이 세 곳인데, '주제 중심 통합 단원 설계', '토론학습의 적용', '흥미진진한 세계 문화체험'이다. 그 섬을 영어과 교육과정과 잘 연결하는 연도교를 만들어 아이들이 바다와 섬을 항해하고자 하는 꿈을 꾸게 하는 게 올해 영어전담을 맡으면서 세운 목표이다.

지도의 첫 번째 탐사를 준비하다

교내 공개수업은 주제 중심 통합 단원을 계획하였다. 원어민 교사와 함께 준비하며 그의 태국 여행계획을 듣게 되었고 그때 'Travel Itinerary(트래블 아이티너레리, 여행일정표)'를 알게 된 것이 계기가 되었다. 외국인이고 다양한 나라를 경험한 원어민 교사의 자료는 나의 경험과 맞물려 아이들에게도 흥미로운 학습 소재가 될 것을 확신했다.

현재 영어 5~6학년 단원은 2단원 학습 후에 '스페셜(Special)'이라는 차시가 2차시씩 구성되어 있다. 세계의 문화 다양성을 이해하는 내용이 조금씩 안내되는 복습 차시이다. 시간이 확보되고 소재는 결정되었지만, 교육과정으로 설계하는 가장 중요한 과정이 남아 있었다.

개인적으로 최근 관심을 가지고 있는 교육철학 중의 하나가 바로 '지속가능한 교육'이다. '지속가능목표(Sustainable Development Goals)'를 위해 노력하고 통일된 지향점을 가지고 나아가야 한다고 생각한다. 교육의 역할 또한 매우 중요하다.

영어교과는 문화간 의사소통과 문화이해의 부분도 내용 요소로 다루어지고 있으므로 단원을 설계하는 핵심 아이디어를 선정하는 데 SDGs를 활용하고자 했다. 이 단원에서는 '문화이해, 존중, 세계시민, 여행 의사소통'을 개념 렌즈로 설정하였다. 해외여행의 소재와 연계와도 찰떡처럼 맞아 들었고 해외로 가족여행을 다녀오는 아이들도 생기기 시작한 시점이었기에, 생활과 자연스럽게 연결하고 내면화하기에 유의미했다.

탐사 계획을 세우다

핵심 아이디어를 설정한 후 백워드 설계를 통해 단원을 구성하였다. 백워드 설계를 위해서는 성취기준을 분석하여 재구성하는 작업이 선행된다. 본 수업의 핵심 아이디어와 소재의 특성상 의사소통 기능을 분리하지 않고 통합하여 활용해야 했다. 현재 6학년 학생들의 경우 2015 개정 교육과정으로 학습하고 있으나 교과 내 주제통합 프로젝트 단원이므로 2022 개정 교육과정 내용을 적용하기에 적합하다고 판단했다. 수업 전 협의에서 동료들에게 '개념적 이해를 바탕으로 하는 깊이 있는 영어학습'을 제안했다. 해당 단원과 수업 설계에 가장 적합하다는 피드백을 받았다.

교육과정의 성취기준과 내용 요소를 확인하여 학생 수행과 연결되는 평가 영역을 구성한 후, 수업 차시를 구성하였다. 그 과정을 '비주얼 씽킹맵'으로 구체화하여 작성하였다. 학생들이 수행할 평가 과제는 ①여행 정보 수집, ②여행일정표 제작, ③목표 언어습득, ④모둠 소통과 협력, ⑤스탬프 투어 체험 준비, ⑥스탬프 투어 체험, ⑦단원 정리 및 소감 공유로 설정했다. 이러한 평가 수행을 통해 "문화는 역사와 전통, 언어와 생활양

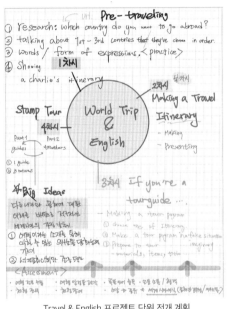

Travel & English 프로젝트 단원 전개 계획

식을 반영한다"라는 핵심 아이디어를 지향하며 교육활동을 설계했다.

단원의 목표와 주안점은 다음과 같다. 첫 번째, 여행이라는 소재를 통해

익힐 수 있는 영어 의사소통 담화능력을 기른다. 두 번째, 세계 문화에 대한 이해와 존중하는 태도를 기르도록 한다. 가치·태도 영역에서는 문화간 의사소통과 문화간 감수성의 내면화를 기대하며 활동을 설계한다.

아이들의 평가내용인 수행과제를 설정하니 단원의 차시 얼개가 그려졌다. 단원의 얼개에서는 학생 수행을 보고 블룸(Bloom)의 택사노미 내에서 핵심기능으로 구체화하고 이해의 수준을 깊고 넓게 하고자 하였다.

탐사의 첫걸음을 내딛다

본 프로젝트 단원을 실행하기 전 사전 실태 분석을 하였다. 아이들은 스스로 여행 계획을 세우는 것에 90% 이상 흥미와 관심을 가지고 있었다. 설문을 통해 여행하고 싶은 여섯 개 국가를 선정하고 모둠별로 국가를 선택하였다. 선택한 국가에 대해 직접 여행 정보를 조사하고 수집하여 일정표를 제작하였다. 이 과정에서 필요한 핵심 의사소통 표현은 미래 표현인 조동사 'will'의 사용이었는데 아이들은 이 표현에 익숙하므로 새로운 미래시제 표현인 'be going to~' 구문을 추가로 제시하여 확장할 수 있도록 목표를 정했다. 교과서는 사용하지 않고 태블릿PC를 활용하여 수업을 진행하였다. 교수·학습 도구는 구글클래스룸, 패들렛을 활용하고 모둠 여행일정표 제작은 구글슬라이드를 활용하였다.

본 단원의 핵심차시는 마지막 차시인 가상 스탬프 여행이다. 모둠별로 해당 국가관광자료들을 계획하여 여행자들이 체험할 수 있도록 상황을 제시하고 그 국가의 문화에 대해 이해한다. 다른 나라를 여행하고 자신이 여행하고 싶은 국가의 시민이 되는 가상 경험이 교실에서 구현할 수 있는 세계시민으로 성장하는 방향이라고 생각했다.

바다를 바라보며 나아가다

앞서 언급한 핵심차시를 실현하기 위한 필수 과정이 본시 수업인 'Travel Itinerary'를 만드는 수업이다. 본 단원이 주제 중심 수업이고, 언어사용능력을 목표로 하는 것이 아니라 언어를 의사소통의 수단으로 활용하는 과정에서 '세계시민의 자질을 갖추며 정의적 개념의 내면화'를 이루어야 하므로 통합교육 모델인 KDB 모형을 재구성하여 적용하였다. 학생들의 성장 목표인 To Be(되어야 하는 상태)를 위해 To Know(알기)와 To Do(하기)를 균형적으로 제시하여 설계하였다.

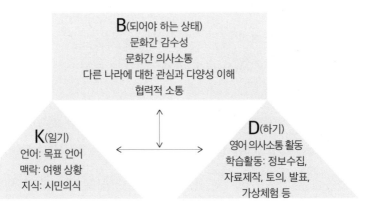

동기유발 단계에서는 미국인 친구가 원어민 교사에게 영상통화를 걸어 이탈리아 방문을 위한 도움을 청하는 내용의 맥락을 제시했다. 세계 여러 나라 사람들도 다른 나라에 대해 궁금증을 가지고 여행하고자 한다는 것을 잠재적으로 느낄 수 있도록 하였다.

〈To Know 단계〉에서는 원어민 선생님의 여행일정표를 직접 제시하여 일정표에 필요한 요소들을 스스로 알아보고 목표 언어표현을 반복 연습하도록 하였다.

〈To Do 단계〉에서는 두 가지 활동이 이루어졌다. 준비한 내용을 스스로 표현하고 구조화하는 발표자료 'Making(만들기)'와 'Presenting(발표하기)'이다. Making 활동은 1차시에서 수집한 자료를 바탕으로 모둠에서 영역을 나누고 조직하여 하나의 여행일정표를 만들게 했다. Presenting 활동에서는 모두 나와서 자신의 슬라이드를 영어로 소개하였다. 이미 모둠 내에서 사전 연습을 하고 발표하는 것이라서 말하기에 자신감이 있는 모습이 보였고, 발표를 듣는 친구들은 사진이나 부가적인 자료에 흥미를 가지고 집중하며 경청하는 모습을 보였다. 또 창의적인 표현이 나오기도 했다. '캐나다 전통 음식인 Poutine(푸틴, 감자튀김에 소스나 모차렐라 치즈를 얹어 먹는 음식)은 러시아의 대통령(Putin)이 아니다'라는 표현에 웃음이 터지기도 하고, 호주의 동물원에 가서 '코알라 안아보기 체험'을 계획한 표현에서는 환호가 나오기도 했다. 학생들은 애니메이션 캐릭터, 영화, 유명 스포츠 스타 등과 관련된 여행 계획을 세우기도 했다. 학생들이 가진 관심 분야와 문화의 영향에 대해서도 고려할 대목이다.

〈To Be 단계〉에서는 승무원이 된 원어민 교사의 간단한 질문에 답하며 가상 비행기 티켓을 받았다. 가상이지만 세계로 나아가는 여행이 시작된다는 것을 직관적으로 느낄 수 있게 해주고 싶었다.

바다를 갈망하는 탐사를 되새기다

3차시에서는 직접 자신들의 여행일정표를 보며 내가 현지인이 되어 관광 프로그램을 계획하는 'Be a Tour guide(여행가이드 되기)' 수업이 이루어졌고 모둠 협의를 통해 구현해 볼 만한 내용과 준비물 계획을 세웠다. 아이들은 먹거리에 관심이 많았다. 이탈리아 피자, 캐나다의 푸틴과 메이플시럽, 일본의 라면 과자나 스낵, 프랑스의 크루아상 등을 계획했다. 잉글랜드의 축구팀 중계 시청하기, 미국의 농구선수 유니폼을 입고 미니 농구 골 던져 넣기 등의 체험형 여행프로그램을 계획하였다. 이탈리아 체험형 관광도 이색적이었는데 트레비 분수, 베네치아 등의 명물도 소개했다. 아이들이 직접 그 나라를 방문한 경험이 없었지만, 앞선 1, 2차시 학습을 통해 각 국가의 정보와 문화를 검색하고 조사하는 과정에서 수집하고 모둠별로 토의하여 공유한 결과들이었다. 이런 과정을 거쳐 다양한 나라의 문화를 우리나라와 비교하며 이해할 수 있다. 영어로 의사소통하는 경험을 쌓으며 미래에 직접 다양한 나라를 방문하고 여행하며 그 나라 사람들과 소통하고, 진로를 결정할 때도 세계로 나아가 일하는 모습을 그려볼 수 있을 것이다.

4차시에서는 계획한 관광프로그램을 직접 모두 경험해보는 '스탬프 투어(Stamp Tour)'를 하였다. 현재 직접 각 나라를 방문한 상황이므로 새로운 목표인 의사소통 표현을 연습하여 활용하도록 하였다. 학생들은 나라를 여행하는 여행자들의 표현과 현지인과 가이드가 사용하는 언어표현 모두를 사용하여 해외여행의 가상 맥락 안에서 의사소통 과정을 직접 활용하는 연습을 할 수 있었다. 언어 학습의 면에서 보면 가장 유의미한 환경에서 체험하며 자연스럽게 습득하는 배움이 일어난 것이다.

이렇게 프로젝트 단원을 마치며 활동 소감과 알게 된 점에 대해 나누었다. 어떤 학생들은 미처 알지 못했던 다양한 나라의 음식, 관광명소, 사람들이나 캐릭터 등까지 알 수 있어서 좋았다고 하였다. 앞으로 해외여행을 갈 기회가 생기면 자신이 조사하고 투어 가이드를 했던 나라에 가보고 싶다고 하기도 하고, 다른 나라에 가봐야겠다는 학생도 있었다. 마지막 스탬프 투어에서 먹은 먹거리 체험이 맛있고 좋았다는 어린이다운 후기도 많이 남겨주었다. 즐거운 체험을 통해 평소 어렵고 말하기 어렵다고 생각한 영어를 써보니 재미있고 다른 프로젝트가 기대된다는 학생도 있었다.

학생들의 소감을 들어보면서 이 단원의 핵심 아이디어인 '문화는 역사와 전통, 언어와 생활양식을 반영한다' 바탕 위에 다양한 문화간 이해와 문화간 의사소통의 개념 렌즈를 활용하고 내면화하는 과정이 성공적이었다고 느꼈다. 즐거운 체험을 통해 삶으로 자연스럽게 연결하는 태도와 마음가짐이 학생들의 내면에 스며들었다고 생각한다.

이번 교육과정 연구는 단지 한 차시의 수업이 아닌 교육과정의 측면에서 바라본 수업으로, 교사가 기대한 학생들의 배움 목표와 방향성을 나의 언어로 설명할 수 있었던 의미있는 설계와 실행과정이었다. 교수학습 과정안의 양식을 교육과정 중심으로 바꾸어 설계한 첫 타자가 되어 부담감이 있었던 것도 사실이다. 그렇다 보니 이론과 객관화의 확신이 들지 않아 살짝 흔들릴 때도 있었지만, 사전 협의 과정에서 동 교과와 동 학년 선생님, 멘토가 되어주신 교감선생님의 지지와 응원으로 중심을 잃지 않을 수 있었다. 자기 위안일 수도 있으나, 시작하면서 생각한 점이 있다. 첫 타자의 장점은 시도와 도전의 첫 발걸음을 내딛는 용기이고, 먼저 낸 결과물을 앞으로 다음 타자들이 발전하고 보완시키리라는 안도감이 있다는 점이다. 아쉬운 점이 있다면 학생 수행과제를 중심으로 최초 평가를 설계하였는데, 각 차시 과정에서 채점기준표와 분석적 루브릭을 작성하면서 교사로서 이론적인 보강이 필요하다고 생각했다.

바다를 갈망하는 아이들의 수업을 위해 교사가 해야 할 일은 해도 해도 끝이 없다. 아이들 생활 속의 맥락 안에서 친구들과 함께 다양한 사고를 나눌 수 있도록 수업 체험의 기회를 열어주어야 한다. 이는 스스로 질문할 수 있는 배움이 일어나게 하고 내적으로 단단한 가치와 지식을 세울 수 있게 한다. 그런 수업을 위해 동료 교사들과 함께 협의하고 토론하며 교사 교육과정의 전문가로서 입지를 다지기 위해 오늘도 도전하고 노력할 것이다.

Travel & English 프로젝트

— 찰리 릴리 오닐(Charlie Lily O'Neill, 원어민 보조교사)

프로젝트 아이디어를 구상할 때, 현재 학생들의 수준을 고려하고 전반적인 영어 실력을 높이기 위한 목표를 설정했다. 수업 주제가 학생들에게 유의미한 내용일 때 학생들의 참여도가 높다. 작년 5학년 영어 수업 중에서 출신국, 미래 계획, 과거의 경험 말하기 등 다른 나라에 대하여 토의하고 계획을 세우는 활동이 있었는데, 아이들이 흥미롭게 참여하였다. 학생들은 평소 나의 고향인 영국 생활과 여행한 다른 나라에 대해 질문을 많이 한다. 그 점을 고려하였을 때 해외여행에 대한 주제가 매우 적절했다.

우선 학생들의 현재 언어 수준을 확인하기 위해 사전실태분석을 하였고, 국가 선택 설문을 통해 각 반에서 상위 6개 국가가 결정되었다. 1차시는 '사전 여행'으로 목표 언어를 소개하였다. 목표 언어를 듣고 따라하기를 반복하여 자연스럽게 말로 표현하도록 하고, 선택한 나라에 대한 자세한 정보를 검색하고 수집하였다.

2차시는 'Travel Itinerary'이고 미국 친구와 영상 통화하며 그녀를 도와 여행 일정을 작성하는 활동이었다. 이후 'Travel Itinerary'라는 어휘를 소개하고 학생들과 발음 연습 후, 여행 일정에는 무엇이 포함되어야 하는지 논의했다. 나의 태국 여행 일정을 예시로 보여주었는데, 그 안에는 목표 언어 문장의 예가 포함되어 있었다. 그 후에는 학생들이 자신의 문장을 작성할 때 도움이 되도록 목표 언어 구조를 제시하였다.

그리고 학생들이 이전 수업에서 찾아서 패들렛에 게시한 사진과 자료를 사용하여 여행 일정을 만드는 규칙을 설명하고, 학생들에게 10분 동안 발표 슬라이드를 만들도록 했다. 순회 지도를 하며 학생들이 목표 언어를 올바르게 사용하고 있는지 확인하고 도움을 주었다. 여행 계획 단계를 마친 후, 목표 언어를 사용하여 자신의 여행 일정을 발표했다. 그 후 승무원 복장으로 자기소개를 하고 공항 체크인 상황을 만들어 주었다. 마지막으로, 학생들과 함께 수업이 어떻게 진행되었는지 소감을 나누었다.

3차시에 학생들은 선택한 나라와 관련된 투어와 이벤트를 계획하였다. 프랑스의 온라인 루브르 박물관 방문과 초상화 체험, 캐나다의 나이아가라 폭포 보트 투어, 영국의 해리 포터 투어 등의 참신하고 다양한 계획이 세워졌다.

4차시를 대비하기 위해 모든 모둠의 투어 계획을 검토했고, 각 나라의 투어를 시작할 수 있도록 공간을 구성하고 가상 여권과 스탬프를 제공했다. 4차시의 'Stamp Tour'에는 새로운 목표 언어를 제시하여 자연스러운 의사소통이 이루어졌다. 30분 동안 학생들은 다른 나라를 관광하며 음식을 맛보기도 하고 해당 나라의 스탬프를 여권에 수집하는 즐거운 활동을 했다.

학생들은 자신들의 관심사가 반영된 이 프로젝트를 즐기며 영어 실력이 향상되었다. 학생들은 자연스러운 영어 구사 능력으로 나를 놀라게 했으며, 초기 목표 수준 이상을 달성하며 세계시민으로 한 걸음 내디뎠다.

6학년 영어과 교수·학습 설계안

1. 수업의 주제: Travel Itinerary

2. 핵심 아이디어: 문화는 역사와 전통, 언어와 생활양식을 반영한다.

3. 역량 및 성취기준 분석

관련 역량	영어 의사소통역량 / 협력적 소통, 지식 정보처리, 자기관리, 공동체
성취기준	[6영01-10] 일상생활 주제나 문화에 관한 담화나 글을 포용하는 태도로 듣거나 읽는다. [6영02-09] 적절한 매체와 전략을 활용하여 창의적으로 의미를 생성하고 표현한다.
개념렌즈	문화이해, 존중, 세계시민, 여행 의사소통
핵심질문	세계 여러 나라 문화를 어떻게 존중하고 이해할 수 있는가? 문화간 감수성과 의사소통능력을 기르기 위해 어떤 노력이 필요한가?

성취기준 및 학습목표 분석		
지식·이해	과정·기능	가치·태도
•(언어) 미래의 계획을 묻고 답하는 표현 •(맥락) 해외여행을 위한 준비와 여행	•해외여행 준비를 위한 자료 수집하기 •다양한 매체를 활용하여 창의적으로 표현하기 •영어로 발표하기	•다양한 문화와 의견을 존중하고 포용하는 태도 •대화 예절을 지키고 협력하며 의사소통 활동에 참여하는 태도

4. 교수·학습목표 및 활동 분석

학습목표	모둠 여행일정표를 만들고 발표할 수 있다.

학습목표 분석						
인지과정	기억하다	이해하다	적용하다	분석하다	평가하다	창안하다
〔단계〕 핵심 동사	〔Know〕 조사하다	〔Intro〕 인식하다	〔Do〕 만들다 발표하다		〔Be〕 평가하다	

5. 평가 과제

평가과제	[평가 1] -각 나라의 여행 정보를 수집하여 모둠 발표자료 만들기 [평가 2] -영어로 발표하기		
평가방법	평가주체	평가도구	평가시기
일정표 제작 / 발표	학생 수행 / 교사 관찰	구글 슬라이드	Do -Activity 2/ 3
평가과제 핵심질문	1. 개인이 수집한 여행 정보를 활용하여 일정표를 작성했는가? 2. 목표 언어를 사용하여 글로 쓰고 발표하였는가? 3. 발표자료 제작 및 선정 과정에서 모둠원들과 협력하고 소통했는가?		

6. 본시 교수·학습 과정안

Procedure	Learning Flow	Time	자료(재) 유의점(유)
Intro	◎Motivation - Video •How are they feeling? / What's the matter with them? ◎Review -Remind •We talked about what countries you want to travel to yesterday. •(Showing a model) This is Charlie's itinerary. •What are you going to learn about today? ◎Objective **모둠 여행일정표를 만들고 발표해 봅시다.**	5′	재 video *계획 없는 여행으로 난처한 상황의 영상
Know (To know)	◎Activity 1 - Preparing ●What is a 'Travel Itinerary'? •여행일정표를 Itinerary라고 합니다. ●Information about Itinerary •What information should you search for if you make an itinerary? •Students practice target languages while they're learning this section. Q : Which country will you visit(travel to)? A : I'll visit _____. Q : What are you going to do there? A : I'm going to visit ./I'm going to eat . I'm going to _____.	10′	재 Itinerary 유 실제 교사의 여행일정표를 보여주어 자연스럽게 유의미한 자료를 제공한다.
Do (To Do)	◎Activity 2 - Making ●Make a 'Travel Itinerary' in your group. * Note for Making 'Travel Itinerary'* 1. You should choose one thing different from other friends. 2. You can search on website about the country. 3. You have to write your plan in English. 4. Please practice your part of presentation. 5. You can help your friends. ◎Activity 3 - Presenting •Choose the best one in your group. •Present it to the others. •Take notes as you listen to them.	20′	재 태블릿 PC, 구글 슬라이드 유 일정표를 만들 때 자동완성기능을 이용하여 쓰기의 부담감을 덜어준다. 재 활동지 유 발표자료의 완성도나 문장의 정확성보다 경청의 태도와 자신감을 중점으로 격려한다.
Be (To Be)	◎Check in for your flight. •It's time to check in for your flight. You can get a boarding pass if you can answer Chalie's questions. Tell her about your itinerary. •Stand in line with your Tablet PC. ◎Impression announcement •Let's talk about today's work.	5′	유 소감은 우리말을 사용하도록 하여 공감도를 높여준다.
Outro	◎Preview ●We're going to be tour guides next lesson.		

5학년

내가 나로 서기 위한 실천

한옥의 가치를 전하고 싶은 마음을 수업에 담아

— 김선희

첫 번째 생각, 마을교육은 왜 필요할까?

우리 학교의 학교교과목인 '꿈바라기 아이들'은 마을 연계 교육과정이다. 학교 가까이 있는 부채박물관이나 무형유산원, 전주한옥마을, 전주천 등 지역의 공간 자원이나 인적 자원과 연계하여 마을의 문화와 생태, 역사를 알아가도록 하고 있다. 이 교육활동을 통해 아이들이 전주를 더욱 잘 이해하고 애향심을 갖도록 하려면 마을교육이 왜 필요한지, 각자 가슴으로 공감하고 이해하는 차원에서 내 나름대로 마을교육의 필요성을 정리해 보았다.

마을교육은 나와 우리의 정체성을 찾아가는 교육이다. 전주의 문화, 생태, 역사를 탐구하는 과정을 통해 아이들은 자신이 살아가는 공간이 역사의 어떤 시점으로부터 지금에 이르렀는지를 이해하며, 과거에 살았던 사람들의 삶과 나의 삶을 연결하게 된다. 개인의 정체성 형성은 단편적인 교과학습으로는 한계가 있지만, 마을의 문화를 깊이 있게 탐구하다 보면 그 과정에서 자연스레 현재를 살아가는 나의 위치를 찾고 미래 삶의 방향을 설정하는 데 도움이 되리라 생각한다.

마을교육은 학습자 맞춤형 교육이다. '가장 지역적인 것이 가장 세계적인 것'이라는 말처럼 이제는 획일화된 것, 대다수가 이미 알고 있는 것보다 소수가 알고 있는 것이 더 전문적인 것으로 인정받는 시대다.

미래교육자들은 학습자의 주도성을 신장하기 위해 학습자 맞춤형 교육이 이루어지는 방향으로 가야 한다고 주장한다. 학습자 주변에 있는 것들을 중심으로 배우면서 인식의 범위를 확대해 나가는 것이 학습자 맞춤형 교육이라고 할 수 있을 것이다. 한옥에 대해 이렇게 깊이 있게 배우는 초등학생들이 있을까? 이런 배움을 경험한 아이들과 그렇지 않은 아이들은 그만큼 다른 삶을 살게 될 것이라 생각한다.

마을교육은 미래 세대의 존속을 위한 교육이다. 인구의 급격한 감소는 이제 우리 삶 속에 다양한 문제를 일으킬 것으로 예상된다. 지방의 인구 감소로부터 시작하여 지방 소멸이라는 말이 나올 정도로 심각한 출생률 저하와 인구 감소 문제는 심각하다. 한국고용정보원에 따르면, 소멸 위험 비중이 가장 높은 곳은 전북(92.9%)으로 전체 14개 자치단체 중 13곳이 소멸위험으로 나타났다. 이러한 결과는 지방을 부정적으로 인식하는 경향을 키울 우려가 있다. 지방소멸 문제를 해결할 대안으로서 그 지역에 사는 사람들이 지역에 대한 자긍심을 가질 수 있도록 해야 한다는 의견이 있다. 도시로 갔다가도 고향 지역으로 돌아올 만한 이유가 있도록, 이 지역이 살만한 가치가 있는 곳이라는 것을 알게 해야 한다. 학교교과목 활동을 통해 우리 마을에 대한 자긍심을 함양할 필요성이 여기에 있는 것이다.

위와 같이 마을교육이 필요한 이유에 대해 나름의 생각을 정리하였고, 이를 바탕으로 우리 학교의 학교교과목인 '꿈바라기 아이들'의 5학년 내용을 구성해 나가고자 했다.

전주를 대표하는 문화유산이라고 할 수 있는 전주한옥마을과 연계하여 한민족의 역사와 함께한 고유한 주거 형태인 한옥을 알아보면서, 아이들이 우리 지역을 더욱 깊이 이해하고 사랑하며 지역의 문화를 계승하도록 교육하는 것을 목표로 학교교과목을 시작한다.

두 번째 생각, 한옥을 배운다는 것은 아이들에게 어떤 의미가 있을까?

21세기는 문화의 시대라고 일컬어지며 전 세계적으로 문화에 대한 관심이 부쩍 커지고 있다. 미국 U.S 뉴스, 와튼스쿨의 '글로벌 문화적 영향력' 순위에 따르면, 한국 문화의 영향력은 2017년 세계 31위에서 2022년 7위로, 24단계 뛰어올랐다. 이와 같은 뉴스를 접하면서 새삼스럽게 우리나라가 가진 문화의 힘이 얼마나 강한지 실감한다.

한옥은 우리 선조들의 지혜를 바탕으로 만들어 낸 우리 민족 고유의 주거 양식이자 소중한 문화유산이라고 할 수 있다. 우리나라는 일제강점기와 한국전쟁, 근대화를 거치며 급격하게 주거 양식이 바뀌기 시작하였다. 현대에는 아파트의 보급으로 한옥과 같은 단층 주택들이 사라지고, 도시나 시골 어디서든 획일화된 모습의 빌딩숲, 아파트 단지만 흔히 볼 수 있게 되었다.

5학년은 학교교과목의 범위와 계열에 따라 '한옥'이라는 주제를 두고 공부한다. 그렇다면 한옥에 대해 배우는 것은 아이들에게 어떤 의미가 있을까?

한옥은 한국 사람들의 집이다. 한옥에는 한국인의 세계관과 자연관, 국민성과 가치관이 녹아 있다. 일제강점기와 산업화, 근대화 시기를 겪으면서 국민성도 바뀌고 주거문화도 바뀌었지만 변화의 기저에는 한국인의 기본적인 정서를 담고 있다. 사람들은 한옥을 보면 마음이 편안해지고 따뜻함을 느껴서 전주한옥마을에 찾아오게 되는 것은 아닐까? 한국인들의 본성을 담고 있는 한옥에 대해 알아보는 것은 우리 아이들에게 한국인의 정체성을 찾아가는 데 도움을 줄 수 있을 것이다.

한옥은 생태를 존중한 지혜롭고 과학적이며 동시에 아름답고 친환경적인 집이다. 아이들은 기후 변화로 인한 위기의식을 가지고 있다. 아이들이 자연의 원리를 이해하고, 자연의 이치를 따른 한국인의 집인 한옥을 이해하여 지속가능하고 친환경적인 주거 문화를 만들어 갈 수 있다면 학교교과목 공부는 큰 의미가 있을 것이다.

세 번째 생각, 5학년 학습 내용을 어떻게 구성할까?

2022학년도에 학교교과목 '꿈바라기 아이들'의 총론이 완성되었다. 총론에서는 학교교과목의 성격과 목표, 구성의 원리, 내용체계와 성취기준 등을 제시하여 1학년부터 6학년에 이르기까지의 학교교과목 내용의 범위와 계열성을 제시했다.

5학년에서는 총론의 체계를 따라 5단원 "우리 마을, 한옥에서 살아볼래?"의 학습 내용을 선정하여 영역별 목표의 달성이 이루어지도록 하였다. 그래서 총론에서 제시하고 있는 '마을의 문화와 삶', '마을의 자연과 생태', '마을의 역사와 미래'라는 3개 영역에 맞추어 5학년의 단원 성취기준과 학습내용을 검토하여 4개 주제로 세부 활동을 구성하였다.

'마을의 문화와 삶' 영역의 성취기준을 선정하고 이에 맞춰 학습 활동을 선정하는 과정에서 전주한옥마을의 유래를 알아보는 차시를 새롭게 추가하였다. 학생들이 마을의 역사를 짚어보는 과정에서 우리 마을을 깊이 이해하여 마을을 더 새롭고 가깝게 느끼기를 바랐기 때문이다.

'마을의 자연과 생태' 영역이 5학년의 한옥 주제와 연결성이 약하다는 느낌이 있었는데, 성취기준을 대폭 수정 보완하여 한옥을 배우는 과정에서 자연친화적인 한옥의 특성과 자연과의 조화를 이루는 가옥의 아름다움에 초점을 맞출 수 있도록 하였다.

'마을의 역사와 미래' 영역에서도 전통문화의 계승에 초점을 맞추어 미래에 살고 싶은 집을 구상하는 활동을 추가하여 학생들이 배움을 자기화하고 집이라는 공간에 의미를 부여해나가는 활동들을 계획하였다.

이러한 활동을 통해 2022 개정 교육과정 핵심역량인 여섯 가지 역량을 모두 기르고자 하였다.

'마을의 문화 삶' 영역에서는 한옥에 관한 전반적인 내용을 집중적으로 알아보며 그 과정에서 '지식정보처리 역량'을 함양하도록 한다.

'마을의 자연과 생태' 영역에서는 한옥의 실제 거주자와의 면담 및 한옥마을 체험학습 실시, 한옥에서의 삶에 대한 영상 제작 활동 등을 통해 '협력적 소통역량'과 '심미적 감성 역량'을 함양한다.

'마을의 역사와 미래' 영역에서는 한옥 문화유산 탐구, 미래에 살고 싶은 집 구상, 한옥을 알리는 홈페이지 제작 등의 활동을 통해 '공동체역량'과 '자기관리역량', '창의적사고역량', '문화향유계승역량'을 함양하도록 한다.

네 번째 생각, 본 차시의 수업은 어떻게 진행할 것인가?

본 차시는 '마을의 문화와 삶' 영역의 중핵 차시이자 5학년 학교교과목 '우리 마을, 한옥에서 살아볼래?'를 통해 지도하고자 하는 단원 목표의 기저가 되는 차시라고 할 수 있다. 학생들이 한옥의 특성을 탐구하는 과정에서 새롭게 한옥의 우수성과 가치, 아름다움에 대해 깨닫고 '우리 마을의 전통문화 계승'이라는 학교교과목 전체의 목표에 도달하기 위한 발판이 되기 때문이다.

한옥이 지닌 특성은 여러 가지다. 한반도의 사계절 기후를 극복하기 위해 자연과 조화를 이룬 집이며, 과학적인 원리가 담긴 집이고, 유교 문화가 반영된 집이며, 곡선이 아름다운 집이다. 이외에도 한옥을 수식할 수 있는 말들은 무수히 많다. 이 중에서 학생들에게 전달하고자 했던 한옥의 특성을 크게 두 가지로 정리하였다.

첫째, 한옥은 자연의 햇빛과 바람을 효과적으로 이용한 집, 즉 지혜로운 집이다. 요즘 기후 위기의 문제가 심각하여 건강한 삶을 추구하는 시대인만큼 자연을 지혜롭게 이용한 한옥의 특성을 알려주고 싶었기 때문이다.

둘째, 한옥은 그 집에 사는 사람들의 생각을 담아 이름을 붙인 집이다. 조선시대 많은 선비들은 집을 단순히 자신들의 일상생활을 영위하는 공간으로 보지 않았고, 유교의 정신적 가치와 선비의 학문적 이상을 반영한 공간으로 보았다. 그래서 그들이 지은 집에는 자신이 바라는 것이나 추구하는 삶의 방향을 담아 이름을 붙여 그 뜻을 분명히 했다. 집값 문제로 전국이 들썩거리고 사회 문제가 되는 요즘 세상에서 집을 돈벌이의 수단이 아니라 자신의 인격 수양을 위한 통로로 바라본 조상들의 세계관을 알려주고 싶었다. 한옥의 특성을 묘사할 수 있는 문장은 많겠지만, 이 두 가지를 수업의 내용으로 삼게 되었다.

수업모형으로는 사회과의 '탐구 학습 모형'을 적용하였다. 이 수업에서 의도하고자 했던 것은 단순히 교사가 한옥의 특성을 설명하는 것이 아니라 학생들이 직접 한옥의 구조와 명칭이 나오게 된 근본적인 요인을 탐구하는 데 있다. 한옥의 특성을 탐구하는 과정을 통해 학생들의 사고력, 탐구력, 깊이 있는 이해를 이끌어내고 싶었다. 특히 수업 마무리에서는 스스로 학습한 내용을 일반화하여 한옥의 특성을 문장으로 표현하도록 하였는데, 이는 한옥에 대한 '개념적 이해'를 바란 활동이다. 이러한 의도에 적합한 수업모형이 사회과의 탐구학습 모형이라고 생각하였기에 이 모형을 택하게 되었다.

수업의 단계에 따른 활동은 다음과 같다.

[안내] 단계에서는 지난 시간까지 한옥에 대해 배웠던 것을 떠올리고 한옥과 관련된 용어를 말해보도록 했다. 한옥을 공부할 때 학생들이 새롭게 접하게 되는 용어가 많기 때문에, 이를 떠올리게 함과 동시에 스펀지 퀴즈를 도입하여 한옥과 관련하여 어떤 용어가 빈칸에 들어가야 할지 생각하게 하면서 학습 문제를 제시했다.

[가설 설정하기] 단계에서는 모둠별로 스펀지 퀴즈 빈칸에 들어갈 말을 예상하도록 하고 돌아가며 예상한 용어와 그렇게 생각한 이유를 발표하도록 했다.

[탐색하기] 단계에서는 메타버스 ZEP을 이용하여 한옥에 대한 여러 정보를 탐색한다. 탐색을 통해 스펀지 퀴즈 빈칸에 들어갈 용어를 수정하고자 하면 활동지에 적도록 했다.

[검증하기] 단계에서는 모둠별로 다시 한번 스펀지 퀴즈 빈칸에 들어갈 용어를 정리하여 발표하도록 한다. 그리고 교사가 의도했던 용어를 공개하는데 이때 전문가 영상을 제공하여 근거를 뒷받침하도록 한다.

[일반화하기] 단계에서는 한옥의 특성에 대해 알게 된 내용을 바탕으로 '한옥은 _____ 집이다'라는 문장을 채우도록 했다. 한옥이 어떤 집인지에 대한 이해가 깊어진 만큼 자신만의 의미를 구성하고 표현하도록 하기 위함이었다.

이 차시의 핵심 기능은 '탐구하다'와 '말하다'이다.

<활동2>에서 한옥의 특성을 설명하고 있는 다양한 사진과 글, 영상을 탐색하고 내용을 분석·종합하며, 빈칸에 들어갈 한옥의 특성을 탐구하도록 했다. 이때 필요한 지식은 절차적 지식으로 보았는데, 온라인 메타버스 공간을 돌아다니면서 필요한 정보를 획득하고 맵을 이동할 줄 아는 능력이 필요했기 때문이다. <활동3>에서 탐구한 내용과 전문가들의 의견을 바탕으로 한옥이 가지는 특성을 확인한 후 한옥이 어떤 집이라고 생각하는지 자신의 생각을 정리하여 말하도록 했다. 수업자는 이 활동이 이 수업에서 가장 중심이 되는 활동이라고 생각했다. 그 이유는 배우고 느낀 것들을 종합하여 자신의 언어로 정의하는 활동이 한옥을 깊이 이해하고 있음을 보여주는 것이라고 생각하기 때문이다. 그래서 <활동3>에서 필요한 지식을 개념적 지식이라고 보았다.

마지막 생각, 한옥을 통한 '마을교육'으로 무엇을 얻었는가?

34차시의 한옥을 주제로 한 수업을 통해 교사와 학생들은 무엇을 얻었을까?

먼저, 한옥에 대한 탐구를 통해 한옥을 이해하게 되고, 한옥에 관심과 애정이 생기게 되었다. 자연스레 지역에 대한 애향심과 자긍심을 불러일으키고 마을을 소중히 여기는 마음을 심어주었다. "미래에 한옥에서 살고 싶냐"는 교사의 물음에 많은 학생들이 긍정적으로 대답을 하였다. 한옥을 주제로 한 마을교육은 마을을 지속하게 하고 우리 문화를 계승 발전시키는 밑바탕이 될 수 있음을 알게 되었다.

또한 우리 주변에 위치하고 있는 전주한옥마을의 유래와 역사를 알아보는 과정을 통해 나와 가까운 것들에서 배움의 대상을 찾고, 그것들이 현재를 살아가는 우리들의 삶과 어떻게 연결되고 어떠한 의미를 주는지 자기화하는 시간을 가질 수 있었다. 학습자와 멀리 있는 지식을 단순히 암기하는 학습이 아닌 나의 삶과 관련있는 것들을 자기주도적으로 탐구하고 활용하는 경험을 통해 깊이 있는 학습이 이루어질 수 있었다. 이와 같은 탐구의 경험은 다른 학습에도 전이되어 어떤 현상에 관해 배우면 그 이면에 담긴 것들을 찾아보려는 노력을 하게 되었다.

또한 한옥을 통한 마을교육은 한류가 세계적으로 각광받고 있는 이 시대에 한류 문화의 지속적인 확산에 기여할 수 있으리라 생각한다. 전통 한옥의 특성을 배우고 이해한 미래 세대의 아이들이 전통과 현대를 조합한 새로운 문화 양식을 창조하여 세계로 뻗어나가게 한다면, 이는 전통의 계승을 넘어서 새로운 문화를 창조하고 확산하는 일이 될 것이다. 한옥을 통한 마을교육은 글로컬 교육으로서 의미가 있다.

5학년 학교교과목 교수·학습 설계안

1. 수업의 주제: 메타버스(ZEP)을 활용하여 한옥의 특성 탐구하기

2. 핵심 아이디어
- 주거문화에는 우리 민족 고유의 정서와 특성이 담겨있다.
- 전통문화의 가치를 이해하는 것은 문화의 계승 및 창달의 토대가 된다.

3. 역량 및 성취기준 분석

관련 역량	지식정보처리역량
성취기준	[6꿈01-01] 한옥의 특성을 탐구하여 한옥에서 나타나는 우리 문화의 특징을 이해한다. [6꿈01-02] 한옥을 구성하고 있는 각 부분의 명칭과 기능을 조사하여 소개한다. [6꿈01-03] 우리 마을의 한옥 건축을 관찰하고, 지역에 따른 한옥의 차이점을 비교한다.

성취기준 분석		
지식·이해	**과정·기능**	**가치·태도**
• 한옥의 정의 • 전주한옥마을의 유래 • 한옥의 특성 • 한옥의 구성 요소 및 명칭 • 지역별 한옥의 구조	• 한옥 관련 책 읽고 이해하기 • 한옥의 특성 탐구하기 • 지역별 한옥의 특징 비교하기 • 한옥을 답사하며 이론과 실제 확인하기	• 지역에 대한 애향심 갖기 • 우리 문화에 대한 자부심 • 전통을 계승하려는 태도

4. 교수·학습목표 및 활동 분석

학습목표	한옥의 특성을 탐구하여 말할 수 있다.

학습목표 및 활동 분석						
인지기능 지식	기억하다	이해하다	적용하다	분석하다	평가하다	창안하다
사실적 지식(A)	[도입]					
개념적 지식(B)			[활동1]		[활동3]	
절차적 지식(C)				[활동2]		
메타인지 지식(D)		[정리]				

5. 평가 과제

평가과제	한옥의 특성을 탐구하여 일반화된 문장으로 말하기		
평가방법	**평가주체**	**평가도구**	**평가시기**
모둠 발표	교사 관찰	활동지	일반화하기
평가과제 핵심질문	1. 한옥의 특성을 탐구할 수 있는가? 2. 한옥의 가치를 담아 나만의 문장으로 말할 수 있는가?		

6. 본시 교수·학습 과정안

단계	학습 과정	교수·학습활동	시간	자료(ⓐ) 유의점(ⓤ)
문제 제기	전시학습 상기 탐구동기 유발하기	•한옥과 관련하여 떠오르는 용어 말하기 -선생님이 보여주는 영상을 보고 한옥과 관련해서 스펀지 퀴즈 빈칸에 어떤 용어가 들어갈 것 같은지 생각해 봅시다.	5′	ⓐPPT
	학습 문제 파악	•학습문제 **한옥의 특성을 탐구하여 말해봅시다.**		
	학습 활동 안내	•학습활동 안내 활동1. 예상하기 활동2. 탐구하기 활동3. 일반화하기		
가설 설정	예상하기	<활동1> 예상하기 •스펀지 퀴즈 빈칸에 들어갈 용어 예상하기 -한옥의 특성을 생각하여 빈칸에 어떤 용어가 들어갈지 예상해 봅시다. -모둠별로 예상한 것을 발표해 봅시다.	5′	ⓐ활동지 ⓤ빈칸에 들어갈 말을 자유롭게 생각해 볼 수 있는 허용적 분위기를 형성한다.
탐색	자료 조사 및 수집하기	<활동2> 탐구하기 •한옥의 특성 탐구하기 -메타버스 가상 한옥에 들어가 게시된 사진과 글, 영상을 보고 한옥의 특성에 대해 탐구해 봅시다. •탐구한 내용 분석 및 정리하기 -탐구한 내용을 바탕으로 예상과 달라진 것이 있다면 다시 적어봅시다.	18′	ⓐ태블릿PC, 이어폰, 활동지 ⓤ메타버스 공간을 다닐 때 이어폰을 사용하여 영상을 보도록 지도한다.
검증 일반화	검증하기 일반화 하기	<활동3> 일반화하기 •탐구 결과 발표하기 -모둠별로 탐구를 통해 다시 예상한 내용을 발표해 봅시다. •전문가의 답변을 통해 예상 검증하기 -한옥전문가의 답변을 들으며 결과를 확인해 봅시다. •한옥의 특성을 문장으로 일반화하기 -스펀지 퀴즈를 통해 알게 된 한옥의 특성을 한 문장으로 표현해 봅시다. -돌아가며 문장을 말해봅시다.	10′	ⓐPPT, 활동지
정리	정리하기 차시예고	•정리하기 -수업을 통해서 한옥이라는 집에 대해 어떤 생각을 추가적으로 가지게 되었는지 발표해 봅시다. •차시예고 -다음 시간에는 전주한옥마을 가서 한옥 전문가와 함께 직접 한옥 탐방을 하면서 오늘 배웠던 한옥의 특성을 확인해 보도록 하겠습니다.	2′	

선택과 결정의 프로젝트 수업

— 이종윤

수업자의 의도

태양계의 후예 프로젝트 마인드맵

부설초등학교에 오기 전 작은 학교에 근무하며 다양한 수업 및 활동을 하였지만, 2023년 전주부설초에서 학생들과 함께한 수업 활동을 통해 교사 자신으로도 많이 성장하였음을 느낀다. 전주부설초 수업 공개는 실습교생, 다른 학교 교사, 교내 교사 등과 같이 수업에 대해 이야기할 수 있는 기회였다. 나는 동 학년 선생님들과 프로젝트를 같이 구성하여 진행하고, 그중 한 차시를 공개수업하기로 하였다. 프로젝트 이름은 '태양계의 후예'로 과학, 체육, 국어, 사회, 미술 교과를 연계하여 구성하였다.

이 프로젝트의 큰 흐름은 태양계부터 시작하여 화성 그리고 우주로 뻗어나가고 다시 지구의 소중함을 찾는 과정을 거친 후, 저학년 대상 박람회를 열어 그 과정을 소개하고 안내하는 흐름이다. 학생들은 이 프로젝트 수업을 통해 '선택'을 해야 한다. 기후위기와 사원위기를 극복하고 지구에 남아서 생활할 것인지, 아니면 태양계의 다른 행성으로 이주 후 태양계 밖으로 나가 인류의 터전을 넓힐 것인가.

이런 활동을 구상하게 된 배경은 서양철학과 동양철학의 비교에서 출발하였다. 서양의 중요한 정신적 가치는 '프런티어'라고 불리는 개척정신일 것이다. 프런티어의 뜻은 '지금까지 인간의 발이 닿지 않는 미개척지'를 의미한다. 메이플라워호부터 서부개척시대까지 이어진 개척정신은 미국의 우주탐사까지 이어진다. 현재 태양계를 비롯한 우주탐사는 대부분 미국에서 이루어져 전 세계로 퍼져나가고 있다. 미국의 개척정신은 이제 화성 탐사로 이어져 지구에서 사는 인간이 아닌 태양계에서 사는 인간으로 발전하려고 하고 있다.

학생들은 프로젝트 마무리될 때쯤 사회의 '자연재해' 단원과 『우리는 모두 그레타』라는 책을 통해 기후위기와 탄소 문제에 대해 고민하고, 우리가 할 수 있는 활동에 대해 깊이 고민해보고 실천했다. 기후위기를 막는 UCC 제작, 기후위기 포스터 제작, 가정에서 지키는 재활용 등을 통해 다른 행성의 이주가 답이 아니라 우리 지구를 지켜야 한다는 것을 배웠다. 이러한 정신 가치는 서양 중심의 사회에 경종을 울리며 자연과의 조화, 자신의 내면 가치를 돌이켜 볼 수 있게 한다.

이 프로젝트의 마지막은 프로젝트 박람회다. 박람회에서 학생들이 직접 '과학 커뮤니케이터'가 되어 자신이 맡은 부분을 저학년 학생들에게 설명하고 안내한다. 자신들이 배운 내용을 설명하며 학습이 한 번 더 이루어질 수 있도록 하였다. 이 프로젝트 수업이 끝난 후, 학생들은 미래를 선택할 준비가 조금은 되지 않을까 생각한다. 본 공개수업 차시는 36차시 중 3차시에 해당하며, 이 차시 수업은 '과학커뮤니케이터'가 되어 태양계 행성을 소개하는 것으로, 박람회를 위한 밑거름이 될 것이다.

교육과정 맥락과 수업의 기획

학습성취요소 이 차시의 과학과 핵심 역량은 '과학적 탐구능력'으로 "과학적 문제 해결을 위해 실험, 조사, 토론 등 다양한 방법으로 증거를 수집, 해석, 평가하여 새로운 과학 지식을 얻거나 의미를 구성해가는 능력"이다. 본 차시에 해당하는 과학과 성취기준은 "[6과02-01] 태양이 지구의 에너지원임을 이해하고 태양계를 구성하는 태양과 행성을 조사할 수 있다"로, '조사하다'라는 기능이 중요한 학습 성취요소이다. '조사하기'라는 기능을 구체적으로 '자료수집, 비교·분석하기'라고 설정하여, 본 차시에서 학생들이 태블릿PC를 통해 태양계의 행성 자료를 수집하고, 기준을 세워 비교·분석하도록 수업을 구성하였다. 먼저 학생 개인이 태블릿PC를 통해 스스로 조사하게 하여, 모둠활동의 무임승차를 방지하고자 하였다. 행성의 색, 표면상태, 고리의 유무를 조사하고, 그 외 한 가지 점만을 조사하게 하였다. 아이들이 혼자 충분히 조사할 수 있게끔 하여 성취의 기쁨을 누릴 수 있도록 하였다. 그다음 세 명이 모여 모둠을 구성하여 여행대본 작성, 소개자료 만들기, 두 개의 임무를 나누고 학생들에게 선택권을 주어 스스로 자신의 업무를 결정할 수 있도록 노력하였다. 조사하기와 발표하기 기능은 추후 프로젝트 박람회 때 큐레이

터로서 활동할 때 큰 도움이 되는 기능이었다. 또 지도서에서는 탐구기능을 관찰, 의사소통으로 설정하고 있다. 본 차시 수업을 모둠활동으로 구성하여 모둠원과 자신이 조사한 내용을 비교하고 상의하는 시간을 가지면서 의사 소통능력을 향상시켜 나가도록 수업을 고안하였다.

수업은 에듀테크를 적극 도입했다. 수업의 수업목표를 달성하기 위해 태양계의 구성요소를 학습할 수 있는 패드 앱을 활용하여 수업하였다. 이번 프로젝트가 아닌 다른 프로젝트 수업에서는 드로잉, 슬라이드, AI 앱들을 활용한 수업을 많이 하였다. 이 과정에서 드는 고민은 '교사가 교과를 수업 하는 것인지, 프로그램 사용법을 가르치고 있는지'였다. 고민 끝에 학생들 에게 앱사용 방법을 알려주는 시간을 따로 가지지 않고, 간단한 사용방법을 학습에 녹여 사용하기로 하였다. 에듀테크를 통해 좋은 수업을 할 수 있지 만 매년 새로운 앱을 배우느라 낭비하는 시간이 많아진다면 한 번쯤은 고민 해야 할 부분이라고 생각한다.

교수학습 모델의 적용

본래 지도서에서는 조사학습으로 되어있으나, 분류하기 활동을 하기에 '경험 학습모형'이 더 적절하다고 생각하여 이 모형을 선택하였다. 경험 학습 모형은 일반적으로 '자유 탐색 → 탐색결과 발표 → 교사의 안내에 따른 탐색 → 탐색결과 정리'라는 요소와 단계로 진행된다.

자유탐색 단계에서는 먼저 개인활동으로 태블릿PC를 활용하여 태양계 행성을 조사하고, 학습지를 정리하도록 하였다. 과학적 의사소통 능력 향상을 위해 개인 조사 후 모둠별로 모여 조사한 내용을 이야기하며, 이젤 패드에 발표할 내용을 정리하여 행성 소개자료를 제작하고, 태양계 행성 여행 안내 멘트를 적도록 구성하였다. 이 안내 멘트와 이젤 패드 자료는 추후 프로젝트 박람회 때도 쓰일 예정이다.

탐색결과발표 단계에서는 태양계 행성 안내자가 되어 수성부터 해왕성까지 태양에서 멀어지는 순으로 소개하도록 구성하였다. 태양계 행성의 특징인 행성의 표면상태, 색 등을 여행안내자가 되어 발표할 수 있도록 하였다. 한 모둠이 한 행성만을 조사하기 때문에 정리 학습지를 통해 다른 모둠이 발표할 때 정리하며 학습할 수 있도록 구안하였다.

교사의 안내에 따른 탐색 단계에서는 태양계 여행사 대표의 추가적인 부탁을 듣고, 자연스럽게 태양계 행성을 분류할 수 있도록 구성하였다. 학생들은 우주선이 착륙할 수 있는 행성과 아닌 행성을 구분하기 위해서는 어떤 기준으로 행성을 분류해야 하는지 고민하고 행성을 분류한다.

탐색결과 정리 단계에서는 태양계에 대해 새롭게 알게 된 점과 배운 내용을 정리하고, 수업에 대해 느낀 점을 이야기하는 단계로 구안하였다.

수업 후 느낀 점

공개수업 지도안을 작성할 때 프로젝트 수업 지도안으로 작성할 것인지, 과학과 수업 지도안으로 작성할 것인지에 대한 고민이 많았다. 다행히 교과 협의회를 통해 방향을 잡을 수 있었다. 방향을 정하니 그 이후로는 쉽게 수업을 구성할 수 있었고, 공개수업까지 차근차근 학생들과 준비해가며 수업할 수 있었다.

수업을 마치고 협의회를 할 때 모둠에 관한 역할 질문이 기억에 남는다. 학생들이 모둠활동 때 역할에 대한 갈등은 없었는지 물었다. 그동안 수업하며 나는 학생들에게 역할을 한 번도 정해준 적이 없었다. 모둠 내에서 역할을 알아서 정할 수 있도록 하였다. 학생들은 누가 발표를 잘하는지, 누가 아이디어가 좋은지, 누가 잘 꾸미는지, 기존의 모둠활동을 통해서 잘 알고 있다. 7분 조사, 10분 발표자료 만들기로 이어지는 수업에서 세 명씩 한 팀이 되었다.

4월 24일 3교시 2학년 학생들이 박람회를 구경하기 위해 5학년 복도에 도착했다. 태양계와 별자리부터 소개하고, 행성 소개, 화성기지 소개, 기후위기와 기후위기를 막는 실천방법 소개, 기후위기 UCC 감상, 기후위기 서명과 우주인 포토존으로 이어지는 박람회에서 학생들은 한 명의 큐레이터가 되어 저학년 학생들을 박람회 안으로 빠져들게 만들었다. 큐레이터 활동을 하고 나니 선생님의 마음을 이해할 수 있겠다고 말하는 학생들을 보면서 뿌듯하였다.

프로젝트 수업이 마무리되고 학생들에게 너희는 어떤 선택을 할 것이냐고 물어보았다. 지구를 떠나 다른 행성으로 이주할 것인지, 아니면 태양계에서 유일한 생명체가 살 수 있는 환경인 지구를 최대한 지켜야 할 것인지 말이다. 24명 중 13명은 행성이주를, 11명은 기후위기를 막아 지구에서 최대한 오래 살아남는 것을 선택하였다. 여학생과 남학생의 분포를 보면 남학생들은 행성 이주를 많이 택하였으며, 여학생들은 기후위기를 막는 쪽을 많이 선택하였다. 학습은 교사가 아닌 학생들의 내면에서 벌어지는 활동이라고 생각하며, 또 다시 학생들이 선택하고 결정할 수 있는 프로젝트 수업을 만들기 위해 노력하고자 한다.

5학년 과학과 교수·학습 설계안

1. 수업의 주제: 태양계를 구성하는 행성 조사하여 발표하기

2. 핵심 아이디어
- 태양계와 우주에 대한 탐구는 지구에서의 삶을 지속가능하게 한다.

3. 역량 및 성취기준 분석

관련 역량	과학적 탐구능력 / 과학적 문제해결력 / 과학적 의사소통 능력
성취기준	[6과02-01] 태양이 지구의 에너지원임을 이해하고 태양계를 구성하는 태양과 행성을 조사할 수 있다.

성취기준 및 학습목표 분석		
지식·이해	과정·기능	가치·태도
• 태양계 행성의 특징 알기	• 지구와 우주 관련 문제 인식하기 • 자료를 수집하고 비교 분석하기	• 자연과 과학에 대한 감수성 기르기 • 태양계와 우주에 대해 탐구하려는 태도

4. 교수·학습목표 및 활동 분석

학습목표	태양계를 구성하는 행성을 조사하여 발표할 수 있다.					
학습목표 및 활동 분석						
지식 \ 인지기능	기억하다	이해하다	적용하다	분석하다	평가하다	창안하다
[단계] 핵심동사		[활동1] 조사하다	[활동2] 제작하다	[활동3] 분류하다		

5. 평가 과제

평가과제	태양계를 구성하는 행성을 조사하여 발표할 수 있다.		
평가방법	평가주체	평가도구	평가시기
관찰	교사 관찰 / 동료 평가	이젤패드(모둠발표지)	탐색결과발표
평가과제 핵심질문	1. 태양계 행성의 3가지 특징(색깔, 표면의 상태, 고리의 유무)을 알고 정리할 수 있는가? 2. 앱을 활용하여 태양계 행성에 관한 자료를 조사하고, 태양계 행성의 특징을 설명하는 발표자료를 만들어 발표할 수 있는가? 3. 태양계 행성에 대해 호기심을 가지고 태양계 행성의 특징에 관해 모둠원과 협력하여 적극적으로 탐색하는가?		

6. 본시 교수·학습 과정안

단계	학습 과정	교수·학습활동	시간	자료(㉄) 유의점(㉘)
자유탐색	전시 학습 상기 동기 유발	•지난 시간에 배운 내용 떠올리기 -다음 그림을 보며 태양이 우리에게 미치는 영향에 대해 말해봅시다. •문제 상황 제시 -태양계 여행사 사장이 어떤 어려움에 처해 있나요? -우리가 태양계의 행성을 조사하여, 여행안내자가 되어 발표해 봅시다.	5′	㉄PPT
	학습 문제 확인	•학습문제 **태양계의 행성을 조사하여 발표해 봅시다.**		
	학습 활동 안내	•학습활동 안내 활동1. 조사하기 활동2. 자료 제작하기 활동3. 발표하기		
	자료 탐색	<활동1> 조사하기 •태양계 행성에 대해 알아보기 -행성 8개의 이름을 순서대로 말해봅시다. •모둠별로 태양계 행성 조사하기 -8개의 모둠으로 나누어 각 행성을 하나씩 조사하여 봅시다. -행성의 색깔, 표면의 상태, 고리의 유무를 중심으로 정리합니다.	7′	㉄학습지, 태블릿PC ㉘ 행성의 특징을 조사할 때는 세부적인 물리량은 다루지 않고, 표면의 특징을 중심으로 조사할 수 있도록 지도한다.
	기초 탐구	<활동2> 자료 제작하기 •모둠별 발표자료 만들기 -모둠별로 조사한 내용을 정리하여 이젤 패드에 태양계 행성 소개자료를 제작하여 봅시다.	8′	㉄행성 사진, 이젤 패드, 매직
탐색결과 발표	결과 발표	<활동3> 소개하기 •모둠별 태양계 행성 소개하기 -모둠별로 태양계 행성 여행안내자가 되어서 행성에 대해 발표하여 봅시다.	15′	㉄이젤 패드
교사의 안내에 따른 탐색	분류 기준 제시	•태양계 행성을 기준에 따라 분류하기 -우주선이 행성에 착륙할 수 있는 행성과 아닌 행성으로 구분하려면 태양계 행성을 어떤 기준으로 분류할 수 있는지 생각해 봅시다.		㉘ 태양계 행성에 대해 배운 내용을 떠올려 분류 기준을 생각해 보도록 독려한다.
탐색 결과 정리	정리하기 차시예고	•배운 내용 정리하기 -새롭게 알게 된 내용이나 느낀 점을 이야기해 봅시다. •차시예고하기 -다음 시간에는 태양계의 행성의 크기와 거리에 대해서 배우겠습니다.	5′	

배움을 향하는 뫼비우스의 띠

— 임주연

교사는 수업으로 말할까?

'교사는 수업으로 말한다.' 교사가 되어 가장 많이 들었던 말이다. 그 말에 부끄럽지 않기 위해 내가 어떤 교사가 될 것이며, 어떻게 하면 좋은 수업을 할 수 있을지 많은 고민을 했다. 수업 컨설팅과 코칭도 받아봤고, 동료 선생님들과 배움의 공동체 활동을 하며 수업 협의에 열중하기도 했다. 그런데도 여전히 수업을 설계할 때 막막함을 느끼고, 이것이 맞는 것인지 확신이 서지 않을 때가 많았다. '교사로서 나는 수업 전문가인가?'라는 질문에 고개를 끄덕이기는커녕 고개를 숙이는 나를 발견했다.

2023년, 교직 생활 14년 차가 되어서야 문제의 실마리를 찾았다. 시작은 동료 선생님들과 함께했던 교육과정 모임이었다. 블룸(Bloom)의 인지 영역 동사 찾기에 한참을 열을 올리다 지식·기능·태도가 무엇인지 추상적이고 모호한 것에 대해 토의하고, 주제통합 프로젝트를 만다라트로 분석하였다. 선생님들과 눈이 마주칠 때마다 고개를 갸우뚱, 눈을 깜박였다. 뭔가를 계속하면서도 도대체 답이 뭔지, 이러한 것들이 어떤 의미를 지니는지 선뜻 답을 내놓기가 어려웠다. 그저 '교사는 교육과정의 전문가가 되어야 한다'는 말에 십분 동의하면서 이 과정이 교육과정에 대한 공부라고 생각하고 그냥 그날의 숙제와 협의를 했다. 그러다 맞게 된 공개수업. 부담을 안고 시작했던 공개수업 준비과정에서 교감선생님이 강조하던 '교육과정의 전문성'이 필요한 이유를 실감했다. 눈에 보이지 않던 교육과정의 실체를 직접 손으로 만져본 느낌이었다. 교육과정에 눈을 뜨는 것은 바로 그런 것이었다.

그동안 수업 지도안을 짤 때 가장 많은 시간과 노력을 들인 것은 활동을 구안하는 것이었다. 학습목표를 달성하는 데 도움이 되고 흥미로운 활동을 찾는 것이 좋은 수업을 위한 가장 중요한 부분이라고 생각했다. 하지만 올해부터는 아이들이 항상 하는 질문에서부터 수업준비의 첫 단추를 끼웠다. 아이들이 무엇을 위해 이 공부를 하는지, 이 발달단계에서, 이 교과를 통해 무엇을 습득할 수 있는지를 찾으며 나 역시 이 수업을 왜 하는지, 또 어떻게 해야 할지에 대한 결정을 내릴 수 있었다. 수업의 방향을 결정하는 과정이 꼭 퍼즐을 맞추는 일과 비슷하다고 생각했다.

퍼즐 조각 하나만 봐서는 결코 퍼즐을 완성할 수 없다. 무엇보다 실제 완성된 퍼즐 그림이나 사진을 계속 비교해보아야 정확하게 퍼즐을 맞출 수 있다. 수업 하나하나를 퍼즐 한 조각이라 생각하면 완성된 퍼즐의 그림은 교육과정이라고 생각한다. 수백의 수업 퍼즐을 효과적으로 맞추기 위해서는 아주 정교한 교육과정의 그림이 있어야 한다. 교사는 교육과정이라는 밑그림에 따라 수업하며 끊임없는 평가와 피드백을 통해 배움의 퍼즐을 완성해 간다. 교사는 수업으로 말한다. 하지만 교사의 역량과 노력을 수업에만 쏟는다면 아무리 좋은 수업이 반복된다고 해도 교사의 성장을 지속할 수 없다. 배움은 교육과정-수업-평가-기록으로 이루어진 뫼비우스의 띠 속에서 이루어진다는 것을 되새기며 앞으로의 수업을 준비하고자 한다.

핵심 아이디어를 찾아서

수업의 시작에 교육과정이 있다면 교육과정의 시작은 '아이들이 무엇을 배워야 하나?'에서부터 시작한다고 생각한다. 이 고민에 대한 답을 찾기 위해 2022 개정교육과정에서 말하는 핵심 아이디어 및 지식, 이해, 태도의 내용체계를 이해하기 위해 노력했다. 이 중 핵심 아이디어에 대한 고민이 가장 많았다. 2015 개정교육과정에 없는 개념이기도 했고, 교과 영역의 틀을 짜는 가장 상위 개념이기 때문이다.

나의 수업은 도덕과와 연계한 프로젝트 수업이었다. 2022 개정교육과정 도덕 교과에서 제시하는 핵심 아이디어를 살펴보니 도덕과 각 영역에서 추구하는 미덕, 가치를 중요성, 필요성, 우리 삶에 미치는 영향 등을 고려하여 명제 형식으로 표현하였다. 핵심 아이디어가 각 교과의 영역을 아우르는 상위의 지향점이라면 아이들이 한 차시 수업 안에서 핵심 아이디어를 구현하고 적용하는 것은 불가능한 일이다. 핵심 아이디어가 포용하는 교과의 영역이나 단원 또는 프로젝트 전반이 이 핵심 아이디어를 두고 체계적으로 구성될 때 가능한 이야기이다. 수업 하나를 하더라도 교육과정 전체를 봐야 한다는 것, 그것이 내가 그동안 수업하면서 가장 크게 놓친 부분이었다.

도덕과에서 말하는 지식은 학습자가 스스로 찾는 과정에서 발견 또는 구성해가는 것이므로 질문 또는 화두 형태로 제시하고자 했다. 또 사실적 지식, 개념적 지식, 절차적 지식, 메타인지 지식도 구분하고자 했다. 기능적으로는 핵심 아이디어나 성취기준 또는 학습목표에 도달하기 위한 중핵 기능과 절차적 기능을 정하고, 블룸의 인지영역 동사 중 어느 부분의 기능에 초점을 맞추었는지 파악하고자 하였다. 블룸의 행동동사는 정의적인 영역을 나타내는 데는 어려움이 있었다. 하지만 가치·태도의 정의적인 측면은 도덕 교과의 핵심 영역이므로 성취기준을 분석할 때는 '태도'를 가장 중요하게 생각하고 프로젝트 전반에 정의적인 요소들을 강화하기로 하였다.

'꿈바라기의 인권 단속' 프로젝트의 시작

'꿈바라기의 인권 단속' 프로젝트는 아이들이 처음으로 배우는 '인권' 개념을 역량에 초점을 두고 기획한 교육과정이다. 친구들 사이의 갈등을 비롯해 자신을 둘러싼 사회에서 벌어지는 수많은 문제를 인권의 관점에서 생각하게 하는 것이다. 이 과정을 통해 인간으로서 배려와 존중, 공동체 일원으로서 책임감 있는 태도를 인권의 이름으로 아우르는 것, 스스로 인권 존중의 길을 걸어가는 것이 이 프로젝트의 목표이다.

'꿈바라기의 인권 단속'은 전주부설초 5학년 어린이들이 나, 우리, 대한민국, 지구촌의 인권을 지킨다는 의미를 구현하기 위해 애니메이션 〈스즈메의 문단속〉에서 프로젝트 이름의 모티브를 얻었다. 인권침해 문제는 사람들의 무관심 속에서 일어난다. 나는 이 프로젝트를 통해 우리 아이들이 '우리가 사는 세상 곳곳에서 인권 단속을 하며 소중한 사람들을 지키고 모두 함께 행복하게 살아가는 법'을 배웠으면 좋겠다고 생각했다. '꿈바라기의 인권 단속 프로젝트'의 핵심 가치는 '인권 감수성과 인권 존중'으로 정했다. 그리고 이러한 핵심 가치와 관련해 아이들이 배움에 이르러야 하는 핵심 아이디어는 다음과 같이 정의하였다.

- 인권 감수성은 인권침해 문제를 인식하고, 인간의 존엄성을 지키기 위한 인권 존중의 토대가 된다.
- 인권 존중은 인간이 존엄한 존재로서 인간답게 살 수 있게 한다.

이렇게 핵심 아이디어를 정하고 나니 프로젝트를 기획하는 다음의 과정은 자연스럽게 명확해졌다.

'꿈바라기의 인권 단속 프로젝트' 핵심 가치 선정

→ 핵심 아이디어 정의

→ 프로젝트 목표 설정

→ 총론 및 교과 역량 분석

→ 관련 교과의 성취기준 분석

→ 프로젝트 소주제 설정 및 상세계획 수립

수업은 배움의 끝이 아닌 시작

프로젝트 전반에서 강조하는 인권 감수성과 인권수호 행동을 끌어내기 위해서는 인권을 나의 삶과 연관하여 구체적이고 폭넓게 이해하는 것이 필요했다. 본 수업은 우리 반 인권선언문을 만들며 인권의 범위와 구체적인 의미를 확인하고, 인권의 다양한 측면을 나의 삶에 투영하며 도덕적 사고와 판단을 할 수 있는 기본 소양을 길러주는 것이 목적이다.

'인권의 의미와 인권을 존중하는 삶의 중요성을 이해하고, 인권 존중의 방법을 익힌다'라는 도덕과 성취기준을 염두에 두고 '우리 반의 인권을 어떻게 존중할까?'에 대한 답을 찾기 위해 '우리 반 인권선언문을 만들 수 있다'로 학습목표를 정했다. 인권 존중을 위한 해결책을 토의를 통해 함께 마련하고자 하였다. 이를 위해 이전 시간에 배운 세계인권선언 30개 조항 중 6개를 골랐다. 그리고 이 6개 조항과 관련해 우리 반에서 침해되고 있는 인권 문제를 찾아 '오삼반 라디오'에 사연을 보냈다. 아이들은 라디오 사연을 보며 우리 반 문제 상황과 침해된 인권을 연관 짓고, 이 문제를 해결하기 위한 '피라미드 토의'를 거쳐 우리 반 인권조항을 만들었다. 짝 토의, 모둠 토의를 거쳐 만들어진 인권조항은 '학급 투표'를 거쳐 최종 선택되고, 함께 만든 '오삼반 인권선언문'을 읽는 것으로 수업을 마무리하였다.

수업에서 내가 가장 주안점을 두었던 부분은 첫째, 아이들이 우리 반에서 발생하는 작은 갈등이나 불편 사항이 '인권'과 관련 있음을 깨닫게 하는 것이었다. 둘째, 우리 반의 말과 행동을 인권수호의 관점에서 긍정적으로 수정하고, 이를 모두가 '합의'하는 과정이었다.

첫 번째 '나의 삶과 인권 연관 짓기'를 하며 수업 중에 많은 아이가 '이것도 인권침해였구나'라는 깨달음을 얻었다. 수업 후에도 학교생활에서 끊임없이 '○○아, 이건 …권 침해야'라는 말을 했고, 그 말을 들은 아이들은 수긍하면서 삶과 인권을 잘 연관 지었다. 실제 '꿈바라기의 인권프로젝트' 이후 생활교육 관련 문제 발생 건수가 현저하게 줄었다.

두 번째 '모두의 합의'와 관련된 사항은 생각보다 어려웠다. 수업시간 내 인권선언문이 완성되고, 아이들과 합의된 인권선언문을 낭독했지만, 수업 중, 수업 후에도 완성된 '오삼반 인권선언문'에 대한 의구심이 끊이질 않았다. 인권조항에 대한 의문과 오해, 문제점 등을 계속해서 토론하고 수정해야 했다. 아이들은 때로는 동의하고, 때로는 반론을 제기하며 치열하게 토론했다. '오삼반 인권선언문'은 이런 치열한 과정을 통해 완성되었다.

한 번의 수업으로 아이들의 역량을 얼마나 키울 수 있을까? 분명한 것은 배움에는 끊임없이 자신의 삶과 연결짓는 과정이 필요하다는 것이다. 한 차시 수업의 틀을 깨고 계속되는 평가와 피드백으로 목표한 핵심 아이디어에 다가가는 것, 그 길로 가는 계단 하나하나를 놓듯 수업할 때 아이들과 교사 모두 성장할 수 있을 것이다.

교사로 성장한다는 것

'결과보다 과정이 중요하다'는 말은 교사에게도 해당하는 말임을 실감한다. 한 차시 수업을 준비하기 위해 해당 교과와 교육과정에 대한 이해를 높이는 것과 긴 호흡으로 프로젝트를 설계하는 일련의 과정은 교사로서의 할 일을 제대로 하고 있다는 뿌듯함을 느끼게 하였다. 또 인권에 대한 앎과 실천은 아이들이 세상에서 사람답게 살아가는 태도를 갖추게 하는 노력이었다는 점에 큰 의의를 둘 수 있었다. 동 학년 선생님들과 아이들의 의견도 반영하여 모두 함께 교육과정과 수업을 만들어 냈고, 수업자와 학습자 모두가 주체가 되고 교육활동이었다는 점에서 의미가 컸다. 수업 나눔을 준비하고 실천하는 과정에서도 나의 수업을 성찰하고 앞으로의 수업에서 개선할 부분을 찾을 수 있었다. 수업 나눔은 수업의 끝이 아닌 다른 수업의 시작을 위한 디딤돌로서 교사를 끊임없이 성장할 수 있도록 돕는 소중한 기회였다. 무엇보다 본 수업을 준비하는 과정에서 교육과정의 눈으로 수업을 설계하고 분석하는 것의 가치를 깨달았다.

첫째, 내 수업의 정체성을 확립할 수 있었다. 교육과정의 관점에서 수업을 바라보는 것은 '눈 감고 코끼리 다리 만지기'에서 벗어나는 길이 되었다. 그동안에는 교육과정-수업-평가-기록이 유기적으로 연결되어야 한다는 것을 머리로는 이해하고 있지만, 내 수업은 정말 '수업'에만 몰입되어 있었던 것 같다. 국가 교육과정 분석을 통해 내가 가르치는 것이 무엇인지, 학생들은 배워야 할 것이 무엇인지를 명확히 알고 나니 프로젝트와 수업을 설계하는 데에도 확신이 생겼다. 교육과정의 전문성은 선택이 아닌 교사의 필수 소양이라는 것 또한 절실히 느꼈다.

둘째, 교육과정을 보는 연습을 하니 수업을 체계화·구체화하기 쉬웠다. 수업에서 무엇을 해야 하는지를 명확히 한 후, 이를 지식·기능·태도로 분석하여 고르게 수업을 설계할 수 있었다. 계획 단계에서부터 인지, 정의, 심·동적인 면을 모두 고려하므로 한쪽 영역에 치우침 없는 수업 설계가 가능했다. 또 인지기능 동사를 염두하여 보다 적합한 활동을 선택, 구안할 수 있었다.

셋째, 프로젝트를 설계하는 데 도움이 되었다. 관련 교과를 연계하여 프로젝트를 계획할 때 교육과정의 눈으로 전체를 조망하고, 성취요소와 핵심기능을 분석함으로써 개별 수업의 위치를 확인하여 그에 걸맞게 활동을 구체화할 수 있었다.

넷째, 프로젝트 및 수업 협의, 나눔 과정에서 의사소통이 용이했다. 프로젝트의 중핵차시, 수업의 핵심기능, 주요 성취구성요소 등을 이야기하는 과정에서 수업자 관점이나 의도가 모두 다름을 느꼈다. 수업 분석을 체계적이고 구조적으로 함으로써 의사소통 과정에서의 오류를 줄이고 보다 명확하게 수업 협의를 진행할 수 있어서 도움이 되었다.

'아이들은 왜, 무엇을, 어떻게 학습할 것인가?', '나는 왜, 무엇을 어떻게 가르칠 것인가?' 수업을 준비하며 끊임없이 질문하면서도 내가 제대로 가르치고 있는지에 대한 확신이 없었다. 수업에 갇혀있던 눈을 뜨고, 교육과정을 바라보니 비로소 아이들과 내가 함께 나아가야 할 길이 보였다. 꿈바라기의 인권 단속 프로젝트와 수업을 돌아보니, 교육과정의 전문성은 교수학습 자료나 도구처럼 눈에 명확히 보이는 것이 아니더라도 좋은 수업의 성패를 가름하는 교사의 퀴에네였다. 교사가 자신의 철학으로 만든 교육과정을 갈고 닦으면 아이들 역시 스스로 길을 찾아 함께 성장하리라는 믿음을 가지고 동료들과 함께 꾸준히 우리의 교육과정을 세우기 위한 노력을 실천하고 싶다.

5학년 도덕과 프로젝트 교수·학습 설계안

1. 수업의 주제: 우리 반 인권 선언하기
2. 핵심 아이디어
- 인권 감수성은 인권침해 문제를 인식하고, 인간의 존엄성을 지키기 위한 인권 존중의 토대가 된다.
- 인권 존중은 인간이 존엄한 존재로서 인간답게 살 수 있게 한다.

3. 역량 및 성취기준 분석

도덕과 핵심역량	□ 도덕적 대인관계 능력	☑ 윤리적 성찰 및 실천성향
	☑ 도덕적 사고 능력	☑ 도덕적 공동체 의식
성취기준	[6도03-01] 인권의 의미와 인권을 존중하는 삶의 중요성을 이해하고, 인권 존중의 방법을 익힌다.	

성취기준 분석		
지식·이해	과정·기능	가치·태도
• 문제상황은 어떤 인권이 침해된 것일까? • 어떻게 인권침해 문제를 해결하고, 우리의 인권을 서로 존중할 수 있을까?	• 우리 반 인권 문제를 해결하기 위해 토의하기 • 우리가 만든 인권조항 평가하기 • 우리 반 인권선언문 만들기 • 우리 반 인권 선언하기	• 우리 반의 문제를 인권의 관점에서 파악할 수 있는 인권 감수성 함양 • 나와 친구들의 인권을 존중하는 태도 • 공동의 문제를 해결에 적극적으로 동참하는 태도 • 민주적인 의사소통 태도 • 우리 반 인권선언문을 생활 속에서 실천하려는 자세

4. 교수·학습목표 및 활동 분석

학습목표	우리 반 인권선언문을 만들 수 있다.

학습목표 및 활동 분석						
인지기능 지식	기억하다	이해하다	적용하다	분석하다	평가하다	창안하다
개념적 지식				[활동1] 연관짓다, 느끼다		
절차적 지식						[활동2] 토의하다, 만들다
메타인지 지식					[활동3] 성찰;선언하다	

5. 평가 과제

평가과제	토의를 통해 우리 반 인권 조항 만들기		
평가방법	평가주체	평가도구	평가시기
토의(모둠)/ 발표(모둠)	교사 관찰/ 동료 평가	활동지 / 인권조항종이	여러 대안의 설정과 각 대안의 결과 검토/ 자기 입장의 설정 및 정당화
평가과제 핵심질문	1. 우리 반 인권 문제를 파악하고, 권리를 존중하기 위해 적절한 인권조항을 만들 수 있는가? 2. 바른 태도로 토의에 참여하며, 민주적인 방법으로 의사결정을 하는가? 3. 공동의 문제를 해결하는 데 적극적으로 동참하고, 인권을 존중하기 위한 약속을 생활 속에서 실천하려고 하는가?		

6. 본시 교수·학습 과정안

단계	학습 과정	교수·학습활동	시간	자료(㉖) 유의점(㉗)
도덕적 문제 사태의 제시와 분석	전시 학습 상기 동기 유발	◉ 배운 내용 떠올리기 •세계인권선언 떠올리기 -지난 시간에 배운 내용을 떠올려 봅시다. ◉ 동기유발 •오삼반 라디오 -권리를 침해받은 친구의 사연 듣기 -어떤 문제가 있나요? -어떻게 해결하면 좋을까요?	5′	㉖ PPT, 사연판 ㉗ 개별 고민의 해결을 넘어서 학급 전체의 문제 해결 및 예방의 차원에서 해결책을 찾도록 한다.
	학습문제 확인하기	◉ 학습문제 **오삼반 인권선언문을 만들어 봅시다.**		
	학습활동 안내하기	◉ 학습활동 안내 <활동1> 권리 확인하기 <활동2>토의하기 <활동3> 인권선언문 만들기		
관련 규범의 확인 및 그 의미와 타당성 파악	관련 규범 찾기	◉ <활동1> 권리 확인하기 •오삼반 사연판 확인 -사연판에 올라온 사연을 더 살펴봅시다. -어떤 권리가 지켜져야 할까요? -앞으로 더 이상 이러한 인권 문제가 발생하지 않도록 오삼반 인권선언문을 만들어 봅시다.	5′	㉖ PPT, 사연판 ㉗ 아이들이 생활 속에서 겪는 불편한 상황이 인권의 문제와 관련 있다는 것을 깨닫도록 한다.
여러 대안의 설정과 각 대안의 결과 검토	여러 대안 검토	◉ <활동2> 토의하기 •인권선언 규칙 안내하기 -'오삼반 인권조항은 개인이 아닌 모두를 위한다. 인간존엄성을 최우선으로 생각한다. 모두가 실천하려고 노력한다.' •짝과 함께 의견 모으기 -짝과 함께 문제해결을 위한 인권조항을 만들기	15′	㉖ PPT, 활동지 ㉗인권조항을 만드는 기준을 고려하여 만들도록 한다.
자기 입장의 설정 및 정당화	대안 선택 및 논의	•모둠원과 인권조항 토의하기 -모둠원들과 함께 짝 토의 결과를 보며 인권조항을 수정, 보완합니다.		㉖ 유성매직, 활동지, 인권조항 종이
자기 입장의 수정 및 잠정적 의사 결정	대안 수정 의사결정	◉ <활동3> 선언문 만들기 •모둠별로 토의한 인권조항 발표하기 •인권조항에 대해 가부 정하기 -인권조항에 대해 의견을 표현해 봅시다. •인권선언문 만들기 -최종 의견을 반영하여 모둠에서 만든 인권조항 종이에 적어봅시다.	5′	㉖ 태블릿PC, 인권조항 종이, 인권선언판
		◉ 정리하기 •오삼반 인권 선언하기 ◉ 차시예고 하기 •우리 학교의 인권 문제 찾아보기 -우리 학교에서 인권이 침해되는 사례를 찾아봅시다.		㉖ 인권선언판

소리를 찾아가는 음악수업

— 송성근

음악수업 어디까지 해 봤니?

음악을 전공한 교사로서 아이들과 함께 해 보고 싶은 음악수업은 무엇일까? 노래 부르기, 악기 연주하기, 가사 바꿔 부르기, 리듬 바꿔 연주하기, 짧은 마디 창작하기, 작곡하기 등 음악수업하면 보통 노래나 악기 연주를 생각하곤 한다. 코로나 시대를 지나면서 비대면 음악수업을 위한 여러 가지 방법이 시도되었다. 그중에서 에듀테크를 기반으로 한 디지털 음악수업 프로그램인 Song Maker와 아이패드를 기반의 작곡 프로그램인 개러지밴드를 활용한 수업에 관심이 많았다.

동료 교사들과의 수업 협의 중 공통적인 의견은 디지털 음원이나 미디 음원이 아닌 실음 위주의 실제적인 수업을 하면 좋겠다는 것이었다. 이를 바탕으로 수업을 기획하게 되었다. 또 한가지 고민은 익숙하고 쉽고 잘하는 수업과 모험적이고 다소 산만하지만 새로움을 추구하는 수업 사이의 갈등이었다. 이런 고민은 3학년 교생들에게 좀 더 도움이 되는 쪽으로 초점을 맞추기로 했다. 음악수업을 준비함에 있어 음악적 재능과 소질이 있는 선생님들에 비해 그렇지 못한 선생님들은 음악수업을 기피하는 경향이 있다. 따라서 타고난 음악적 재능이 아니어도 음악수업을 재구성하고 학생 중심의 수업으로 이끌어내는 방법을 같이 고민해 볼 수 있는 수업을 준비하고자 했다.

내 수업의 의도는…

음악과 수업모형은 일반교수 학습 모형, 가창 중심 교수 학습 모형, 기악 중심 교수 학습 모형, 창작 중심 교수 학습 모형, 감상 중심 교수 학습 모형, ICT를 활용한 창작 교수 학습 모형, 문제중심 교수 학습 모형, 개념 중심 교수 학습 모형 등이 일반적이다. 2015 개정 교육과정에서 강조하고 있는 역량 중심 교육은 '지식'을 살아가는 삶 속에서 다양한 경험을 통해 구성하고 발전시켜 나가는 것이다. 경험을 강조했던 듀이(Dewey)도 교과 지식의 상호 연결성, 즉 삶과 연결된 지식이 될 수 있어야 한다고 했다. 소경희(2017)는 기존의 한국 교육의 병폐로 지목되어 온 경쟁적이고 분절적인 지식 습득 위주의 교육을 탈피하여 학생들이 배움의 즐거움을 느낄 수 있도록 창의성 교육에 주목해야 함을 주장한다.

음악에서 창작 활동은 습득한 음악 개념을 활용하여 실제적으로 자신의 음악 아이디어를 창출하면서 악곡을 표현하는 총체적 경험 활동이라 할 수 있다. 김용희(2018)는 음악 창작은 연주나 감상보다 학생의 창의적 표현 욕구를 충족시킬 수 있는 도구라고 하면서, 인간의 여러 사고 유형 중 '음악'이라는 매체를 통해 적극적으로 생각하고 상상하고 조직하고 탐구하는 논리를 전개할 수 있는 활동으로 음악 창의성을 증진시키는 데 효과적이라고 언급하였다.

나의 수업은 2015 개정 음악과 교육과정을 바탕으로 하여 최은식, 오지향(2016)의 연구에서 개발된 수업모형인 '창의적 사고 과정 기반 창작 수업모형'으로 수업을 설계했다. 전개 단계 중 구성의 주요 활동인 '즉흥 표현하기'에 중점을 두고 이야기의 장면에서 찾을 수 있는 다양한 소리를 만들어 표현할 수 있게 구성하였다. 여기에 영화나 드라마, 다양한 예능 프로그램에서 재미있는 소리를 찾아 입히는 폴리 아티스트에 대해 알아보고 이를 수업에 도입하여 다양한 악기를 활용하여 창의적으로 이야기 장면을 꾸미도록 구성하였다.

또 2차시였던 본 시안을 확대, 재구성했다. 간단한 리듬과 선율을 활용하여 이야기 장면에 어울리는 노래 만들기 차시에 극본을 만들어내는 것을 포함하여 2차시로 확대하였다. 3차시에는 이야기 장면을 다양한 악기와 소리로 표현하는 음악극 만들기 수업으로 구성하였다. 2차시 수업 극본 만들기를 할 때 수업자가 원하는 악기 소리를 염두에 두고 극본을 쓸 수 있도록 하여 좀 더 생동감 있고 다양한 악기를 활용한 수업이 될 수 있도록 하고자 했다.

도입 단계인 감지 부분에서는 느끼기, 기억하기, 연상하기, 표현하기 활동을 주로 하는데, 동기유발 부분에서 같은 내용의 동영상을 편집하여 효과음이 있는 동영상과 효과음이 없는 동영상을 비교해 보고 효과음의 유무에 따른 느낌의 차이를 알아보는 데 중점을 두었다.

전개 중 숙련 단계에서는 교사와 함께 익숙하게 알고 있는 노래를 듣고 어떤 악기의 소리를 더하여서 효과음을 만들 수 있는지 함께 표현해보도록 했다. 이를 통해 폴리 아티스트가 효과음을 만드는 과정을 학생들이 익힐 수 있도록 하였다.

전개 중 구성 단계에서는 모둠별로 주어진 장면을 창의적으로 표현하도록 하고자 한다. 극본의 내용에 따라 분위기에 어울리는 효과음을 만들어내는데, 주어진 악기뿐 아니라 신체, 목소리, 선율 악기 등 활용 가능한 모든 것을 사용하여 나만의 효과음을 만들어 음악극을 완성할 수 있도록 했다. 창의적인 표현이 가능하도록 수업 중에 허용적인 분위기를 만들었다. 음악극 발표하기 활동에서는 모둠별 장면을 연결하여 이야기를 구성하고 음악극으로 표현하면서, 학습 목표인 효과음을 사용하여 이야기를 표현해 보는 활동으로 구성하였다.

정리 부분에서는 이야기의 장면을 표현해 본 소감을 발표하면서 폴리 아티스트가 하는 일에 대해 다시 한 번 정리하고, 학생들이 효과음의 중요성과 필요성을 알게 하고자 하였다.

교육과정과 음악수업의 설계

음악교과의 핵심아이디어는 '음악 창작 활동은 무한한 상상과 가능성을 탐구하여 자기 주도적으로 음악을 구성하는 것'이다. 이를 기반으로 음악과 교과역량을 '음악적 소통역량, 음악적 창의 융합 사고 역량'에 집중하고자 했다. 이런 교과역량을 기르기 위한 성취기준으로는 [6음01-05] '이야기의 장면이나 상황을 음악으로 표현한다'로 잡았다. 이 수업에서 가장 중점을 둔 핵심동사는 '생각하다', '표현하다', '비교하다', '판단하다', '생각해내다'였다. 아이들이 음악수업의 다양한 활동을 통해 표현하고 비교하고 표현방법을 생각해내고 평가하는 활동을 지속하도록 했다.

수업을 마치고

언제나 새로운 도전은 낯설고 어렵고 힘든 일이다. 하지만 분명한 사실은 이러한 도전은 나를 반드시 성장시킨다는 것이다. 음악수업을 하면서 악기를 주는 순간 통제가 되지 않는 것을 잘 알고 있기에 이에 대한 대비책을 마련했다. 공개 수업이기 때문에 보여줘야 한다는 강박관념을 벗어나고자 많은 노력을 하였다. 또한 수업은 교사만의 것이 아닌 학생과 교사의 콜라보가 적절하게 어우러지는 작업이다. 이러한 의도를 달성하기 위해 교사의 발문 하나, 학생의 예상 답변 하나 허투루 할 수 없었다. 교사의 의도대로 진행되는 수업이면 좋겠지만 뜻대로 흘러가는 수업은 없기에 다양한 변수를 염두에 두고 수업을 준비하였다.

6모둠 24명의 학생들 모두 각각의 생각이 다르기 때문에 똑같은 악기의 소리를 듣고도 어떤 아이는 슬픔을 생각하기도 하고, 어떤 아이는 행복을 떠올리기도 한다. 자신의 경험과 생각에 따라 들리는 게, 느껴지는 게 다르기 때문인데, 이것은 틀린 게 아니다. 단지 다를 뿐이다. 서로의 다름을 인정하고 이해하고 격려하면서 이번 수업을 진행하다보니 다양한 장면의 모습이 여러 가지 악기를 통해 표현되었다.

협화음의 시대를 살았던 때가 있었다. 하지만 지금은 협화음만이 화음이 아니다. 불협화음도 하나의 아름다움으로 느끼는 시대가 되었다. 다양함을 바탕으로 자유롭게, 하지만 서로를 인정하고 배려하는 교육이 음악수업에도 적용될 때가 되었다.

'一人百步 不如 百人一步(일인백보 불여 백인일보)'라는 말이 있다. '한 사람이 백 걸음을 걷는 것보다 백 사람이 한 걸음을 같이 걸어가는 게 낫다'라는 말은 보통 합창을 지도할 때 많이 쓰는 말이다. 이번 음악수업을 준비하면서 5학년 2반 24명의 친구들은 서로의 다름을 봤지만, 그것 또한 인정하고 함께 배려하며 이야기 장면을 표현해냈다. 이 친구들을 보면서 음악수업 또한 학생들과 함께 걷는 길임을 다시금 느끼게 된다. 잘하고 못하고의 문제가 아닌 함께하면 못 할 것이 없음을 알게 해 준 수업이었다.

모범생을 키울 것인가? 모험생을 키울 것인가? 적어도 앞으로 나의 교직에 있어서는 모범생보다는 모험생을 키우는 교사가 되고자 한다. 틀에 박힌 정답보다는 나만의 색깔을 가진 모험생들을 격려하며, 서로의 다름을 인정하고 배려하는 제자들을 길러내는 교사가 되고 싶다. 교육에는 왕도가 없다. 그렇다. 음악에도 왕도가 없다. 수업을 준비하고 계획하고, 실행하고 돌아보면서, 진주를 품은 조개는 모래알갱이가 상처를 내고 아픔을 주지만, 잘 품어내고 인내하고 견뎌내면 최고의 상품가치를 가진 진주를 만들 수 있음을 다시 한번 깨닫게 되었다. 23년간의 교직 생활 중에서도 아직 더 배우고 더 많이 성장해야 함을 알게 되었다. 교학상장(敎學相長)이라는 글귀처럼 오늘도 가르치고 배우고 서로 성장하는 나이기를 기도한다.

5학년 음악과 교수·학습 설계안

1. 수업의 주제: 효과음을 활용하여 이야기의 장면 표현하기

2. 핵심 아이디어
- 음악 창작 활동은 무한한 상상과 가능성을 탐구하여 자기 주도적으로 음악을 구성하는 것이다.

3. 역량 및 성취기준 분석

음악과 핵심역량	□ 음악적 감성 역량	☑ 음악적 창의 융합 사고 역량
	☑ 음악적 소통 역량	□ 문화적 공동체 역량
	□ 음악 정보 처리 역량	☑ 교과 역량
성취기준	[6음01-05] 이야기의 장면이나 상황을 음악으로 표현한다.	

성취기준 분석		
지식·이해	과정·기능	가치·태도
• 리듬 가락 • 화성 • 형식 • 셈여림	• 짧은 리듬 및 가락 노래 부르기 • 악보로 표현하기 • 음악적 맥락을 이해하고 음악 만들기 • 악기 연주하기 • 우리 반 인권 선언하기	• 음악의 수행 과정을 통해 친구 간 협동심 기르기 • 자기 성찰을 통한 수정 및 보완

4. 교수·학습목표 및 활동 분석

학습목표	효과음을 활용하여 이야기의 장면을 표현할 수 있다.					
			학습목표 및 활동 분석			
지식 \ 인지기능	기억하다	이해하다	적용하다	분석하다	평가하다	창안하다
[단계] 핵심동사		[활동1] 생각하다			[활동3] 판단하다	[활동2] 생각해내다

5. 평가 과제

평가과제	효과음을 활용하여 이야기의 장면 표현하기		
평가방법	평가주체	평가도구	평가시기
관찰 평가(모둠 발표)	교사/ 동료 평가	활동지	구성
평가과제 핵심질문	1. 이야기의 분위기를 살리는 효과음을 만들 수 있는가? 2. 우리 모둠이 만든 효과음을 활용하여 이야기의 장면을 효과적으로 표현할 수 있는가?		

6. 본시 교수·학습 과정안

단계	학습 과정	교수·학습활동	시간	자료(㉯) 유의점(㉴)
도입	감지	⊙ 배운 내용 떠올리기 • 폴리 아티스트 떠올리기 ⊙ 동기유발 ○ 폴리 아티스트 알아보기 -폴리 아티스트가 하는 일을 알아봅시다. -폴리 아티스트가 되어 이야기를 좀 더 생동감있게 표현해 봅시다.	5′	㉯ PPT, 동영상
		⊙ 학습문제 **효과음을 활용하여 이야기의 장면을 표현해 봅시다.**		
		⊙ 학습활동 안내 <활동1> 나도 폴리 아티스트 <활동2> 장면 표현하기 <활동3> 음악극 발표하기	5′	㉯ PPT, 전자피아노, 슬레이 벨, 버팔로 드럼
전개	숙련	⊙ <활동2> 장면 표현하기 • 극본에 맞춰 모둠별로 장면 표현하기 -모둠별로 지난 시간에 고른 장면의 극본에 어울리는 소리를 탐색해 봅시다. • 장면의 분위기에 어울리는 표현 방법 정하기 -장면에 분위기에 어울리는 가락, 리듬, 악기, 물체 소리 정해 봅시다. • 극본에 어울리게 장면 표현하기 -모둠별 표현한 장면에 대해 발표해 봅시다.	15′	㉯ PPT, 활동지, 악기 ㉴ 활동지에 다른 모둠의 잘한 점을 적게 한다.
	구성	⊙ <활동3> 음악극 발표하기 • 장면의 흐름에 따라 음악극 만들기 -각 모둠에서 만든 장면을 모아 음악극을 만들어 봅시다. -해설자, 배우, 폴리 아티스트 등 역할을 나누어 발표해 봅시다.	10′	㉯ 마이크 ㉴ 모둠 발표시 장면 2~4 순서대로 진행하고 경청하는 자세를 갖도록 한다.
정리	정리	⊙ 정리하기 • 소감 이야기하기 -이야기 장면을 표현해 본 소감 이야기해 봅시다. ⊙ 차시예고하기 • 차시예고하기 -다음 시간에는 즐거운 여행자 기악합주를 해 봅시다.	5′	

4 학년

껍데기를 벗으며

새로운 시도를 통해 더 깊이 있는 시간과 마주하다

— 이경화

왜 수학과를 선택했나?

그간의 교직 생활 중에서 여러 번의 공개수업을 진행해 왔다. 학부와 대학원에서 영어를 전공해서인지 익숙한 과목을 준비하는 것이 마음 편했던 것일까? 막상 수업을 진행하려고 준비하다 보면 대부분 '기승전 영어과' 수업으로 결론이 나곤 했다. 익숙함 속에 갇혀있는 나로부터 조금 탈출해 보고 싶다는 생각이 들었다. 게다가 올해 가장 먼저 수업공개의 포문을 여는 행운도 얻었다. 그래서 이번에는 지금까지 해보지 않았던 다른 시도를 꼭 해 보고 싶다는 생각을 했다. 이제 부설 3년차가 되었으니 쉬운 길로 가기보다는 나의 성장을 도모할 수 있는 길에 들어서는 시도를 해보고자 했다. 그래서 택한 과목이 수학이었다.

'큰 수'라는 단원의 공개수업

이번 수업이 3월 말에 계획되었는데, 수학 교과 단원의 순서상 1단원에 해당되는 부분이었다. 그런데 4학년 첫 단원인 '큰 수'는 학생들의 수학적 사고력 확장을 쉽게 보여 줄 수 있는 내용은 아니었다. 수와 연산 단원이 수학의 가장 기본이라고 생각하기에 수 영역을 다루는 1단원 수업을 기획해 보기로 했다. '큰 수' 단원은 2학년 2학기에 학습한 '천의 자리'까지 수의 후속학습이다.

2년 만에 다시 수에 대해 학습하면서 학생들이 실생활에서 수학적 문제를 접할 때 슬기로운 해결 방안을 모색할 수 있기를 바랐다. 기존에 알고 있던 수의 범위와 계열을 이해하며 '협력적 문제 해결 학습'을 통해 주어진 문제를 빠르게 해결해 갈 수 있기를 바랐다. 학습 과정을 통해 수학적 개념을 활용한 문제 해결방법을 아이들 스스로 추론하고 탐구하면서 '문제해결 역량'과 '의사소통 역량', '정보처리 역량'들을 키울 수 있게 되기를 바랐다. 이런 필요와 지향을 기초로 연구수업은 '문제해결 학습모형'을 활용하여 구성하게 되었다.

수학과와 문제해결학습모형

학습의 첫 단계인 문제의 이해 단계에서는 먼저 전시학습 상기를 통해 수의 계열을 잘 이해하고 있는지를 확인했다. 이번 수업에서 다루는 수의 단위가 꽤 크기 때문에 길게 숫자로만 구성된 수보다 한글과 수가 혼용된 수를 제시하였다. 그래서 학생들의 개념 이해 정도만 확인하고 수를 세거나 내용을 이해하는데 시간을 많이 사용하지 않도록 하였다.

동기유발 활동으로 외국인인 교사가 학생들에게 우리나라에서 가장 인기 있는 라면에 대해 질문을 하는 형식을 취했다. 영상에서 외국인 교사는 아이들에게 한국에서 가장 인기 있는 라면을 자신에게 소개해 달라고 요청했다. 아이들이 평소에 친구들에게 부탁을 받을 만한 내용으로 발문을 시도하였다. 발문 중에 있는 '인기 있는'이라는 의미를 잘 살리고 수학적 판단에 필요한 지표로 우리나라 라면의 판매액을 조사하는 방법을 도입했다. 판매액의 단위가 수업제재인 '수의 단위' 수치와 일치하여 학생들에게 식품산업정보 통계 뉴스 자료를 제공하였다. 일상의 문제를 수학적으로 해결해야 하는 상황이 많음을 인식하도록 구성하였다. 또 라면 판매액인 큰 수의 크기를 비교해보는 상황 속에서 학생 스스로 문제를 해결하도록 했다. 다른 사람에게 정보를 제공하는 활동을 통해 타인을 돕는 태도와 실천 자세를 기르고 '공동체 역량'까지 기를 수 있도록 구성하였다.

학습문제 확인 단계에서는 일상에서 우리가 자주 접하기 어려운 큰 수를 다루게 되므로 자릿수가 많은 수를 읽으며 신중하게 문제를 대할 수 있도록 안내하였다. '해결계획의 수립' 단계에서는 우리나라에서 가장 판매액이 많은 라면 10개 상품을 제시하였다.

문제 해결 전략을 발견하기가 쉽지 않은 특성을 감안하여 대표적인 숫자들을 한 쌍씩 제시하여 수를 비교 대조할 수 있도록 했다. 큰 수를 비교할 때 어떻게 문제를 해결할지 스스로 방법을 생각할 수 있도록 학습목표에 더 집중시킬 수 있는 정선된 자료를 제공했다. 문제 해결 전략은 자릿수 숫자 차에 따라 해결할 수 있는 두 가지 방법을 자신의 언어로 표현해 볼 수 있게 했다. 짝과 함께 충분한 대화를 나누게 하여 의사소통 능력까지 기를 수 있도록 수업을 진행하였다.

해결계획의 실행 단계에서는 열 가지 라면의 판매액을 서로 비교해 본 뒤 순위를 매겨 표에 붙이도록 하였다. 반성 단계에서 문제 해결 과정 검토 과정을 거쳐 학생이 문제 해결 전략을 제대로 이해했는지를 파악하게 했다. 또 뉴스 속보 형식을 통해 새로운 판매액을 제시하여 숫자가 커질 때와 작아질 때의 상황을 고루 제시하여 학생이 알맞은 문제 해결 전략으로 수의 크기를 비교하는지 확인하였다. 새로운 시도로 뉴스 미디어를 활용하여 실생활과 연관시키는 방법을 차용하고, 수학과 사회를 융합하여 학습할 수 있도록 진행하였다.

정리 단계는 자신이 발견한 문제 해결 전략에 의해 해결된 문제의 결과를 실생활에 적용해보는 단계이다. 가장 많은 판매액을 보인 결과물을 외국인 선생님께 전달하는 활동을 통해 자신이 알게 된 지식을 다른 이와 공유하게 했다. 이런 과정의 도입은 학습한 내용이 나만을 위해 쓰이지 않고 다른 이와 나누어야 더 빛이 난다는 것을 알게 하는 데 목적을 두었다.

수업 실행의 지향점은?

우리 4학년 학생들은 2학년 2학기 때 네 자릿수의 자릿값과 위치적 기수법을 이해하고 읽고 쓰는 방법을 배웠다. 이번 단원은 다섯 자리 이상의 수인 10000 이상의 큰 수에 대한 후속 학습이다. 따라서 단원 초반부의 만, 억, 조의 수의 자릿값을 이해하는 것이 이번 단원에서 가장 기초가 되면서 단원의 핵심 내용을 이해하는 핵심차시이다.

핵심차시가 목표로 하는 성취 기준은 '10000 이상의 큰 수에 대한 자릿값과 위치적 기수법을 이해하고, 수를 읽고 쓸 수 있다'는 것으로, 성취 요소는 이해한 내용을 읽고 쓸 수 있는지 이해도를 파악하는 것이라 할 수 있다. 본 차시의 성취 기준은 '다섯 자리 이상의 수의 범위에서 수의 계열을 이해하고 수의 크기를 비교할 수 있다'로, 수의 크기를 비교할 수 있는지의 기능을 파악하는 것이다.

블룸(Bloom)의 교육목표분류체계에 따르면 본 차시는 일상생활에서 겪을 수 있는 문제를 분석(Analyzing)한 뒤 이를 본 차시에서 한 내용에 적용해보면서(Applying) 생활에서 어떻게 활용할지를 평가(Evaluating)하는 활동이다. 본 차시에서 활용한 성취 요소 기능은 전 차시에서 수의 범위 계열을 익혀 수 간의 위계를 알 수 있게 된 것을 바탕으로 한다. 즉 수의 크기를 비교해 볼 수 있는 기능을 익혀 학생들이 수의 차이를 알고, 이를 비교할 수 있는 능력을 기르고 확인하는 것이다.

교육과정과 나의 수업의 연계는?

수학과의 교과역량은 '문제 해결 역량'과 '정보처리 역량'이라 할 수 있다. 본 차시에서는 ①자신이 발견한 문제 해결전략을 바탕으로 새로운 문제의 전략을 추론해보고 적용하여 '추론 역량'을 키운다. ②짝 활동을 진행하면서 문제를 해결하는 과정 속에서 '의사소통 역량'을 기른다. ③수의 크기를 비교하고 순위를 정하는 과정을 통해 '정보처리 역량'을 기른다. ④외국인 선생님이 당면한 문제의 해결을 돕고자 하는 마음과 태도를 가져 남을 배려하는 따뜻한 태도를 기르고자 했다. '수학수업 한 단원에서 이러한 다양한 역량을 다 다룰 수 있을까?'라는 걱정도 있었다. 그래서 수업시간별로 역량의 주안점을 둬 역량이 변화되기를 바라는 지점까지 성장하도록 수업의 방향을 고려하여 학습을 구성하였다.

학습의 평가는 어떻게 이루어졌는가?

'큰 수의 크기 비교가 필요한 상황을 이해할 수 있다.'와 '자릿수가 서로 다른 수, 자릿수가 같은 수를 비교하는 방법을 설명할 수 있다'는 성취기준의 달성도를 파악하는 데 주안점을 두었다. 수업 과정 중에는 '해결계획의 수립과 실행' 단계에서 학생들이 조작하는 과정을 보며 수를 비교할 수 있는지를 확인해 보았다. 큰 수들 사이의 차이를 비교하는 능력을 측정하는 기능 요소를 학생들이 잘 이해하고 있는지 확인하기 위해 학생들이 직접 조작할 수 있는 자석을 활용했다. 이를 위해 짝 활동으로 소집단을 편성하여 학생들의 이해 정도를 손쉽게 했다. 학습목표 '이해'의 부분은 나누어준 신문형 학습지를 확인하여 제대로 자릿수를 나누어 수를 읽고 크기를 비교했는지를 확인해 보았다. 평가 피드백은 '상과 중'은 지도서에 제시된 서술형 문제를 제시하였고, '하' 수준의 학생은 수학 익힘책에서 비교와 관련된 문제를 개별적으로 풀고 설명해 주었다.

앞으로 교육과정 운영과 수업에 적용할 점은?

이 단원을 학습하며 가장 염려가 되는 것 중 하나가 학생들이 수의 크기를 비교할 때 본 단원에서 너무나 큰 수를 다루기 때문에 '수 읽기를 너무 어려워해서 시도조차 하지 않거나 중간에 포기해 버리면 어떻게 하지'라는 것이었다. 그런데 막상 수업이 시작되니 학생들이 모두 매우 열심히 문제 해결에 참여하는 모습을 볼 수 있었다. 학생들이 수업에 몰입할 수 있는 매력적인 동기유발과 잘 조직된 문제 상황의 구성이 학생들의 학습 동기에 큰 영향을 미친다는 것을 확인하는 시간이었다. 평소 수학에 자신 없어 하던 친구도 인기 있는 라면의 순위를 알고 싶어 하며, 열심히 교구를 만지고 붙이는 모습을 보였다. 라면은 일상생활에서 밀접하게 접하는 식재료다. 최고의 동기유발 자료는 아이들의 삶에서 손쉽게 접하는 것이어야 함을 시사해주고 있다. 이를 위해서는 아이들의 필요와 관심사에 집중해야 한다. 이번 수업은 교사의 부지런한 발품보다 좋은 원동력이 없음을 알게 되는 기회가 되었다. 그간 익숙함에 너무 젖어 '하던 대로', '편한 대로', '수업이 흘러가는 대로'의 자연스러움을 추구하며 다소 느슨했던 나의 수업 흐름을 반성하게 되었다.

끝으로 바쁜 학년 지원교사를 대신 해 나보다 더 부지런하게 준비해 주고 물심양면으로 지원을 아끼지 않은 동 학년 선생님들의 수고에 이번 기회를 통해 진심으로 감사를 표한다. AI 아나운서 제작하고 편집하느라 며칠 밤을 지새운 선생님, 또 수업자료 일일이 출력해 주고 제작하는 데 혼신의 힘을 쏟은 선생님, 다 고마운 분들이 옆에 있어서 혼자서는 감히 엄두조차 내지 못했을 일들이 척척 진행되는 기적 같은 시간을 맛볼 수 있었다. 역시 '혼자'보다는 '여럿'이 낫고, '나'보다는 '우리'가 더 든든하고 소중하다는 것을 배우는 시간이었다.

4학년 수학과 교수·학습 설계안

1. 단원 성취기준 분석

선수 학습	본학습	후속 학습
2-2, 1. 네 자리 수	4-1, 1. 큰 수	5-1, 2. 약수와 배수
[2수01-02] 일, 십, 백, 천의 자릿값과 위치적 기수법을 이해하고, 네 자리 이하의 수를 읽고 쓸 수 있다. [2수01-03] 네 자리 이하의 수의 범위에서 수의 계열을 이해하고, 수의 크기를 비교할 수 있다.	[4수01-01] 10000 이상의 큰 수에 대한 자릿값과 위치적 기수법을 이해하고, 수를 읽고 쓸 수 있다. [4수01-02] 다섯 자리이상의 수의 범위에서 수의 계열을 이해하고 수의 크기를 비교할 수 있다.	[6수01-04] 약수와 배수의 관계를 이해한다. [6수01-02] 약수, 공약수, 최대공약수의 의미를 알고 구할 수 있다. [6수01-03] 배수, 공배수, 최소공배수의 의미를 알고 구할 수 있다.

2. 본 차시 목표

학습목표	ㅇ 큰 수 단위의 뛰어 세기를 할 수 있다. ㅇ 큰 수의 크기를 비교할 수 있다. ㅇ 큰 수에 관한 문제를 해결할 수 있다
본 차시 교과역량	ㅇ 큰 수 단위의 뛰어 세기와 큰 수의 크기를 비교하는 과정에서 큰 수에 대한 양감을 기를 수 있다. [문제 해결, 추론, 의사소통, 정보 처리, 태도 및 실천]

3. 본 차시 평가계획

	내용		기준	방법	시기
평가 계획	큰 수의 크기를 비교할 수 있는가?	매우 잘함	수의 크기를 비교하는 방법을 두 가지 다 이해하고 정확하게 비교하고 설명할 수 있다.	서술형 평가	해결계획의 실행
		잘함	수의 크기를 비교하는 방법을 두 가지 다 이해하고 오류가 거의 없이 비교하고 설명할 수 있다.		
		보통	수의 크기를 비교하는 방법을 두 가지 다 이해하나, 2~3개 오류가 있다.		
		노력 요함	큰 수의 크기를 비교하지 못한다.		

4. 본시 교수·학습 과정안

단원	1. 큰 수	차시	8/12	교과서 범위	24~25쪽
성취기준	[4수01-02] 다섯 자리 이상의 수의 범위에서 수의 계열을 이해하고 수의 크기를 비교할 수 있다.				

학습목표	수의 크기를 비교할 수 있다.	수업모형	문제해결학습모형
		학습형태	전체-짝-개별

온라인자료	http://naver.me/I5o2MOCB	학습 자료	교사	PPT, 자석 숫자판
			학생	학습지, 순위판, 숫자카드

단계	학습 과정	교수·학습활동	시간	자료(㉰) 유의점(㉯)
문제의 이해	전시학습 상기 조건 확인	• 배운 내용 떠올리기 -가로는 1억씩 뛰어 셌고, 세로는 백만씩 뛰어 셌습니다. • 동기유발 -영상에서 찰리가 부탁한 내용을 말해 봅시다. -찰리에게 어떤 근거로 추천할지 생각해 봅시다.	7′	㉯ 일반적인 추측이 아닌 객관적 자료를 통해 수를 비교해 볼 수 있는 활동을 할 수 있도록 유도한다.
	학습문제 확인	• 학습문제 **라면 판매액을 비교하여 순위를 정해봅시다.**		
해결계획의 수립	문제해결 전략 생각하기	<활동1> 판매액 비교하기 • 주어진 조건 확인하기 -판매액이 많은 라면을 찾는 방법을 발표해 봅시다. -'숫자가 더 긴 것이 더 큰 수'라는 생각을 수학적 언어로 표현해 봅시다. -신문을 보고 두 수 중 자릿수가 많은 수를 읽어봅시다. -자릿수가 다른 수끼리 수의 크기를 비교해 봅니다. -자릿수가 같을 때는 어떻게 하면 더 큰 수를 찾을 수 있을지 짝과 이야기해 봅시다.	12′	㉯학생들의 경험에 근거한 언어로 표현한 내용을 수학적인 언어로 다시 표현하고 다듬는 활동을 진행하도록 안내한다. ㉰ 신문형식학습지 ㉯다양한 방법으로 문제를 해결할 수 있도록 충분히 생각할 시간을 준다.

해결계획의 실행
 	
반성
	문제 해결 및 검토하기
	
	조건을 변경하여 새로운 문제제작
		<활동2> 순위 정하기
		• 수 비교하여 순서대로 정리하기
		-신문 자료에 따라 판매액을 비교한 뒤 순위를 정해 봅시다.
		-모둠별로 해결한 결과를 살펴보며 알맞게 문제를 해결했는지 확인해 봅시다.
		• 새로운 수 비교하기
		-뉴스에 의해 달라진 판매액대로 다시 순위를 정해 봅시다.
			15′	㉰ 신문형식 학습지
				  순위판
				  자석 숫자판
				㉯ 수를 비교할 때 사용하는 전략을 새로운 수를 비교할 때도 잘 활용하고 있는지 확인한다.

학습정리	학습정리 차시예고	• 학습 내용 정리하기 -1위와 2위의 라면처럼 자릿수가 같을 때는 어떻게 비교하는지 이야기해 봅시다.	6′	㉯ 숫자보다 라면의 종류에 더 관심을 보이지 않도록 숫자에 더 집중할 수 있도록 유도한다.

'울타리'를 넘어서

— 윤대건

왜 선택했는가? '딱 맞는 옷'

2022년 3월, 부설초로 전입한 이후 한 달만인 4월 19일 공개수업을 해야 했다. 과목은 평소 좋아하던 사회로 정하고, '어떤 차시를 수업해야 할까?', '어떤 수업모형을 적용해야 할까?'라는 두 가지 질문에 매몰되어, '문화유산의 의미를 알아보고 분류해보자'라는 학습문제를 개념학습모형에 적용하여 수업을 준비하였다. '이 학습내용에는 이 모형이 딱이야!'라고 생각했지만, 수업을 본격적으로 준비하면서부터 진짜 어려움이 시작되었다.

교생실습 이후로는 수업모형에 맞추어 수업을 한 경험이 거의 전무했기에 수업모형 단계에 맞게 수업을 계획하고 준비하는 모든 것이 낯설고 힘들었다. 하지만 준비하는 과정에서 동 학년 선생님들, 교과연구회 선생님들과의 여러 차례 협의와 지원으로 수업은 애초에 내가 기획한 것보다 훨씬 치밀하고 잘 계획할 수 있었다. 그럼에도 불구하고 공개수업을 마치고 난 이후에 후련함보다는 '찝찝함'을 느꼈다. 열심히 준비한 수업이었지만 나에게 맞지 않는 옷을 입은 느낌이었고, 나 스스로 만족할 수 없는 수업이었다. 내가 계획한 수업은 분명 모형에는 맞지만 내가 봐도 아이들이 몰입하면서 즐겁게 배울 수 있는 수업은 아니었다. 벌써부터 다음 공개수업이 걱정되기 시작했다.

2023년이 되었다. 나는 다시 공개수업을 해야 했고 2022년 공개수업보다 잘하고 싶다는 마음과 2023년 공개수업이 두렵다는 마음이 공존했다. 나는 다시 '어떤 내용, 어떤 모형을 선택해야 하지?'라는 질문에 매몰되기 시작했다. 한참을 고민했지만, 답이 나오지 않았다. '내가 학습모형에만 너무 집착하고 있는 게 아닐까?'라는 생각에서 그저 작은 실마리 같은 아이디어가 떠올랐다. '학습 내용이나 성취기준이 조금 융통성 있다면 나다운 수업을 할 수 있지 않을까?'라는 단순한 아이디어에서 나는 학교교과목을 수업 교과로 선정하였다.

학교교과목으로 수업 교과를 정하고 나자 마음이 조금 가벼워졌다. 4학년 학교교과목인 '초록빛 세상 지키기' 단원 전개계획을 살펴보았다. 왜 그런지 모르겠지만 모든 차시에 자신이 생겼다. 어떤 차시로 수업을 해도 잘 될 것 같은 기분이 들었다. 2022년에도 4학년에서 학교교과목 수업을 해서 그런가 했는데 그런 것만은 아닌 것 같다. 34차시로 구성된 단원 전개계획을 훑어보기만 하는데도 수업 아이디어들이 자연스럽게 떠올랐다.

수업은 식물도감을 만드는 활동을 중심으로 계획했다. '[4꿈02-04] 우리 마을에 있는 식물에 대해 다양한 방법으로 표현하여 발표한다'를 성취기준으로 하여 식물도감을 만드는 활동이 4학년 학교교과목에서 가장 중핵이 되는 활동이었다. 식물도감에는 아이들이 직접 그린 식물 세밀화가 들어가는데 세밀화를 그리는 방법을 배우는 이 차시가 우리 반 아이들이 가장 즐겁게 잘 해낼 수 있는 수업이라고 생각하였다. 그제야 나와 우리 반 아이들에게 '딱 맞는 옷'을 입었다는 생각이 들었다.

교육과정 맥락과 수업의 기획
학습성취 요소 분석
〈지식·이해: 이해하기〉 식물도감을 만들기 위하여 식물 세밀화를 그리는 첫 차시이다. 식물 세밀화가 무엇인지도 모르는 아이들이 대부분이다. 식물 세밀화가 무엇이고 왜 우리가 식물 세밀화를 그려야 하는지를 알려주기 위해 식물표본과 식물 사진을 비교하고 식물사진과 식물 세밀화를 비교했다.

아이들과 식물 표본을 만드는 과정을 간단하게 살펴보고 질문한다.

"식물 표본을 왜 만들까요?"

"식물 표본과 식물 사진을 보면서 무엇이 다른지 말해봅시다."

아이들은 식물 표본을 만드는 과정을 살펴보았기에 식물 표본과 식물 사진에서 나타나는 차이(건조과정에서 변색)를 인식하고 식물 표본의 필요성, 문제점을 알게 했다. 식물 사진과 식물 세밀화를 비교하게 하고 질문한다.

"식물 세밀화에서는 식물 사진에서 알 수 없는 것들을 알 수 있는데, 어떤 것들일까요?"

이 과정을 통해서 아이들은 식물 세밀화에 포함된 내용, 식물 세밀화가 식물 사진보다 좋은 점을 알게 된다. 식물 세밀화를 그리기 전에 식물 세밀화가 무엇인지, 왜 식물 세밀화가 필요한지, 식물 세밀화는 어떤 가치를 지니는지를 식물 표본, 식물 사진, 식물 세밀화를 비교하면서 알 수 있도록 〈활동1〉을 구성하였다.

〈과정·기능: 관찰하기, 그리기〉 아이들에게 식물잎을 관찰하게 하는 방법을 어떻게 알려주어야 하는지에 대한 고민이 많았다. 우리가 항상 보는 식물이지만 잘 모르고 있다는 것을 알려주고 싶었다. 막연하게 도화지를 주고 정해진 시간 동안 아이들에게 식물 잎을 그려보게 했다. 다들 비슷하게 그렸다. 우리가 식물 잎에 대한 막연한 고정관념이 있다는 것을 일깨워주고자 했다.

식물 잎을 관찰하기 위해서는 식물 잎의 구조를 제대로 알아야 한다고 생각했다. 잎몸, 잎자루, 잎맥, 작은 잎맥의 구조를 배워보고 실제로 학교에서 사는 식물의 사진 자료를 통해서 직접 잎몸, 잎자루, 잎맥, 작은 잎맥을 따라서 그려보는 활동으로 아이들이 식물 잎의 구조를 온전히 이해할 수 있도록 하였다.

잎의 구조를 알고 나서는 직접 채집한 전주천 식물 잎들을 관찰하게 하였다. 배운 대로 잎의 구조를 관찰하게 하였다. 식물을 관찰할 때 우리는 주로 눈으로 관찰한다. 하지만 관찰은 눈 이외에 다른 기관을 이용해서도 할 수 있다. 손으로 만져보면서 잎의 감촉을 느끼며 구조를 따라가게 했다. 그리고 눈을 떠서 식물을 다시 관찰하게 하였다. 아이들이 식물의 잎을 눈으로만 보는 것이 아니라 다른 감각으로도 느낄 수 있음을 알고 이를 통해 식물을 더 자세히 관찰하게 하고자 했다.

교사가 직접 그린 식물 세밀화 작품을 타임랩스로 감상하고 발문을 통해서 식물 세밀화를 디지털 드로잉으로 그리는 방법을 알아보고자 하였다.

"식물 세밀화를 어떻게 표현했나요?"

"레이어를 어떻게 구성하면 좋을까요?"

"표현하기에 적절한 브러쉬는 무엇이 있을까요?"

이러한 과정들을 통해서 아이들이 식물을 관찰하고 적절한 표현 방법으로 자신감 있게 표현하기를 기대하였다.

〈가치·태도: 식물의 아름다움 느끼기〉 아이들의 작품이 완성된 후에 제시된 평가 기준을 바탕으로 친구들의 작품을 감상해보는 활동을 한다. 식물 세밀화의 요소를 구체적으로 칭찬하고, 과학적인 부분 외에 회화적인 부분까지 함께 칭찬하여 아름다움을 느끼도록 한다.

처음에 아무것도 배우지 않고 그렸던 식물의 잎과 학습한 후에 그린 식물 세밀화를 비교하게 하고 질문한다.

"어떤 그림이 더 아름답나요?"

"왜 그렇게 생각하나요?"

아이들은 자세히 관찰하고 바라봄으로써 식물의 아름다움을 느낄 수 있다.

기능요소 분석

수업단계별 핵심 동사와 조력 동사를 정리한 내용이다.

	활동	핵심 동사	조력 동사
1	식물 세밀화 알아보기	비교하다	생각해 보자, 찾아보자
2	세밀화 표현방법 알아보기	관찰하다	
3	식물 잎 그리기	그리다, 분석하다, 감상하다	평가해보자

이 수업에서 가장 중요하게 생각한 것은 아이들이 식물을 관찰하고 세밀화로 표현하면서 식물의 아름다움을 느끼는 것이었다. 〈활동1〉, 〈활동2〉, 〈활동3〉에서 주로 사용되는 핵심 동사는 '비교하다', '관찰하다', '그리다', '감상하다' 등이다. 핵심 동사만을 본다면 본 수업은 과학이나 미술 교과 수업에서 사용할 법한 핵심 동사들을 주로 사용하였다. 이러한 모든 것은 아이들이 식물의 아름다움을 느끼도록 하기 위한 과정들이었다. 식물의 아름다움을 느끼는 것은 하나의 활동, 한 번의 수업으로 가능하지 않다. 그래서 나는 '비교하다, 관찰하다, 그리다, 감상하다'는 과정들이 식물의 아름다움을 느끼기 위한 하나의 계단이라고 생각하고, 아이들이 이 계단을 차근차근 밟고 올라서서 식물의 아름다움을 느끼기를 원했다. 그것이 나의 수업 의도였다.

교수학습모델 적용의 어려움

'식물의 잎을 관찰하여 세밀화로 표현해보자'는 학습문제는 분명 미술 교과의 특성이 강한 학습문제이기에 미술과의 교수·학습모형인 표현 중심 교수·학습모형을 선택하였다. 이 모형으로 수업을 구체화면서 느낀 문제는 미술수업과의 차별성이었다. '소재만 식물인 미술 교과 수업처럼 보이는데, 이것을 학교교과목 수업으로 볼 수 있을까?'라는 질문에 나 스스로 대답하지 못했다. '그저 아이패드를 활용한 화려한 에듀테크 미술 수업으로만 보이지는 않을까?' 하는 것이 수업에 앞선 나의 걱정이고 고민이었다.

이러한 나의 고민을 더 심각하게 해준 것은 모형이었다. 심지어 내 의도조차도 모형에 묶여 있는 느낌이었다. 〈발상 및 구상〉 단계의 주제 설정하기, 구상 내용을 확정하기 등은 식물 잎을 세밀화로 표현하는 내 수업에는 전혀 맞지 않는 교수·학습활동이었다. 수업모형이 나의 수업을 도와주는 것이 아니라 수업을 방해하는 것처럼 느껴졌다. 모형은 적용해야 하고 내 수업 의도는 살려야 하고 진퇴양난의 상황이었다. 나의 결론은 수업모형을 내 편으로 만들자는 것이었다. 모형에서 내 수업 의도를 방해하는 요소는 제거하고 도와주는 요소는 강화하자는 기본 아이디어로 수업모형을 바라보니 모형이 달리 보였다.

전에는 수업을 계획하는 것, 모형을 선정하는 것, 지도안을 작성하는 것 등 세 가지에는 순서가 있을 것이라고 생각했다. '교육과정을 분석하고 학습 내용에 따라 모형을 선정하고 지도안으로 구체화한다'가 이전에 내가 가지고 있던 생각이었다. 하지만 이번 수업을 준비하면서 생각이 많이 변하였다. 교육과정을 제대로 바라보고, 수업자가 수업에 대한 의도를 명확히 한다면 수업계획, 모형 선정, 지도안 작성과 같은 것들은 융통적으로 이루어질 수 있다. 수업모형에 묶여 있기보다는 교육과정을 기반으로 한 수업 의도에 맞게 수업모형을 적절하게 활용해야 한다는 것을 경험적으로 깨달았다.

그림을 그린다는 것

지금은 다섯 살이 된 첫째 딸아이가 세 살 때였다. 어린이집에서 신나는 활동을 하고 왔는지 집에 있는 색연필로 연습장에 '끄적이기'를 하고 있었다. 무엇을 그리고자 했는지 자세히 살펴봐도 도저히 알 수 없었지만, 딸 아이는 즐거워 보였다. 잘 생각해 보니 나도 초등학교에 다니던 시절에 즐겨보던 만화 캐릭터들을 그리면서 놀았던 기억이 있다. 그림을 그린다는 것은 노래하고 춤추는 다른 예술 활동처럼 인간이 본능적으로 좋아하는 활동이다. 고학년 아이들은 더 이상 미술 시간을 즐거워하지 않는다. 자라면서 '잘 그렸다', '못 그렸다'는 본인만의 기준이 생기고 더 이상 그림 그리기는 아이들을 즐겁게 하지 못한다. 그림 그리기를 두려워하고 즐거워하지 않는 아이들에게 다시 그림 그리기가 즐거워지게 하려면 어떻게 할 수 있을까 고민했다. 본 수업이 아이들이 그리기를 좋아하는 시작이 되었으면 좋겠다.

'울타리'를 넘어서

내가 했던 수업에서 활동은 사실 내 수업 의도를 달성하기 위한 하나의 과정이고 계단이었다. 수많은 수업이라는 과정의 끝은 어디일까? 학교라는 울타리를 벗어나서 학교에서 배운 것들을 바탕으로 자신의 삶을 살아가는 아이들의 미래가 아닐까 생각한다. 아이들은 학교라는 울타리를 벗어나기 위해서 수업을 통해 성장하는 존재이고, 교사들은 아이들이 학교라는 울타리를 벗어나기 위한 계단들을 수업으로 만드는 존재가 아닐까? 문제는 '이 계단을 어떻게 어떤 방향으로 만들어 주느냐'라고 생각한다. 이 질문에 나침반이 되어주는 존재가 바로 교육과정이다.

수업자 의도에서 「왜 선택했는가? '딱 맞는 옷'」을 보면 '왜 그런지 모르겠지만, 모든 차시가 자신이 있었다. 어떤 차시로 수업을 해도 잘 될 것 같은 기분이 들었다'는 내용이 있다. 이는 내가 수업을 잘한다는 자신감 같은 것이 아니었다. 2022학년도에 동 학년 선생님들과 성취기준부터 학습내용, 단원 전개 계획까지 전부 협의하여 4학년 학교교과목을 개정하였다. 때문에 나는 4학년 학교교과목을 훤히 알고 있었다. 이영환 전 교장선생님께서 말씀하셨듯이 나는 어디로 가면 무엇이 있는지 다 아는 4학년 학교교과목 교육과정 전문가였다. 교육과정에 대한 전문성이 곧 수업에 대한 자신감과 창의적인 아이디어로 이어진 것 같다는 생각이 들었다. 교과서나 지도서에 갇힌 수업이 아니라 교육과정에 대한 전문성을 바탕으로 창의적이고 융통성 있는 수업을 해야 함을 몸소 느꼈다. 아이들이 울타리를 넘어서야 하듯이 교사인 나조차 교육과정이라는 울타리를 넘어서서 성장해야겠다.

4학년 꿈바라기 아이들 교수·학습 설계안

1. 수업의 주제: 식물의 잎 세밀화로 표현하기

2. 핵심 아이디어
- 잎의 구조를 알고 자세히 관찰해야 식물의 특징을 찾아내기 용이하다.
- 다양한 감각을 활용하여 식물을 탐색하는 시간 자체가 아이들에게 유의미하다.
- 자세히 관찰하여 세밀화로 표현함으로써 우리 주변 식물에 대한 관심이 증대된다.

3. 역량 및 성취기준 분석

관련 역량	지식정보처리역량, 심미적 감성 역량, 의사소통 역량
성취기준	[2꿈02-04] 우리 마을에 있는 식물에 대해 다양한 방법으로 표현하여 발표한다.

성취기준 분석		
지식·이해	과정·기능	가치·태도
• 우리 마을에 있는 식물 알기 • 우리 마을 식물의 특징 알기	• 관찰하기　• 그리기 • 만들기　　• 설명하기 • 발표하기	• 우리 마을 식물 아름다움 느끼기 • 우리 마을 식물 소중히 여기기 • 자연에서 아름다움을 찾는 태도 지니기

4. 교수·학습목표 및 활동 분석

학습목표	식물의 잎을 관찰하여 세밀화로 표현할 수 있다.

학습목표						
인지과정	기억하다	이해하다	적용하다	분석하다	평가하다	창안하다
핵심동사			[활동2] 탐색하다 관찰하다	[활동1] 비교하다		[활동3] 그리다

5. 평가 과제

평가과제	[평가1] 식물 잎 세밀화 그리기, [평가2] 식물 세밀화 감상하기		
평가방법	평가주체	평가도구	평가시기
실습(모둠) / 발표(모둠)	교사 관찰 / 동료 평가	프로크리에이트 / 팅커벨	활동2
평가과제 핵심질문	1. 식물 잎을 세밀하게 표현했는가? 2. 친구의 식물 세밀화를 감상한 뒤 느낌을 잘 표현할 수 있는가?		

6. 본시 교수·학습 과정안

단계	학습 과정	교수·학습활동	시간	자료(㉿) 유의점(㊌)
문제 파악 및 준비	전시학습 상기	◎배운 내용 떠올리기 •시 낭송하기 -함께 시를 낭송해봅시다.	7′	㉿학생 시화 작품 ㊌학생들이 식물의 특징을 잘 알아내는 것이 중요하다는 것을 알게 한다.
	동기유발	◎전주천식물 '나는 누구일까요?' 퀴즈 맞히기		
	공부할 문제 제시	◉학습문제 **식물의 잎을 관찰하여 세밀화로 표현해 봅시다.**		
발상 및 구상	표현 이미지 탐색	◎<활동1> 식물 세밀화 알아보기 •세밀화와 식물표본 비교하기 -세밀화가 식물표본보다 좋은 점을 알아봅시다. -세밀화가 사진보다 좋은 점을 알아봅시다. ·사진으로 확인 불가능한 부분의 묘사가 가능합니다. ·식물을 한층 더 아름답게 표현할 수 있습니다.	9′	㉿PPT
	주제 설정 표현 방법 탐색 표현 방법 구체화	◎<활동2> 세밀화 표현 방법 알아보기 •식물의 잎 그려보기 -주어진 식물의 잎을 그려 봅시다. •잎 관찰하기 -잎의 구조를 알아보고 관찰해봅시다. -안대를 착용하고 잎맥을 만지면 무엇을 느낄 수 있나요? •식물 세밀화 표현방법 알아보기 -작품을 감상하면서 세밀화 표현방법을 생각해봅시다.	40′	㉿8절, 연필, 지우개, 식물잎 ㉿OHP필름, 사진, A4, 네임펜 ㊌짝과 번갈아 가며 잎몸, 잎맥을 만져보고 함께 관찰하게 한다. ㉿식물 세밀화 타임랩스
표현	제작 활동	◎<활동3> 식물 잎 그리기 •작품 구상하기 -식물 세밀화 레이어를 어떻게 구성하면 좋을지 생각해봅시다. -잎몸/잎맥/작은 잎맥을 표현할 브러쉬를 탐색해봅시다. •식물 잎 관찰하여 그리기 -자신이 선택한 식물의 잎을 그려봅시다.	40′	㊌세밀화 표현방법을 고려하여 레이어 구상을 하도록 안내한다. ㉿레이어 우드락 3장 식물, 식물 사진
감상	작품 관찰 비교 평가 차시예고	•친구 작품 칭찬하기 -평가 기준을 바탕으로 친구들의 작품을 평가해봅시다. •내 작품 감상하기 -처음에 그린 잎과 나중에 그린 잎을 보고 느낀 점을 말해봅시다. •차시예고하기 -다음 시간에는 꽃을 그리는 방법에 대해 알아보겠습니다.	5′	

모든 과정은 나와 나의 학급을 위함이었다

— 정현우

'108개의 눈과 귀 앞에서의 공개수업'

올해로 전주부설초등학교 3년째이다. 수업공개와 협의가 1년 동안 참 많이 이뤄지는 곳이다. 나도 공개수업도 몇 차례 해보았고, 다른 지역 선생님들 앞에서 발표도 해보았다. 또 우리 학교 선생님들의 노력과 재능이 빛나는 양질의 공개수업도 참 많이 보았다. 함께 수업협의를 하며 생각을 나누고 수업에 대한 깊은 고민을 공유하였다. 교생 대상 공개수업을 열기 두 달 전쯤, '나도 그간 많은 경험을 쌓았다. 앞으로 두 달 동안 열심히 준비하기만 하면 잘 되겠지' 이런 생각을 했던 것 같다.

그런데 이번 공개수업을 준비하면서 나의 생각은 곧 깨지고 말았다. 공개수업을 준비하는 방법도 알겠고 주변 동료들과 협의하면서 시간과 노력도 투자하고 있는데, 수업의 윤곽이 드러나기는커녕 점점 미궁 속으로 빠지기 일쑤였다. 교육연극을 도입하여 수업할지 AI, 피그마 등 새로운 에듀테크를 접목해 볼지, 교과서의 제재 글이 마음에 들지 않으니 내가 새로운 이야기를 창조할 것인지 아니면 동화책이나 그림책에서 이야기를 빌려올지조차 결정을 내리기 어려웠다. 내가 길을 잃어 갈피를 못 잡고 있으니 동료들도 뭔가 조언해 주기에도 애매한 상황들이 많았다. 그렇게 시간은 자꾸만 흘러갔다. 점점 마음속에 두려움과 조급함이 생겨났다. 이러다 공개수업을 망칠 수도 있겠다는 두려움이 엄습했다. 밤마다 54명의 3학년 교생선생님들의 108개의 눈과 귀가 나를 따라다니는 악몽을 꾸기도 했다. 불필요한 감정 소모에 시달리고 있을 때 동료들의 조언은 큰 힘이 되었고 다음과 같은 생각을 하게 되었다.

"모든 수업은 정해진 방법이 없고 완벽한 진행방식도 없다. 나만의 장점과 특성을 살려 아이들에게 도움이 되는 수업을 만든다면 교생들에게도 영감을 줄 수 있을 것이다."

'음, 제 생각에는… 이렇게 하면 더 좋겠네요'

마음을 내려놓으니(사실 시간이 얼마 남지 않아 마음을 내려놓을 수밖에 없었을지도 모른다) 수업준비에 속도가 붙었다. 온통 머릿속에서 수업과 관련한 아이디어가 넘쳐났다. 심지어 현장체험학습을 간 장소에서도 동 학년과 함께 수업을 기획했다. 아이들을 인솔하면서도 그 틈새에 동 학년 선생님들과 수업 고민을 했다. 선생님들이 여기까지 와서 협의하고 있으니 우리 반 한 아이가 다가와 선생님들은 여기까지 와서 일하시냐고 묻기도 하였다. 그날 정확히 무슨 말이 오갔는지는 다 기억나지는 않는다. 다만 협의 동안 이런 말을 가장 많이 한 것 같다.

"음, 제 생각에는… 이렇게 하면 더 좋겠네요."

수업 한 달 전이라 심적 압박도 컸고, 아이들을 돌봐야 하는 상황이었지만 좀 더 나은 수업을 위해 함께 계속 고민하고 그 바탕에서 수업의 얼개가 완성되어가는 느낌이 만족스러웠다. 하나의 수업을 위해 수업의 버전이 수시로 업그레이드되었다. 그 사이 2학년 교생들의 실습을 지도했고 학교행사를 준비하는 등 바쁜 시간이 이어졌지만, 수업의 변화는 끊임없이 지속했다. 이런 모든 것이 좋은 수업을 위한 과정이었고 밑거름이 되었다는 것은 부정할 수 없다. 그 과정 속에서 나는 다양한 수업방법을 연구하며 또 성장하고 있었다.

구약성경에는 '이 세상에 새로운 것은 없나니, 하늘 아래 새로운 것은 하나도 없다'고 되어있다. 철학자 헤라클레이토스는 '이 세상에 변하지 않는 것은 없다'라고 했는데, 개인적으로 참 와닿는 말이다. 너무 거창하게 들릴지 모르지만, 위의 문구를 수업연구에 적용하면 다음과 같을 것이다.

'이 세상에 완전히 새로운 수업은 없다. 다만 우리는 이렇게 하면 더 좋겠다, 라는 생각으로 수업을 변화시킬 뿐이다.'

수업 한 달 전부터 하루 전까지는 막연한 두려움을 버리고, 완전히 새롭고 대단한 수업을 만들 수 없다는 것을 받아들였다. 대신 변화를 수용하며, 더 나은 수업이 뭘까 계속 고민하는 시기였다. 이 시기 동안의 경험은 교생들 지도에 고스란히 녹아들었다.

"교생선생님의 수업연구와 준비가 즐거움이 되었으면 좋겠어요. 어떤 수업방법을 적용할까, 어떤 수업도구를 활용할지를 고민하는 과정이 즐거움이 되었으면 합니다."

살아있는 수업은 삶의 속도와 수업의 속도가 일치한다

드디어 수업 공개의 날이 왔다. 쉬는시간이 없는 90분은 아이들이 수업에 몰입하지 않으면 산만해지기 쉽다. 아이들의 수업이탈을 조금 걱정하며 수업은 시작되었다. 학습문제는 '문장의 짜임을 생각하며 다양한 방법으로 자신의 의견을 표현해 봅시다'였다.

수업의 의도와 흐름

살아있는 수업은 삶의 속도와 수업의 속도가 일치한다. 살아있는 수업이란 단순한 전달 형태의 수업이 아니다. 아이들은 수업시간 동안 지식을 얻고 의미를 구성하며 더 나아가 가치관을 형성하는 시간, 즉 실제 살아보는 시간을 경험한다. 언어사용의 실시간 경험을 제공하기 위해 이번 수업에는 교육연극적 방법과 총체적 언어학습모형을 적용하였다.

먼저 '금쪽이'라는 가상의 인물과 그 주변 인물들을 만들었다. 그리고 금쪽이의 이야기를 창조하였다. 금쪽이는 학교생활에서 언어를 적절히 사용하지 못하는 친구다. 그래서 학급에서 친구들로부터 물건을 훔쳐갔다는 의심을 받는다. 또 친한 친구인 '슬쩍이'와 멀어지게 된다. 금쪽이의 상황은 점점 악화되어 간다. 금쪽이와 금쪽이 친구들의 오해와 다툼을 알게 된 선생님은 긴급 학급회의를 마련한다.

이렇게 플롯이 완성되었고 아이들을 이야기 속으로 초대하는 것으로 수업은 시작된다. 아이들을 가상의 세계로 초대하기 전, 금쪽이 엄마와 선생님의 통화녹음을 듣도록 한다. 통화를 통해 가상의 세계를 엿본 아이들은 점점 호기심이 커져만 간다. 무슨 일이 벌어진 건지 통화 내용만으로는 모두 알 수 없기 때문이다. 이제 동기유발이 되었으니 아이들을 본격적인 가상의 세상으로 초대한다. 금쪽이 또는 금쪽이 주변 인물로 실감나게 역할극을 해봄으로써 언어사용의 어려움을 직접 겪고 관찰한다. 동화책 주인공의 이야기를 읽고 보듯 멀리서 바라보기보다 1인칭, 2인칭 또는 3인칭 시점에서 이야기 속 인물이 되어 그들의 사건과 언어 습관을 바라보고 겪어본다.

이후 역할극을 통해 이야기를 경험해보는 것뿐만 아니라, 긴급 학급회의라는 즉흥극 안에서 교사는 금쪽이네 반 선생님이 되고, 아이들은 금쪽이네 반 친구들이 되어 사건에 대한 자신의 의견을 즉흥적으로 표현하도록 한다. 그 순간 아이들은 수업이 아니라 실제 언어사용 상황에서 듣고 생각하고 말하는 살아있는 경험을 하게 될 것이다. 또 가상의 상황에서 빠져 나와 객관적으로 나와 주변 친구들의 언어사용을 바라보게 함으로써 문장의 짜임새에 맞게 의견을 효과적으로 전달했는지 점검할 수 있다.

마지막으로 이야기 만들기 활동은 마지막 장면을 표현하기 위한 의견을 직접 글로 써본 후, 빈 의자 기법을 활용하여 금쪽이에게 자신의 생각을 연극으로 표현하는 활동이다. 생각을 글로 정리하고 실제 말과 행동으로 표현함으로써 배운 지식을 적용하고 활용하는 실제 언어사용 경험을 하게 된다. 또 관객의 입장에서 아이들은 다른 친구들의 언어사용 상황을 감상하며 더 실감나게 배움을 재확인할 것이다.

'몰입과 반성은 연극 수업의 두 축이다. 우리의 인생도 몰입과 반성의 연속이지 않을까?' 그날 아이들은 이야기 속으로 빠져들었다. 90분 동안 아무도 졸거나 교실 밖으로 나가지 않았다. 끝까지 호기심 어린 눈빛을 유지했다. 다음 이야기가 무엇인지 궁금해했다. 아이들은 '몰입'하였다. 또 이야기에서 빠져나와 언어사용 상황을 객관적으로 다시 바라보았다. 글을 쓰고 이야기를 나누며 서로의 경험을 '반성'하였다. 다행히 교육연극의 두 축인 '몰입'과 '반성'이 모두 잘 이뤄진 수업이었다. 아이들은 쉴 새 없이 경험하고 반응해줬고 자신의 이야기를 표현했다. 나도 마치 연극이 끝난 것처럼 90분이라는 시간이 찰나와 같이 느껴졌고, 후련함과 서운함이 공존하고 있었다.

수업 공개 후 그날 오후 54명의 교생선생님과 시청각실에 모여 수업 협의를 했다. 질문내용의 대부분은 '교육연극적 방법을 어떻게 수업에 적용하였는지'였다. 이런 질문이 있었다. "선생님은 교육연극 분야에서 어떤 경험을 하셨나요?" 나는 대학 시절 연극부였고 교사가 된 이후에도 몇 차례 교사극단에서 공연도 했고, 현장에 나와서도 아이들과 희곡을 쓰고 공연을 올렸다. 대학원에 다니며 교육연극이라는 학문을 공부했다. 힘든 과정이었지만 이 시간은 나에게 소중했다. 나는 그때 '몰입'하였기 때문이다. 힘들고 고통스러운 시간이었지만 아름답게 느껴지는 것은 몰입할 수 있었기 때문이다. 성공과 실패를 떠나서 어떤 일에 몰입해 최선을 다했던 경험을 바탕으로 성장해가는 인생의 과정이 연극과 참 많이 닮았다는 것을 다시 한번 느낀다.

"복기한다. 고로 존재한다"

'복기한다'라는 말이 멋지게 느껴진다. 바둑기사들이 경기 후에 1번 돌부터 마지막 돌까지 다시 두는, 바로 복기하는 모습을 보면 인간의 능력에 경이로움을 느낀다. 어떻게 저 수많은 돌이 놓이는 순서를 그대로 기억하는 것일까? 처음에는 신기하기만 했지만, 프로기사들의 복기하는 원리를 깨닫고 나니 '복기'라는 행위가 참 멋지게 다가왔다. 눈에는 보이지 않았지만, 돌을 내려놓는 착수와 착수 사이에 했던 치열한 고뇌는 '망각'이라는 인간의 기본적인 습성을 초월해버린다. 기억하는 것이 아니라 그 당시 고뇌를 끄집어낼 뿐이다.

'치열하게 고민하고 부딪힌 순간들은 애써 기억할 필요가 없다. 그저 복기하면 된다.' 돌과 돌 사이의 관계성을 탐색하고 착수의 연속성을 탐구하다 보면 일정한 패턴을 익히게 된다. 평범한 사람도 훈련을 통해 복기 능력을 향상할 수 있다. 지금 내가 쓰고 있는 에세이와 수업 후 매번 하는 협의와 기록이 같은 맥락이다. 복기하는 이유는 성찰에 있다. 성찰의 결과는 경험이 내면화되어 어려움을 이겨내는 힘이 된다.

매년 실습생들을 가르치며 반성했던 부분들을 되짚어 본다.

첫해는 '뭘 잘 몰라서' 그저 열심히 했다. 일단 열심히만 했다. 체계적이기보다는 임기응변으로 지도했다. 주말까지도 연락해 지도안 수정을 요구했고 수업 전날까지 수정을 반복했다. 주먹구구식 운영에 나도 교생들도 지쳤다.

두 번째 해는 더 고비였다. 이제 '조금 안다'는 자신감이 생기니 고집이 생기기 시작했다. 교생들에게 일방적으로 설명한 후, '이건 이렇게 저건 저렇게 해야 한다'는 나만의 틀로만 바라봤다. 그러다 보니 의견충돌이 생기기도 했다. 충분히 소통하고 협업해야 했지만 그러지 못했다.

올해는 개인적으로 체력적 어려움이 컸다. 올 초부터 몸이 안 좋아지는 것을 느꼈다. 그런데 몸이 안 좋고 체력이 떨어질수록 마음은 오히려 가벼워진 것도 사실이다. '뭣이 중헌디?'라는 영화의 명대사처럼 제한된 상황일수록 중요한 것을 찾아 집중하게 되었다. 또 나의 수업을 준비하며 느낀 고민과 막막함, 진화에 초점을 둔 수업준비 과정들이 올해 실습에 영향을 미쳤다. 교생들에게는 실습과 수업준비의 시간이 고통이 아닌 소소한 즐거움의 시간으로 느끼게 하고 싶었다. 나는 수업에 성패가 있다는 것에 대해 동의하지 않는다. 수업을 '이렇게 해볼까?', '저렇게 해볼까?' 즐거운 고민을 하는 것이 성장의 첫걸음임을 항상 되새겼다.

'아기가 제대로 걸을 때까지 약 3천 번을 넘어진다고 한다. 우리 모두 그랬다.'

복잡한 세상, 단순하게 나를 더 깊게 바라보자

아직 어리고 더 배워야 할 것이 많지만 학교에서의 모든 경험은 결국 나와 나의 학급의 성장으로 돌아온 것 같다. 교육청, 연구회, 연수, 학문, 교육연극 등 모든 것이 학급에서 아이들을 잘 가르치기 위한 것이다. 어떤 행위에 대한 본질을 기억하는 것은 중요하다. 현재 우리 학교에서 수행하는 수많은 과제(실습, 학교교과목, 연구과제, 공개수업, 수업협의, 교육과정 연구 등)와 활동이 나와 학급의 성장에 어떠한 도움이 되는지를 항상 고민해야 할 때다. 본질에서 벗어나고 있지 않은지 경계해야 한다. 우리는 교사이고 아이들이 마주하는 첫 번째 어른이기 때문이다.

지금 나의 일이 가치로운 일이라고 생각이 들 때, 비로소 우리는 더 큰 힘을 발휘할 수 있다. 그 일이 나의 발전을 이루고 학급에서 도움이 되는 일이 되었을 때 우리는 계속 노력할 수 있다. 교직생활에서 끊임없는 반성이 필요한 이유는 행복한 교사, 행복한 학급, 아이들의 행복한 현재와 미래를 위해서이다. 수많은 학문과 방법들을 교육과정으로 담아내는 방법 또한 수시로 변화하는 복잡한 세상이다. 단순하게 나와 나의 학급을 더 깊이 있게 바라보고자 한다.

당신 자신이 되어라. 다른 사람은 모두 이미 누군가가 차지했다.
― 오스카 와일드

4학년 국어과 교수·학습 설계안

1. 수업의 주제: 드라마를 활용한 총체적 언어학습-가상의 상황 속에서 짜임새에 맞춰 표현하기

2. 핵심 아이디어

- 교실에서 실제 생활과 가장 근접한 상황을 만들 수 있는 것은 '드라마'이다.
- 총체적 언어학습모형과 교육연극 기법은 가장 효과적이며 실제적인 언어사용상황을 제공하고 아이들은 그 안에서 '살아보며 배우는 경험'을 겪게 될 것이다.

3. 역량 및 성취기준 분석

관련 역량	의사소통역량 / 자료·정보활용 역량 / 비판적·창의적 사고역량 / 공동체·대인 관계역량 / 자기 성찰·계발 역량
성취기준	[4국04-03] 기본적인 문장의 짜임을 이해하고 사용한다. [4국03-03] 관심 있는 주제에 대해 자신의 의견이 드러나게 글을 쓴다.

성취기준 분석		
지식·이해	과정기능	가치·태도
• 문장의 짜임 알기 • 문장의 짜임 구분하기	• 역할극, 상황극에서 의견 표현하기 • 문장의 짜임에 맞게 의견 표현하기 • 의견을 근거로 뒷받침하기	• 타인의 어려움을 바라보기 • 나의 태도 성찰하기 • 타인을 배려하는 언어사용하기

4. 교수·학습목표 및 활동 분석

학습목표	문장의 짜임을 생각하며 의견을 표현할 수 있다.

학습목표 및 활동 분석						
인지기능 지식	기억하다	이해하다	적용하다	분석하다	평가하다	창안하다
사실적 지식(A)		[활동1]				
개념적 지식(B)	[도입]	[활동1]				
절차적 지식(C)			[활동3]			[활동3]
메타인지 지식(D)		[도입]		[활동2]	[활동2]	[활동3]

5. 평가 과제

평가과제	상황을 긍정적으로 바꾸기 위한 자신의 의견을 문장의 짜임새를 맞춰 그 이유와 함께 쓰기		
평가방법	평가주체	평가도구	평가시기
역할극 쓰기/ 서술	학생 수행/ 교사 관찰	활동지	[활동3]이야기 만들기/ 수업 후
평가과제 핵심질문	1. 상황에 적합한 자신의 의견을 까닭과 함께 쓸 수 있는가? 2. 문장의 짜임에 맞춰 문장을 서술할 수 있는가?		

6. 본시 교수·학습 과정안

단계	학습과정	교수·학습활동	시간	자료(㉮) 유의점(㉴)
학습과제 확인	전시학습 상기	•전시학습상기 -지난 시간에 어떤 내용을 공부했는지 이야기해 봅시다. •배울 내용 생각해 보기 -금쪽이 엄마와 선생님의 통화를 들어보고 무슨 일인지 생각해 봅시다.	5′	㉮ ppt ㉮ 엄마와의 통화녹음 ㉴ 통화내용을 통해 문제의 시작을 알리고 가상의 세계에 몰입할 수 있도록 분위기를 조성한다.
	학습문제 확인 학습활동 안내	•학습문제 **문장의 짜임을 생각하며 다양한 방법으로 의견을 표현해 봅시다.** •학습활동 안내 <활동1> 이야기 바라보기 <활동2> 이야기 속으로 <활동3> 이야기 만들기		
상호작용 하기	통합적 활동 모색	<활동1> 이야기 바라보기 •금쪽이 이야기를 바라보기(이야기 영상) -이야기를 보고 어떤 일이 일어났는지 확인해 봅시다. •금쪽이의 어려움을 함께 생각하기 -금쪽이가 왜 어려움을 겪고 있는지 함께 생각해 봅시다.	10′	㉮ 이야기 영상
통합적 접근하기	통합적 활동 모색	<활동2> 이야기 속으로 •숨겨진 이야기를 역할극으로 표현하기(역할극) -금쪽이 이야기 속 숨겨진 이야기를 역할극으로 표현해 봅시다. •금쪽이를 위한 학급회의하기(즉흥극) -금쪽이 반 아이들이 되어 학급회의 상황에서 자신의 의견을 표현해 봅시다.	25′	㉮ 감정카드 ㉴ 역할극을 표현할 때에는 상황에 적절한 말투와 몸짓으로 실감나게 표현할 수 있도록 한다. 감정카드를 활용하여 표현 연습 시간을 갖는다.
	통합적 언어상황 표현	<활동3> 이야기 만들기 •마지막 장면에서 인물의 말이나 행동을 써보기 -상황을 긍정적으로 바꾸기 위해 '누가', '어떻게 해야할지', '까닭'과 함께 써봅시다. •자신의 의견을 즉흥극으로 표현하기(빈의자기법) -자신의 의견을 바탕으로 금쪽이에게 하고 싶은 말을 표현해 봅시다.	15′	㉮ 자켓 ㉴가상의 상황 속에서 금쪽이네 반 아이들이 되어 자신의 생각을 말로 표현하도록 하며, 진지하게 즉흥극에 참여하도록 한다.
정리하기	학습내용 정리	•금쪽이의 편지를 읽고 배운 내용 정리하기 -금쪽이의 편지를 읽고 배운 내용과 관련하여 정리해 봅시다. •학습내용정리 -오늘 수업을 통해 새롭게 안 것이나 느낀 점을 발표해 봅시다.	15′	㉴ 역할 내교사를 활용하여 교사는 금쪽이네 반 긴급 학급회의를 이끌어 나간다. ㉮ 자켓
	차시예고	•차시예고 -자신의 의견을 제시하는 글쓰기를 해 봅시다.	10′	㉮ 빈의자, 대본카드 ㉮ 마지막 장면 대본

가장 올바른 선택을 위해 고민에 고민을 더하다

— 신치호

왜 국어과를 선택했는가?

특수학급은 다 학년으로 이루어져 있다. 여러 학년으로 이루어진 특수학급에서 특수교육 대상 학생들이 함께 참여할 수 있는 수업을 기획하는 과정에서는 교과, 주제, 차시 선택이 가장 어렵다. 현재 우리 반에 속해 있는 학생 중, 특수학급에서 공개수업에 참여하는 학생들은 모두 세 명이다. 세 명의 아이들은 4학년 두 명과 6학년 한 명인데, 4학년 학생이 두 명이라고 할지라도 두 명의 학습수준과 격차는 크다. 학생들의 실태에 대해 간략히 표로 정리해 보면 아래와 같다.

학습자 실태 분석

학생	행동 특성	학습 수준
A	자폐성 장애를 갖고 있고, 선택적 주의에 어려움이 매우 큼. 바른 자세로 착석 유지에 어려움이 있으며, 수업 중 돌발적인 소리 지르기 및 혼잣말을 함.	주어진 글을 바르게 읽을 수 있으나 내용을 이해하기 어려워함. 간단한 문답 형식의 대화는 가능하나 생각을 묻거나, 경험했던 일을 이야기하는 등의 대화는 이어가지 못함. 직접적인 지시 및 시각적 안내를 통한 학습이 가능함.
B	지적장애를 갖고 있고, 다른 사람과 의사소통 및 상호작용이 가능함. 바른 자세 유지 및 주의집중력이 짧지만, 모방활동이 가능함.	받침 있는 단어가 있는 글을 읽기 어려워하고, 내용을 이해하기 어려워함. 글과 함께 그림이 제공되어야 함. 같은 주제로 간단한 생각 나누기의 대화가 가능함.
C	수업에 적극적으로 참여하려는 의지가 있고, 주의집중력이 매우 높음. 언어적 설명은 이해하기 어려워하나 직접적 시범을 통한 모방이 가능하고 스스로 문제를 해결하려는 의욕이 높음.	다른 사람과 자신이 경험한 일이나 일상적인 대화가 가능하나 발음이 부정확하여 상대방이 알아듣기 어려워함. 짧은 글을 읽고 내용을 이해할 수 있고, 자신이 필요한 내용을 찾을 수 있음.

이처럼 학생의 수준과 특성이 다양함을 알 수 있다. 이 학생들을 모두 아우를 수 있는 수업을 하기 위해 나는 '국어과'를 선택했다. 특수학급에서 수업이 이루어지는 국어와 수학 중 수학 교과의 경우에는 학습의 계열성이 너무 명확하고 학생들의 학습 격차가 너무 컸기 때문에, 같은 주제 안에서 학생들의 학습 수준에 따라 목표를 재구성할 수 있는 범위가 넓은 '국어과'를 선택하였다.

왜 이 단원을 선택했나
「기본교육과정 5-6학년군」 18. 정보를 모아요

특수학급에서는 자체 현장체험학습을 준비하여 학생들에게 다양하고 실제적인 학습이 이루어질 수 있도록 기획하고 있다. 나는 현장체험학습을 기획할 때, 학생들이 직접 현장에 가기 전 다양한 사전 준비를 하는 편이다. 직접 현장에 나갔을 때, 세상이 우리 아이들에게 제공하는 정보 중 학생들이 찾아서 본 적이 있는 것들은 잘 선택하고 구조화할 수 있기 때문이다. 그런데 이런 활동을 할 때 아이들이 어려워하는 점이 바로 다양한 정보 중 내가 필요한 정보를 '선택'하는 것이었다.

세상에는 다양한 정보들이 있다. 하지만 어떤 것들이 내가 필요한 정보고, 내가 찾는 정보는 어디에서 무엇을 보고 '선택'을 해야 하는지 모른다. 우리 아이들은 '선택'하기를 어려워한다. '선택적 주의집중의 어려움이 있다'고 이야기한다. 앞으로 세상에 나아가야 하는 우리 아이들에게 있어 '선택적 주의'는 정말 필요하다. 나는 아이들이 실제 삶과 연관된 내용 속에서 연습할 수 있도록 기회를 제공하여 선택적 주의 능력을 향상시켜 주고 싶었다.

18단원 '정보를 모아요'의 개관을 들여다보면 이렇게 나온다. "인간은 누구나 일상생활에서 수많은 정보를 접하며, 이 정보를 활용해 의사를 결정해야 한다. 날마다 범람하는 정보의 홍수 속에서 학생들도 이러한 정보를 바르게 누리면서 살아가기 위해서 필요한 정보를 찾아 모아 활용하는 연습을 해볼 수 있는 기회가 필요하다."

아이들에게 길러주고 싶은 내용이다. 나는 아이들이 스스로 누리며 독립적으로 살 수 있도록 안내자가 되어주고 싶었다. 본 단원은 다양한 수준의 우리 학생들을 모두 아우를 수 있으면서 모두에게 필요한 주제였기에, 이 단원을 선택하여 수업을 준비했다. 본 단원의 지도계획 및 수업내용을 구조화하다 보니, 학생들이 실생활에서 필요한 정보를 찾고 선택하는 활동을 추가하고자 「9. 정보를 쏙쏙!」 단원과 재구성하여 진행하게 되었고, 본 수업의 주제는 '생활 속에서 정보 찾아보기'로 선정하였다.

교육과정 맥락과 수업의 기획

본 수업 차시는 '생활 속에서 정보 찾아보기' 주제 중에서 '정보무늬를 활용하여 정보를 찾아봅시다'이다. 코로나 팬데믹 이후 학교 현장에는 정보화기기가 대량으로 들어오게 되었고, 원하든 원하지 않든 특수교육 대상 학생도 정보처리역량의 습득이 필요했다. 정보화기기를 우리 생활에서 자연스럽게 활용하게 되면서 우리는 다양한 정보를 '정보무늬'를 활용하여 습득하게 되었다. 따라서 정보무늬를 생활 속에서 활용할 수 있는 방법을 길러줌으로써 정보접근 능력을 함양시키고자 하였다. 본 차시에 해당하는 성취기준과 핵심 역량은 아래와 같다.

성취기준	[6국어02-04] 정보를 담은 글을 읽고 필요한 정보를 찾는다. [6국어02-03] 일상생활에서 필요한 정보를 낱말로 메모한다.
핵심역량	의사결정역량, 자기관리역량, 정보처리역량

이러한 성취기준과 핵심 역량을 달성하기 위한 교육활동 내용을 분석해

보면 다음과 같다.

지식·이해	정보를 담은 글을 읽기 필요한 정보 파악하기
과정·기능	필요한 정보를 선택하여 메모하기
가치·태도	실생활에서 정보 찾는 방법을 활용해보며 효용성 느끼기

지식·이해 측면에서 본 차시에서는 학생들에게 폭넓은 정보를 경험하게 하고자 다양한 정보를 담은 글을 제공하였다. 실생활에서 자주 사용하는 편지글, 마트 전단지, 상품 광고글, 마트 홈페이지 등 다양한 장소, 다양한 종류의 글을 제공하여 학생들에게 다양한 정보가 담긴 글을 접할 수 있도록 제공하였고, 그 글 속에서 내가 필요한 정보를 찾아보는 학습을 할 수 있도록 하였다. 물건의 이름을 찾아 명명해보거나, 물건의 이름이 어떻게 표현되어 있는지 찾아보는 것과 가격이 표시된 부분을 찾아보는 연습을 하였다. 다만, 이렇게 필요한 정보를 찾는 방법을 알아보는 활동은 한 차시로는 어렵기에 꾸준하게 다양한 종류의 분류활동을 해왔고, 본 차시에서는 해당하는 정보에 관련된 분류활동만 포함했다. 이러한 활동을 통해 학생들이 '의사결정역량' 및 '정보처리역량'을 함양할 수 있도록 하였다.

과정·기능 측면에서는 학생들이 찾은 정보를 해당하는 질문에 적절하게 메모하여 정리해 보는 활동을 제공하였다. 학생별 수준에 따라 학습량과 난이도를 조절하고 개별학습지를 통해 학생들이 정보무늬를 활용하여 찾은 정보를 써볼 수 있도록 하였고, 각자 정보무늬 찾아보는 방법이 익숙해진 뒤에는 함께 협력하여 '정보무늬 마을'을 완성할 수 있도록 하였다. 정보무늬 마을 속에 있는 정보들을 훑어보며, 정보무늬를 연결하고, 정보를 메모해봄으로써 정리하게 했다. 이러한 활동을 거치면서 '의사결정역량' 및 '정보처리역량'을 함양할 수 있도록 하였다.

가치·태도 측면에서는 우리 생활 주변에서 쉽게 볼 수 있는 다양한 정보를 활용해봄으로써, 본 수업 외에 교실 밖에서도 스스로 활용해볼 수 있겠다는 효용성을 느낄 수 있도록 학교 방송실의 정보무늬를 확인해 보거나 가정에서 정보무늬를 활용할 수 있도록 연계활동을 실시하였다. 이러한 활동으로 '자기관리역량', '정보처리역량'이 함양할 수 있도록 하였다.

문제해결학습모형의 적용*

본 수업에 '어떤 모형을 적용했을 때 우리 아이들에게 효과적으로 수업내용을 전달할 수 있을 것인가'가 가장 큰 고민이었다. 본 차시의 내용이 정보무늬를 활용하여 생활 속에서 정보를 찾는 방법을 알고 활용해보는 것이기 때문에 교사가 구체적으로 시범을 보일 수 있는 '직접교수모형'이 더 적절하다고 생각했으나, 학생들에게 방법을 제시하는 것보다 '활용'에 더 초점을 두어 수업을 하고 싶었다. 그래서 아이들 주변 상황에서 문제 상황을 만들어 학생들이 어려움을 인식할 수 있도록 제시한 뒤, 그 문제를 해결함으로써 성취감을 느끼게 해주고자 하였다.

문제 확인하기 단계에서는 가상의 친구가 우리 반 친구들에게 도움을 요청하는 편지를 보내는 상황을 설정하였다. 그 편지는 초대장이었다. 초대장 속에서는 정보무늬만을 보여주고, 이 정보무늬가 무엇인지 알지 못해 초대받은 장소와 시간을 알지 못하는 어려움에 처한 가상의 친구를 설정하였다. 네이버 클로바 더빙을 활용해 실제 친구가 읽어주는 것처럼 학생들에게 제공하였다.

문제 해결 방법 찾기 단계에서는 정보무늬란 무엇인지 알아보고, 우리 생활

---

* 김희규 외(2013), 장애학생을 위한 국어교육의 이론과 실제(2판), 서울: 학지사.

주변에서 다양하게 활용되고 있는 정보무늬들을 찾아보았다. 본 수업내용이 단지 교실에서만 이루어지는 것이 아니라 우리 일상생활 속 곳곳에서 볼 수 있는 것임을 안내하고 우리 아이들이 정보무늬를 직접 찾아볼 수 있도록 하였다.

문제 해결하기 단계에서는 안내된 정보무늬를 활용한 정보 찾는 방법에 따라 개별적으로 직접 태블릿을 활용하여 필요한 정보를 찾아보는 활동을 연습할 수 있도록 하였다. 전체 활동으로 정보무늬 마을을 만들어보며 함께 협력하여 정보무늬를 활용할 수 있도록 하였다. 개별활동을 할 때는 같은 정보무늬를 제공하여도 학생들의 학습 수준이 다르기 때문에 각자의 수준에 따라 필요한 내용을 찾을 수 있도록 안내하였다. 시각적 안내가 필요한 학생에게는 찾아야 하는 부분의 색깔을 다르게 표시해서 제공하고, 찾아야 하는 정보도 학생별로 달리 했다. 물건의 가격을 찾는 학생, 물건의 용량을 찾는 학생 등 다양하게 문제의 난이도를 조정하여 제공하였다. 또 학습 속도도 편차가 매우 크기 때문에 주어진 학습량도 학생의 수준에 맞게 제공하였다.

일반화하기 단계에서는 처음에 제시한 문제 상황 속 편지의 문제를 함께 해결해 보며 친구의 어려움을 도와줌으로써 성취감을 가질 수 있도록 하였다.

수업 후 소회

아쉬웠다. 수업은 늘 아쉬움을 남긴다. 두 번째 활동 중 일부인 정보무늬 마을 만들기 활동은 학생들이 함께 협력하면서 하나의 마을 만들기를 하도록 의도를 갖고 구성했는데, 아이들이 자신에게 주어진 부분만을 완성하고 활동을 마쳐 아쉬웠다. 학생들에게 조금 더 시간을 제공하여 서로 오류를 접하고 수정하면서 함께 완성했다는 성취감을 느낄 수 있도록 활동을 제시했으면 더 좋았겠다는 생각이 들었다. 수업 후 한 학부모님께서는 이렇게 말씀

하셨다. "수고하셨다. 우리 아이들에게 필요한 내용을 학습할 수 있게 해주서서 감사하다. 학생이 실제 생활에서 활용해볼 수 있으면 좋겠다." 내가 의도했던 부분이 학부모님들께도 맞닿은 것 같아 다행이었다.

뿌듯했다. 본 차시 수업 후에 학생들과 팅커벨 활동을 하며 코드가 아닌 정보무늬를 제공하였다. 그랬더니 학생이 자연스레 정보무늬를 보고 스스로 정보를 찾으려고 했다. 이러한 모습을 보며 정보 접근성이 향상되었음을 느꼈다. 수업을 준비하면서 '아이들에게 좋은 수업은 무엇인가'에 대해 생각하게 되었다. 우리 아이들에게 도움이 되는 수업, 우리 아이들이 한발 나아가는 수업, 우리 아이들이 좋아하는 수업 등 다양한 생각이 들었다. 그런데 이러한 수업에는 하나의 공통점이 있었다. 모두 특별한 기법, 특별한 기술과 같은 방법보다는 '내용'에 더 중점을 두어야 한다는 것이다. 그 내용을 더 알차게 구성하기 위해 중요한 것이 교육과정이다. 그렇기 때문에 교육과정을 봐야 하고, 교육과정을 내 것으로 만들어야 한다. 온전히 내 것이 되어야 학생들이 적재적소에서 활용할 수 있다. 오늘도 교육과정을 내 것으로 만들기 위해 고민하고 또 고민한다.

수업 기획은 선택의 연속이다. 고민에 고민을 거쳐 가장 올바른 선택을 하기 위한 선택의 연속이다. 이러한 선택의 기로에서 다양한 상황, 다양한 조건들을 고민하는 과정을 거치고 돌아보니, 아이들에게 좋은 수업을 할 수 있고 학생들 앞에 당당하게 설 수 있는 교사로서 한 발짝 다가서게 된 것 같다.

개별학습반 국어과 교수·학습 설계안

단원	18. 정보를 모아요	차시	17/24	교과서 범위	국어 250~251쪽

학습목표	정보무늬를 활용하여 정보를 찾아봅시다.		수업모형	문제해결학습
			학습형태	개인-개인-전체

수준별 목표	가	정보무늬를 활용하여 필요한 정보를 찾아 정리할 수 있다.	학습 자료	교사	ppt, 정보무늬 마을
	나	정보무늬를 활용하여 필요한 정보를 찾을 수 있다.			
	다	정보무늬를 활용하여 정보를 찾을 수 있다.		학생	태블릿, 활동지

단계	학습 과정	교수·학습활동	시간	자료(㉯) 유의점(㉴)
문제 확인 하기	전시학습 확인	•전시학습 확인 -지난 시간에 무엇을 배웠나요? · 상품 포장지에서 정보를 찾았습니다.	5'	㉴자신이 만든 포장지를 소개한다. ㉯친구의 초대장 ㉴정보무늬에 흥미를 갖 도록 유도한다.
	학습동기 유발	•친구의 고민 듣기 -친구의 고민을 살펴보고, 이 그림에 대해 살펴 봅시다.		
	학습문제 탐색	•학습문제 탐색 **친구가 무엇을 알고 싶다고 했나요?**		
	학습활동 안내	•학습활동 안내 활동1. 알아보기 활동2. 정보 찾기 활동3. 정보무늬 마을 만들기		
문제 해결 방법 찾기 문제 해결 하기	문제해결 방법탐색	•활동1. 알아보기 -정보무늬에 대해 알아봅시다. -정보무늬가 우리 생활 어디에서 활용되는지 알아봅시다. · 교실 및 생활 속에서 본 정보무늬를 이야기한다.	32'	㉯자신의 경험을 이야기 하도록 유도한다. ㉯ 태블릿, 활동지 ㉯정보무늬 마을, QR코드 스티커 ㉴ 학생들이 협동하여 함 께 정보무늬 마을을 완성 할 수 있도록 유도한다.
	문제 해결 하기	•활동2. 정보 찾기 -정보무늬를 활용하여 정보 찾는 방법에 대해 알아봅시다. -정보무늬를 보고 필요한 정보를 찾아봅시다. · 자신의 수준에 적절히 제시된 활동지를 보고, 찾고자 하는 내용에 맞는 정보를 찾도록 유도 한다.		
		•활동3. 정보무늬 마을 만들기 -정보무늬 마을을 완성해봅시다.		
일반화 하기	정리하기	•정리하기 -친구의 고민을 해결해 봅시다. •차시예고 -현장체험학습 장소에 대해 알아보고, 계획을 세워봅시다.	3'	㉯친구의 편지 ㉴정보무늬를 생활 속에 서 다양하게 활용할 수 있도록 안내한다.

3 학년

이해하다

질문! 우리를 성장하게 하는 것

— 곽철종

교육과정에서 질문의 역할

탐구정신을 갖고 있는 인간이라는 뜻의 호모 콰렌스(Homo Quarens)는 인간이 성장하는 과정에서 끊임없이 질문을 던지며 답을 찾아가는 존재라는 의미를 뜻한다. 즉, 인간의 본질과 실존은 질문과 성찰을 거듭하며 탐구를 이어가는 존재 자체를 가리킨다. 학교에서 이루어지는 교육활동 역시 성찰을 통한 탐구의 과정이다. 특히 교육에서 질문은 중요한 역할을 하고 있다. 질문을 통해 스스로 성찰할 수 있도록 이끌었던 소크라테스부터 챗GPT에 이르기까지 질문은 시대를 넘어 그 가치를 인정받고 있다. 학생들의 지적 호기심이 담긴 질문(학습문제)에서 시작해서 함께 해결하는 과정을 거쳐 최선의 해답을 찾아가는 과정이 곧 수업이다. 이처럼 학교에서 이루어지는 교육활동은 호모 콰렌스의 이상적인 프로세스를 실현하고 있다.

최근 챗GPT 같은 AI는 미래교육의 청사진을 제시하고 있으며, 2022 개정 교육과정이 추구하고 있는 디지털 기반 수업혁신의 이정표와 같은 역할을 하고 있다. 특히 챗GPT는 대화형 인공지능 프로그램으로 입력창에 질문(Prompt)을 입력하면 AI가 분석하여 가장 적합한 응답(Response)을 제시한다. 이를 활용하여 수학 개념 설명, 과학적 원리 이해, 영어 회화 등 다양한 교과에서 챗GPT를 접목한 교육활동이 이루어지고 있다.

따라서 사용자가 원하는 답변을 얻기 위해서는 올바른 '질문'을 해야 한다. 예를 들어, '수학을 잘하는 방법은 무엇일까요?'라는 문장으로 질문한다면 '일반적인 수학'의 성적 향상 방안이 제시된다. 하지만 '자연수의 덧셈과 뺄셈에서 받아올림을 어려워하는데, 이를 해결하기 위해 어떤 단계와 과정으로 연습해야 할까요?'와 같이 질문에 구체적인 상황, 배경, 목적 등을 넣어 질문한다면 사용자가 원하는 답변을 기대할 수 있을 것이다.

이처럼 질문은 교육활동에서 중요한 의미를 갖고 있다. 그렇다면 교육활동을 이끌어가는 교사는 질문을 활용하여 어떤 교육과정을 운영해야 할까? 질문을 활용하여 어떤 수업을 구성해야 할까? 이에 교사의 역할을 다음 세 가지로 알아보고자 한다.

첫째, 교사는 학생들에게 올바른 질문을 던지는 역할을 해야 한다. 적절한 질문은 학생들의 사전지식과 본 차시의 학습을 연결하는 역할을 하며, 학습을 이끌어가는 가이드의 역할을 한다. 또 질문은 학생들의 인지적 갈등을 일으켜 학습 과정에서 비판적으로 생각하는 힘을 길러준다. 그리고 학습 과정에서 문제에 대한 새로운 관점과 아이디어를 발견하는 창의성을 촉진하기도 한다. 이처럼 '질문하는 교사'의 중요성은 계속 강조되어 왔다.

둘째, 교사는 학생들이 스스로 적절한 질문을 만들고 해결할 수 있도록 조력해야 한다. 학생들이 스스로 설정한 질문은 그 자체로 학습의 목표가 되어 주도적으로 학습할 수 있는 기준의 역할을 한다. 그리고 학생들이 직접 질문을 만들고 답을 찾아가는 과정은 그 어떤 콘텐츠보다 학습에 대한 동기를 끌어낼 수 있다. 또 질문은 그 자체로 평가의 기준이 되어 스스로 평가하고 피드백하는 기회를 제공하게 된다.

셋째, 교사는 질문을 통해 학생들의 협력적 '행위주체성'을 촉진해야 한다. 교사는 학생들이 함께 공동의 목표를 설정하고 다양한 각도에서 문제를 분석할 수 있도록 지원해야 한다. 학생들은 서로 소통하며 문제 해결 방법을 모색하고 공유하는 과정을 통해 비판적 사고와 문제해결 능력을 신장시킬 수 있다. 이처럼 학생들이 서로 질문을 던지며 공동의 목표를 해결하기 위해 노력하는 과정은 2022 개정 교육과정의 핵심역량 중 '협력적 의사소통 역량'을 실현하는 기회가 될 것이다. 질문은 우리를 성장시키는 힘이다. 교육활동에서 질문이 중요한 이유는 학생의 성장과 더불어 교사의 전문성을 신장시키는 원동력이기 때문이다.

교실에서 질문하지 않는 아이들

2010년 11월, G20 회의가 서울에서 열렸다. 당시 미국 대통령이었던 버락 오바마가 기자회견에서 우리나라 기자들에게 질문 기회를 주었다.

〈중략〉

결국 중국 기자에게 질문 기회는 넘어갔고, 질문하지 못하는 우리나라 기자들에 대한 관심이 뜨거웠다.

교사의 관점에서 바라봤을 때 위 해프닝의 원인이 학교교육에도 있다고 생각한다. 우리는 어린 시절부터 '질문을 하지 않도록' 교육을 받아왔다. 수업시간은 바른 자세로 앉아 교사의 말을 경청하며, 교사의 허락이 있을 때만 질문을 할 수 있었다. 질문이 많은 아이는 불만이 많은 아이로 보이기도 했다. 교사들은 은연중에 자신의 생각을 던지는 아이에 대해 방어적인 태도를 보이며 강한 어조로 대답하기도 한다. 이러한 현상은 상급학교로 진학할수록 더 심해지며 대학까지 이어진다. 우리나라에서 가장 똑똑한 아이들이 모인다는 서울 소재 대학교에서도 교수의 강의 내용을 암기하고 자신의 생각을 감추는 학생이 좋은 점수를 받는다(2014, 이혜정).

코로나19의 팬데믹을 거쳐오는 동안 질문하지 않는 아이들은 더 늘어났다. 원격수업의 특성상 상호작용이 원활하지 않기에 학생들은 교사가 제시하는 학습내용과 과제를 일방적으로 수용할 수밖에 없었다. 원격수업에서 궁금한 내용은 등교수업에서 질문하고 해결할 수 있었지만, 대부분의 아이가 질문 기회를 갖지 못했다. 교사 입장에서 바라보는 진짜 문제는 학생들이 질문하는 방법과 질문에 답하는 방법을 잊었다는 것이다. 자신이 궁금한 내용이 무엇인지 정리를 쉽게 하지 못하고, 어떤 표현을 사용해서 이야기해야 하는지 한참을 고민해야 한다. 질문하는 것을 어려워하니 자연스럽게 질문에 답하는 것도 힘들어한다. 질문의 의도를 파악하는 것과 생각을 정리하여 논리적으로 답변하는 것을 어려워한다. 본교에서도 질문과 대답이 실시간으로 이루어지는 토의나 토론은 꽤 오랜 기간을 준비하고 치러지는 교내 대회나 행사에서 볼 수 있다.

그래서 동료 교사들과 질문이 살아있는 수업, 질문으로 성찰해 나가는 수업을 만들고자 했다. '질문이 사라진 교실'에 문제의식을 가진 교내의 교사들이 함께 모여 질문으로 수업의 활기를 북돋워 주고자 했다. 2023년의 공개수업의 방향도 학생들이 올바른 질문을 만들고 답하는 질문역량 기르기 활동으로 구성하게 되었다.

AI챗봇으로 질문역량을 기르다

우리 학교 3학년은 학교 주변의 전주천을 탐구하고, 전주천에 살고 있는 수달을 보호하는 프로젝트 수업을 운영하고 있다. 아이들과 프로젝트를 함께 구성하며 수달을 보호하기 위해 우리가 할 수 있는 일이 무엇일지 논의했다. 아이들은 전주천에 살고 있는 수달을 소재로 동화를 쓰고 싶다고 했는데, 아이들의 마음을 표현하기에 적합한 활동이라고 생각했다. 새로운 방법을 시도해보고 싶었다. 또 동화를 만드는 과정에서 아이들의 사고력과 문제

해결력을 기르는 방법을 고민했다. 에듀테크를 활용하여 아이들이 실시간으로 공동협업하기를 원했다. 창의적이면서도 구성이 뛰어난 동화책을 만들고 싶었다.

이 모든 것을 적용하기 위해 고민하던 차에 'AI챗봇'을 만나게 되었다. AI 챗봇은 규정상 학생들이 직접 활용할 수는 없지만, 교사가 학생들과 함께 챗봇으로 툴을 만들어 수업시간에 활용할 수 있었다. AI챗봇을 활용해서 동화를 만들 때 가장 주의했던 것은 동화의 주제와 배경, 흐름 등 구성 요소들은 모두 학생들의 아이디어를 중심으로 풀어나가야 한다는 점이었다. 동화 제작의 주도권은 AI챗봇이 아니라 학생들이 쥐고 있어야 했다. AI챗봇을 활용하기 전에 동화의 주제와 흐름 등 모든 세부 내용을 논의했다. 동화의 구성과 방향이 정해지고 난 후에야 학생들에게 AI챗봇을 이야기해주었다.

AI챗봇은 질문의 내용과 수준에 따라 응답이 결정되기에 적절한 질문을 만들고 입력하는 것이 중요했다. 이에 학생들과 함께 AI챗봇에 넣을 질문을 만들었고, 이 질문들을 반복해서 AI챗봇에 입력하며 원하는 응답이 나오는지 점검했다. 만약 우리가 기대하는 응답이 나오지 않는다면 무엇이 잘못되었는지, 어떤 항목을 추가해야 하는지 점검했으며 지속적인 피드백을 통해서 질문의 수준을 끌어올릴 수 있었다. 자연스럽게 질문은 구성요소를 모두 갖춰 정교화되었고 문장이 길어지게 되었다. 질문이 길어진 만큼 알아보기 쉽게 다듬는 과정이 필요했다. 이 과정들이 반복되자 학생들은 자연스럽게 적절한 질문을 만들 수 있게 되었다.

학생들에게 일어난 변화

AI챗봇을 활용한 동화 만들기 수업으로 아이들은 올바른 질문의 구성요소를 이해하고, 적절한 질문을 만들 수 있게 되었다. 문장의 구성요소와 호

응관계를 고려하여 논리적인 구조를 갖춰 명확한 질문을 만들게 되었다. 그리고 질문을 바르게 만들 수 있다는 것은 질문을 이해하고 바르게 응답할 수 있다는 것을 의미했다. 아이들은 질문의 뜻을 빠르게 이해하고 요구하는 내용을 간결하게 이야기하려고 노력했다.

본 프로젝트가 끝나고 난 후 아이들의 대화, 토의 및 토론수업을 운영하면서 아이들의 변화를 실감할 수 있었다. 아이들은 자신의 의견을 명확히 표현하려고 노력했으며 다른 친구의 이야기를 주의 깊게 들었다. 이러한 변화는 아이들의 읽기와 쓰기에서도 찾아볼 수 있었다. 긴 글을 읽기 힘들어하던 우리 아이들은 작가가 이야기하고자 하는 내용을 바르게 파악하게 되었으며 글의 내용을 간추려 설명하기도 했다. 자신의 생각과 의견을 바르게 정리하여 글로 표현하는 것도 곧잘 하게 되었다.

바르게 질문할 수 있는 능력을 질문역량이라고 부른다면, 질문역량은 미래교육의 근간이 될 수 있는 핵심 역량이라고 생각한다. '질문을 잘한다'는 것은 문장의 구조에 맞게, 내가 전달하고 싶은 말을 정확하고 효율적으로 표현한다는 뜻이다. 질문의 수준이 정교할수록 원하는 응답을 얻을 수 있으며, 질문을 바르게 만들 수 있다면 그만큼 논리적으로 답변할 수 있다는 뜻과 같다. 질문역량은 문해력과 비판적 사고력 등의 탐구가 기반이 되는 여러 역량으로의 전이가 일어나게 된다. 또 이 모든 과정은 협력적 소통으로 이루어진다.

3학년 꿈바라기 아이들 교수·학습 설계안

1. 수업의 주제: AI챗봇을 활용한 '전주천의 수달 동화책' 만들기

2. 핵심 아이디어
- 올바른 질문을 던질 때 원하는 답과 최선의 답을 기대할 수 있다.

3. 역량 및 성취기준 분석

관련 역량	협력적 소통 역량 / 지식정보처리 역량 / 생태감수성 역량(꿈바라기 아이들)
성취기준	1. [학교교과목] [4꿈03-01] 우리 마을 전주천의 수달을 보호하고 관심을 갖는 활동이 우리 마을의 생태환경의 지속가능한 발전을 위한 필수요소임을 알고 실천한다. 2. [2015 개정] [4국03-02] 시간의 흐름에 따라 사건이나 행동이 드러나게 글을 쓴다. 3. [2022 개정] [4국03-04] 목적과 주제를 고려하여 독자에게 마음을 전하는 글을 쓴다.

성취기준 분석		
지식·이해	과정·기능	가치·태도
• 전주천 수달의 의미와 가치 • 맥락(상황 및 배경) 이해 • 지속가능한 생태환경보호	• 주제에 따라 내용 생성하기 • 절차에 따라 대화하기 • 문단 수준에서 고쳐쓰기	• 친구의 이야기 존중하기 • 쓰기 윤리 의식 • 생태감수성

4. 교수·학습목표 및 활동 분석

학습목표	(질문으로 생각을 나누며) 전주천의 수달 동화를 만들 수 있다.
본차시 핵심질문	1. (교사) 동화책 만들기 활동은 학생들의 어떤 '이해'를 위한 배움인가요? 2. (학생) 동화를 고쳐쓰기 위한 질문은 무엇인가요? 3. (학생) 전주천에 살고 있는 수달을 왜, 어떻게 보호해야 할까요?

학습목표 및 활동 분석						
인지기능 지식	기억하다	이해하다	적용하다	분석하다	평가하다	창안하다
[단계] 핵심동사	[도입] 떠올리다		[활동1] 선택하다 만들다	[활동2] 분석하다 만들다	[활동3] 공유하다 평가하다	

5. 평가 과제

평가과제	동화를 만들기 위한 질문을 선택한 이유와 만들고 싶은 동화에 대해 설명하고, 전주천의 수달을 아끼고 사랑하는 마음을 담아 이야기하기		
평가방법	평가주체	평가도구	평가시기
발표(모둠)	교사 관찰 / 동료 평가	활동지	[활동3]나누다 / 수업 후
평가과제 핵심질문	1. 질문을 선택한 이유는 무엇인가요? 어떤 이야기를 만들고 싶었나요? 2. 전주천의 수달을 아끼고 보호해야 하는 이유는 무엇인가요?		

6. 본시 교수·학습 과정안

단계	학습 과정	교수·학습활동	시간	자료(짜) 유의점(유)
도입	배움 되돌아 보기	◎달수네 아파트 되돌아보기 •동화 속 장면 살펴보기 -이야기의 무대가 되는 장소는 어디인가요? ◎지난 시간 학습 떠올리기 **[개념적 지식·기억하다]** •질문꾸러미 되돌아보기 -지난 시간에 만든 질문을 살펴봅시다. -전주천 수달에 대해 궁금한 점은 무엇이었나요?	5′	짜PPT 유전주천과 수달을 보호해야 하는 이유 는 무엇인가요? 동화책을 읽고 어떤 마음이 들었나요?
	학습문제 안내	•학습문제 활동 안내하기 **[개념적/절차적 지식·창안하다]** **전주천 수달 동화를 만들어봅시다.**		
초고쓰기	[활동1] 만들다	◎만들다 **[개념적 지식·적용하다/창안하다]** •학습문제 확인하기 (질문으로) **전주천 수달 동화를 만들어봅시다.** •동화의 개요 짜기 [개인활동] -내가 만들고 싶은 동화의 주제와 관련된 질문을 선택하여 동화를 만들고 패들렛에 올려봅시다.	10′	짜태블릿PC 유 질문을 선택한 이 유를 생각하며 AI챗 봇(뤼튼)에 입력. (선택)이야기와 어울 리는 삽화 만들기.
반응 형성하기 다듬기(1)	[활동2] 생각하다	◎생각하다 **[개념적 지식·분석하다]** •학습문제 확인하기 (생각하며) **전주천 수달 동화를 만들어봅시다.** •나의 생각 꺼내기 [개인활동] -내가 만든 전주천 수달 동화를 살펴보고, '동화엽 서'에 나의 생각을 적어봅시다.	10′	짜 활동지'동화엽서' 유 AI챗봇(뤼튼)으로 고쳐쓰기를 한다면 어떤 질문을 입력해 야 할까요?
반응 명료화 하기 다듬기(2)	[활동3] 나누다	◎나누다 **[개념적 지식·평가하다]** •학습문제 확인하기 (나누며) **전주천 수달 동화를 만들어봅시다.** •동화 소개하기 [모둠활동] [평가1] -모둠 친구들에게'동화엽서'와 이야기를 소개해 봅시다. -친구들의 이야기를 듣고 평가해 봅시다. **Q4. 친구가 선택한 질문이 동화에 잘 나타났나요?** (3점 척도) **Q5. 친구의 이야기에서 전주천 수달을 보호하고 아 끼는 마음이 드러났나요? (3점 척도)**	10′	짜 패들렛 활동지'동화엽서' 유 친구의 엽서의 내 용과 동화를 비교해 봅시다. 유 (선택)친구의 동화 에서 궁금한 내용, 고 쳐쓰기가 필요한 내 용은 댓글로 남겨봅 시다.
정리		◎오늘의 활동 되돌아보기 **[메타인지 지식·이해하다]** •수업의 의미 찾기 -전주천과 수달을 보호하는 캠페인을 계획할 때 우리가 만든 동화책을 어떻게 활용할 수 있을까요? •학습문제 확인하기 (질문으로 생각을 나누며) **전주천 수달 동화를 만들 어봅시다**	5′	유 우리는 왜 전주천 수달 동화책을 만들 어야 할까요?
		◎차시예고 •북크리에이터 앱을 활용해 수달 동화책을 완성해 봅시다.		

가르친다는 건, 희망을 노래하는 것

— 박하나

마음이 만드는 희망노래

"보이지는 않아도, 날마다 성장한다. 희망노래, 좋아요!" 매일 나누는 우리 희망노래반 하교 인사다. 교실에서 오갔던 다양한 감정을 한마디로 정리해 주는 말이기도 하다. 교실에서 아이들은 배우면서 꿈을 꾼다. 작고 소중한 아이들의 꿈이 모여 희망의 노래가 완성된다. 가끔 불협화음이 되기도 하지만, 지휘자로서 한 곡이 끝날 때마다 '성장'이라는 주선율을 기반으로 하는 아이들의 희망 노래는 결국엔 아름답고, 빛나고, 감동적이라는 것을 느낀다.

아침에 아이들이 교실에 와서 자신의 마음을 짧게 기록하는 시간이 있다. 매일 아침 날마다 변화하는 아이들의 마음 날씨를 보며, 어떤 마음이든지 귀한 보석처럼 귀하게 대하고, 존중하려고 노력한다. 흐린 마음도 갑자기 천둥 번개까지 오지 못하도록, 오락가락하던 마음도 중심을 잡을 수 있도록, 그 마음을 건강하게 잘 표현할 수 있도록 성장을 돕는 것. 그리고 나의 마음만큼 다른 사람의 마음도 소중하다는 것을 알고 느끼게 해주는 것. 그것이 우리 반의 희망노래를 멋진 연주로 만들어 줄 수 있지 않을까?

삶과 연결된 수업을 그리다

아이들이 서로의 마음을 이해하고, 잘 표현하는 것은 아이들의 성장에서 큰 부분이라고 생각한다. 아이들이 더 깊이 있게 생각할 수 있게 수업을 계획하고 싶었다. 국어 교과 3학년 1학기 4단원 '내 마음을 편지에 담아' 단원의 한 차시를 선택하였다. 이 단원의 목적은 학생들의 일상생활과 관련해 '감사, 칭찬, 격려, 축하, 사과' 등의 생각이나 느낌을 표현 등을 학습하고, 마음을 표현하는 편지를 쓰는 방법을 알고 편지를 직접 써 보며, 의사소통 능력을 기르는 것이다.

매일 아침 9시 우리 반에는 '지구에서 하나뿐'인 시간, 하루 10분이 있다. 선생님이 책을 읽어주는 시간이다. 아이들이 하나의 눈빛으로, 하나의 마음으로, '하나 선생님'을 바라보며 이야기 속으로 빠져드는 시간. 그 시간만큼은 온쉼표가 계속된다. 같이 읽는 책으로 마음이 하나로 모이는 시간이다. 매일 함께 읽는 책을 빼놓고는 이야기할 수가 없다. 함께 읽는 책이 책 읽는 습관을 길러 주는 독서교육에만 머무르지 않고, 책을 통해 삶을 더 풍요롭게 하는 데 도움이 되길 바라는 마음으로 좋은 책을 선택하고, 책을 읽어주고, 대화한다.

공개수업은 아이들이 함께 읽은 '나는 3학년 2반 7번 애벌레' 책을 연계하여 계획하였다. '지구에서 하나뿐'에 사용되는 책을 선정할 때, 아이들의 정서적·인지적 수준을 고려하며 한 권의 책이 3학년 1학기 수업 전반에 고루 영향을 끼칠 수 있는 좋은 책을 고르려고 노력했다. 〈나는 3학년 2반 7번 애벌레〉 작품은 국어교과의 「1. 재미가 톡톡톡, 4. 내 마음을 편지에 담아, 6. 일이 일어난 까닭, 7. 반갑다, 국어사전」 단원에 전반적인 수업 소재로 활용할 수 있는 요소들이 많이 있었다. 또한, 과학교과 「2. 동물의 한살이」 단원에서 교실에서 배추흰나비를 키우며 탐구하고 관찰하게 될 시기와 아이들의 흥미도 고려하였다. 과학적 소양뿐 아니라 작은 생명이 성장하는 과정이 잘 드러난 독서를 통해 재미와 감동을 동시에 느끼기를 바랐다. 깊이 있는 읽기와 배움, 그리고 삶을 연결하고자 계획하였다.

본 차시는 8/8~9차시로, '작품 속 인물의 마음이 어땠을까' 친구들과 이야기 나누어 보고 '마음을 전하는 편지 쓰기' 활동을 한다. 이 수업 소재는 책에서 만났지만, 우리 교실에서도 있을 법한 갈등 상황이다. 작품을 소재로 인물을 대신하여 마음을 전하는 편지쓰기 활동을 경험해본다. 마지막 차시에서는 실생활에서 직접 자신의 마음을 전하는 편지쓰기 활동을 한다. 아이들의 일상과 연계한 9차시가 이 단원의 핵심차시라고 보았다.

8차시를 공개수업 차시로 선택한 이유는 등장인물을 대신해 마음을 전하는 편지를 써보며 다른 사람과 공감으로 따뜻하게 소통하는 방법, 긍정적인 관계 형성을 위한 노력 등을 배울 수 있고, 아이들의 마음과 생각의 성장을 볼 수 있는 차시라고 생각했기 때문이다.

수업을 계획하다

본 수업에서의 성취기준은 '[4국03-04] 읽는 이를 고려하여 자신의 마음을 표현하는 글을 쓴다'이다. 성취요소는 '마음을 전하는 편지 쓰기'이다. 이 단원에서 함양하고자 하는 국어과 교과 역량은 '의사소통 역량'이다. 이 수업의 첫 번째 활동인 준비하기 단계에서 아이들은 같이 읽은 책의 내용을 떠올리고, 각각의 상황에서 어떠한 마음이었을지 예상한 것을 친구들과 표현해보며 생각을 확장해 보고자 하였다. 두 번째 활동에서는 인물을 대신해서 문제를 해결하며, 그동안 배웠던 편지 쓰기 기능을 적용하여 편지를 써 보고, 친구들과 바꿔 읽으며 각각의 요소가 잘 들어갔는지 평가해보도록 계획하였다. 처음 수업을 계획했을 때는 아이들끼리 의사소통 역량을 기르는 것이 목표였다. 의사소통 역량은 음성 언어, 문자 언어, 기호와 매체 등을 활용해 생각과 느낌, 경험을 표현하거나 이해하면서 의미를 구성하고 자아와 타인, 세계의 관계를 점검하고 조정하는 능력을 의미한다. 이 단원에서는 전하고 싶은 마음을 담아 편지를 쓰고, 친구들과 생각을 나누고, 나아가 그 과정에서 생각을 확장하며 의사소통 역량을 기르고자 하였다.

그런데 수업을 연구하면서 의사소통 역량만큼이나 이 단원의 학습을 통해서 함양할 수 있는 것은 '공동체·대인관계 역량'이었다. 공동체·대인관계 역량은 공동체의 가치와 공동체 구성원의 다양성을 존중하고 상호 협력하며 관계를 맺고 갈등을 조정하는 능력이다. 단원 전반에 걸쳐 상대방의 마음을 짐작하고, 나의 경험을 비추어 비슷한 경험이 있는지 생각해보고 공감을 표현하는 연습을 한다. 그리고 상대방의 상황에서 느낄 마음을 예상하고 하고 싶은 말을 전하며 마음을 나눈다. 이 과정에서 상황에 맞는 할 말을 전하는 편지 쓰기의 기능 자체보다 인물의 마음이 어떨지 생각해보는 '공감·정서 표현'이라는 태도에 중점을 두어 지도하였다.

본 수업의 학습목표는 '전하고 싶은 마음을 담아 편지를 쓸 수 있다'로 설정하였다. 수업의 소재로 깊이 있게 함께 읽은 작품 속으로 들어가 인물의 마음을 짐작하고, 전하고 싶은 말을 모둠끼리 이야기 나누며 의사소통 역량과 공동체·대인관계 역량을 함양하고자 하였다. 같은 상황을 보고, 서로 다양한 마음을 느낄 수 있다는 것을 알아갈 수 있도록 아이들이 만든 다양한 마음 스티커를 자료로 활용하였다. 친구들과 함께 이야기를 나누고, 인물에 공감하는 마음을 담은 편지쓰기 활동을 계획했다.

수업의 평가는 상호 평가로 친구들끼리 쓴 편지를 바꿔 읽으며 '읽는 이의 마음을 공감하며 전하고자 하는 마음이 드러나게 글을 썼는가?'를 고려하였다. 기능적 측면에서 친구들끼리 이야기 나누며 배움이 일어날 수 있게 계획하였다. 학생들의 글쓰기를 관찰하며 어려워 하는 부분이 있는지 관찰하였고, 피드백을 주었다. 또한 '다른 친구의 의견을 경청하며 모둠 대화에 참여하는가?'를 교사의 관찰 평가로 계획하여, 이 단원에서 목표로 하는 기능적 측면·태도적 측면에서 모두 평가가 이루어질 수 있도록 하였다.

희망을 노래하다

2월 학교 세움주간에 참석한 첫날, 전입교사 공개수업을 해야한다는 것을 알았다. 다른 사람 앞에 서는 것을 두려워 하는 나는, 그때부터 마음 속에 차곡차곡 두려움의 돌탑을 쌓아갔다. 16년 동안 교사였던 내가 매일 걷던 수업이라는 그 길을 한 번도 걸어보지 않은 사람처럼 느껴졌다. 부설에서 내가 보여줘야 하는 수업은 기존의 나를, 나의 수업을 버려야 할 것만 같은 마음이 들었다. 비옥한 흙이 아닌, 단단한 돌이 되어 예쁜 꽃을 피워내야 한다는 게 그때 내 마음이었던 것 같다. 계속해서 물음표를 가지고 한 발도 내딛지 못하고 머뭇거리는 내게 우리 동료 선생님들은 따뜻하게 격려해주셨다. "선생님다운 수업을 하세요. 뭐든 괜찮아요". 앞으로 교사 인생에서 그 한마디를 결코 잊지 못할 것 같다. 그렇게 한 걸음 한 걸음 시작했다.

수업을 계획할 때, 우선적으로 고려했던 것은 내가 아이들과 가장 즐겁게 할 수 있는 소재였다. 그것은 책과 글쓰기다. 그리고 우리 학급에서 내가 가장 중요하게 생각하는 것은 '아이들의 마음 표현'이었다. 소재를 정하고 수업을 계획할 때부터는 고민이 더 많아졌다. 작품을 소재로 하니 반응중심 모형을 선택해야 할까, 배운 내용에 대한 적용 차시이니 문제 해결학습 모형을 선택해야 할까? 학습목표 제시를 어떻게 하지? 평가할 때도 모둠원 모두 다양한 이야기를 나누며 의사소통 역량을 기를 수 있도록 하고 싶은데 시간이 부족하지는 않을까? 아이들이 마음을 전하는 부분에서 어떤 말을 해야 할지 모르면, 어떤 피드백을 줘야 할까? 글쓰기 수업이니 공개수업으로는 너무 정적이지 않을까? 글쓰기 속도는 아이들마다 다른데, 미리 다 마친 학생들을 위해 어떤 준비를 해야할까? 발표는 모든 아이들이 다 할 수 있게 하고 싶은데 가능할까? 수업의 모든 장면에서 고민이 많았다.

작품 속 인물이 마음을 전하는 편지쓰기를 어려워 하는 이유를 알아보고 같이 해결 방법을 탐색해보는 '문제 해결 학습 모형'을 적용하여 본 수업을 진행하였다. 국어과에서 문제 해결 학습 모형은 이미 학습한 내용을 실제 상황에 적용하는 경우에 활용할 수 있다. 교사의 직접적인 개입을 최대한 줄이고 학습자들의 자발적인 탐구 활동을 최대한 강조한다는 점에서도 이 수업에 적합하다고 판단했다.

문제 확인하기 단계에서 '나는 3학년 2반 7번 애벌레' 작품 속 인물인 충걸이의 고민을 같이 들어본다. 충걸이는 애벌레에게 잘해줬던 일, 못해준 일들이 떠올라서 마음을 표현하는 편지를 쓰려다가 어려워서 결국은 전하고 싶은 말을 쓰지 못했다. 도움을 요청한 충걸이의 편지를 살펴보며, 지난 시간에 배웠던 편지의 형식을 살펴보게 했다. 충걸이의 편지에서 도와줄 것이 무엇인지 찾아보게 했다. "어떻게 사람이 벌레 입장을 생각해요?"라고 했던 충걸이의 눈높이에 맞게 편지 쓰는 것을 도와주기 위해 아이들은 '마음을 담은 편지를 써봅시다.'라는 학습 문제를 확인하고 배움을 시작했다.

문제 해결 방법 찾기 단계에서는 편지를 쓸 때는 하고 싶은 말을 쓰되, 읽는 이의 상황을 고려해서 써야 한다는 것을 확인했다. 충걸이의 문제 해결을 도와주기 위해 작품 속으로 들어가서 충걸이가 애벌레를 괴롭혔던 사건, 애벌레가 배고픔에 힘들었던 사건, 충걸이가 애벌레를 도와준 사건, 애벌레가 나비가 된 일까지 '네 가지 상황'을 만난다. 애벌레에게 마음을 담은 편지를 전달하는 방법으로 '애벌레의 마음 공감하기', '해주고 싶은 말 전하기'를 예시로 보여주었다. 학생들은 모둠별로 네 가지 그림에서 애벌레의 마음을 짐작하고, 그때 충걸이가 전할 수 있는 마음을 말로 표현해보면서, 충걸이의 문제 상황을 해결할 방법을 찾아보았다. 아이들이 충걸이 대신 마음을 표현해 줄 때, 이 단원을 공부하며 아이들이 만들어왔던 마음스티커를 수업에서 활용하였다. 상황에 어울리는 마음은 있지만, 정해진 답은 없다고 이야기해 주었는데, 역시나 아이들은 예상하지 못하였지만 공감이 되는 다양한 마음을 표현해줬다.

문제해결하기 단계에서 충걸이의 편지를 완성하게 했다. 충걸이의 편지를 완성해보면서 오늘 학습 주제에 제시되었던 문제를 해결하여 학습 목표에 도달하도록 하였다. 읽는 이를 고려하여 공감하는 마음을 표현하는 편지쓰기를 했다. 편지글을 쓰고, 목표에 도달하는 글을 썼는지 짝과 바꿔서 읽기 활동을 했다. 친구의 편지에 '애벌레의 상황'을 이해했는가? '충걸이가 전하고자 하는 말'이 들어있는가? 두 가지 요소가 들어갔는지 확인하며 나비 스티커를 붙이는 활동을 했다. 편지지는 육각 보드로 만들었다. 친구와 평가가 마무리 된 작품은 상황별로 칠판에 붙어 있는 육각 보드 애벌레 얼굴 아래에 편지를 이어서 게시하고 발표했다. 아이들의 편지를 읽어보니 충걸이가 어려웠던 공감표현과 전하고 싶은 말을 상세히 잘 적었다. 이 단원을 통해 '공감과 정서표현'에 대해 학습한 내용을 완성된 글로 보여준 아이들이 고맙고 대견했다. 친구들의 편지들을 모아 충걸이에게 도움을 주는 편지로 보내주며 문제를 해결하게 했다.

일반화 단계는 연차시로 다음 차시에 집중적으로 이루어지게 계획하였다. 보통 교수학습 모델은 한 차시 내에서 이루어지지만, 본 수업에서 일반화 단계는 직접 일상에서 나의 마음을 전하는 글을 쓰기 때문에 이 단원의 핵심차시라고 볼 수 있어서 다음 한 차시 동안 충분히 이루어질 수 있도록 계획하였다. 터득한 원리를 다른 상황에 적용하고 연습함으로써 학습 내용을 점검하고 정착하는 단계인 9차시에서는 우리 반 아이들 부모님의 마음이 담긴 편지를 준비했다. 부모님의 사랑 잔소리, 관심, 사랑이 가득한 편지를 받고, 전하고 싶은 마음을 답장으로 썼다. 8차시에서 익힌 마음을 담은 편지쓰기 기능을 일상생활의 글쓰기 활동으로 연결하여 이 단원을 마무리했다.

수업이 끝났다. 수업 협의를 하며 많은 격려도 받았고, 따뜻한 공감도 받았다. 수업협의회에서도 교장선생님께서 감사하게도 "선생님다운 수업을 찾아가세요"라고 말씀해주셨다. 이어 "부설에 온 것을 후회하지 않아요?" 다정하고 따뜻했던 그 물음에, 꼭 그동안 복잡했던 내 마음 속을 들킨 것 같아 대답이 바로 나오지 않았다. 교사가 된 순간부터 쉬운 일은 없었지만, 그래도 행복했다고, 아름다웠다고, 우리반 하교 인사처럼, "좋아요"라고 분명히 말할 수 있었다.

수업 협의를 하면서 실수했던 것들에 대한 부끄러움, 여러 사람 앞에 선다는 쑥스러움, '아직 부족한 것이 많다'라고 느낀 막막함 등 다양한 감정이 있었던 것 같다. 하지만 그보다 더 지배적이었던 것은 수업을 이야기하는 교사로서의 재미와 뿌듯함이었다. 내 고민이 깊어질수록, 수업이 확장되는 것을 느꼈다. 동료교사와 협의를 통해 생각이 넓어지는 것을 느꼈고, 나도 도움이 되는 동료교사가 되고 싶다는 생각을 했다.

공개수업은 매년 어려울 것이다. 내년 2월이 되면 또다시 마음속에는 걱정과 두려움이 가득할 것 같다. 그래도 정말 열심히 연구하는 우리 선생님들과 함께 협의하며 또 다른 배움, 나 다운 수업을 만들어 갈 것이라는 희망도 생긴다. 우리반 아이들이 만드는 희망 노래에 함께 서서 나 또한 매일 매일 성장하고 있다고 생각한다.

3학년 국어과 교수·학습 설계안

1. 단원 성취기준 분석

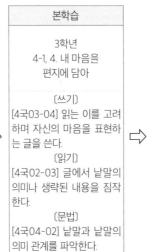

선수 학습	본학습	후속 학습
2학년 2-1, 8. 마음을 짐작해요 2-2, 4. 인물의 마음을 짐작해요	3학년 4-1, 4. 내 마음은 편지에 담아	4학년 4-2, 2.마음을 전하는 글을 써요
〔쓰기〕 [2국03-02] 자신의 생각을 문장으로 표현한다. 〔읽기〕 [2국02-04] 글을 읽고 인물 의 처지와 마음을 짐작한다.	〔쓰기〕 [4국03-04] 읽는 이를 고려 하며 자신의 마음을 표현하 는 글을 쓴다. 〔읽기〕 [4국02-03] 글에서 낱말의 의미나 생략된 내용을 짐작 한다. 〔문법〕 [4국04-02] 낱말과 낱말의 의미 관계를 파악한다.	〔쓰기〕 [4국03-04] 읽는 이를 고려 하며 자신의 마음을 표현하 는 글을 쓴다. 〔쓰기〕 [4국03-05] 쓰기에 자신감 을 갖고 자신의 글을 적극적 으로 나누는 태도를 지닌다.. 〔읽기〕 [4국02-04] 글을 읽고 사실 과 의견을 구별한다.

2. 본 차시 목표

학습목표	[단원 목표] 전하고 싶은 마음을 담아 편지를 쓸 수 있다. [본 차시] 마음을 담아 편지를 써 봅시다.
단원 성취기준	•[4국03-04] 읽는 이를 고려하며 자신의 마음을 표현하는 글을 쓴다. •[4국02-03] 글에서 낱말의 의미나 생략된 내용을 짐작한다. •[4국04-02] 낱말과 낱말의 의미 관계를 파악한다.

3. 본 차시 평가계획

단원	「국어」4.내 마음을 편지에 담아	관련역량	협력적 소통 / 대인관계 역량
성취기준	[4국03-04] 읽는 이를 고려하며 자신의 마음을 표현하는 글을 쓴다.		
평가요소	[과정·기능] 자신의 마음을 표현하는 편지 쓰기		
평가방법	[짝평가] 편지 쓰고 돌려 읽기	평가시기	[전개] 활동2. 편지쓰기
평가과제 핵심질문	1. 읽는 이(애벌레)의 상황을 공감하며 썼는가? 2. 나(충걸이)의 마음을 자세히 썼는가? 3. 편지 쓰기 및 돌려 읽기 활동에 협력하며 적극적으로 참여하는가?		

4. 본시 교수·학습 과정안

단원	4. 내 마음을 편지에 담아	차시	8/9	교과서 범위	207~211쪽
성취기준	[4국03-04] 읽는 이를 고려하며 자신의 마음을 표현하는 글을 쓴다.				
학습목표	전하고 싶은 마음을 담아 편지를 쓸 수 있다	수업모형		문제해결학습	
		학습형태		전체-모둠-개별-모둠	
온라인자료		학습 자료	교사	ppt, 허니콤보드,편지,그래프	
			학생	3학년 2반 7번 애벌레 미니북	

단계	학습과정	교수·학습활동	시간	자료(㉯) 유의점(㉰)
문제확인하기	동기유발 문제상황 확인 및 되돌아보기	•충걸이의 편지를 보며 지난 시간 되돌아보기 **친구들 안녕? 난 바가지머리 충걸이야. 난 가끔 무늬 애벌레가 생각나. 그때마다 내가 했던 행동들이 마음에 걸려. 그래서 편지를 쓰려는데 뭐라 말해야 할지 모르겠어. 너희들이 좀 도와줄래?** -'충걸이의 편지'를 읽어보며 편지의 형식 이야기 나누기 -'충걸이의 편지'에 더 들어가면 좋을 요소가 무엇일지 생각해 보기 -편지를 쓸 때, 읽는 이의 마음을 생각해야 한다는 점 상기	5′	㉯충걸이의 편지 음성 메시지 ppt
	학습문제 확인	•학습문제 **마음을 담아 편지를 써 봅시다.**		
문제해결 방법찾기	전개	<활동1> 준비하기 •책의 4가지 장면을 보며 이야기를 다시 떠올리기 -마음스티커를 붙이며 애벌레의 마음 예상하기 -충걸이 입장에서 애벌레에게 하고 싶은 말 나누어 보기	10′	㉰마음스티커를 활용하여 인물의 마음 짐작하고 공감하기
		<활동2> 편지쓰기 •마음을 담은 편지 쓰기 -읽는 이의 상황을 생각하며, 충걸이의 마음을 생각하며 편지 쓰기 •편지글 바꿔 읽기 -짝꿍의 글을 읽고 나비 스티커 붙여주기 -바꿔 읽기 후 편지를 전시하고 발표하기 -편지 모아 충걸이에게 전해주기	20′	㉯ ppt 평가기준, 미니북 편지지, 스티커
문제 해결하기	정리	•학습 내용 정리하기 -이번 시간에 배운 내용을 말해 봅시다. •차시예고 -다음 시간에는 주변에서 마음을 전하고 싶은 사람에게 마음을 전하는 편지를 써봅시다.	5′	㉰충걸이의 편지 칠판에 붙이기

이해하다

— 김정화

왜 선택했는가?

지난 2월, 공개수업의 과목, 단원, 차시를 결정해야 했다. 과목은 수학으로 정하고 수학책과 수학 지도서를 펼쳐보았다. '어떤 단원이 좋을까, 어떤 차시가 좋을까. 나눗셈, 곱셈, 길이와 시간…' 그러다 5단원. 길이와 시간을 훑어보며 「km가 얼마쯤인지 알아보기」에 시선이 멈추었다. 'km가 얼마쯤인지 알아보기…, 나도 명확하게 감이 안 오는 부분인데 살펴볼까?' 생각하며 지도서를 펼쳐보았다.

「5. 길이와 시간」의 단원 지도 내용을 요약하면 아래와 같다.

> -1cm보다 작은 단위와 1m보다 큰 단위의 필요성을 인식하는 활동을 통해 1mm와 1km를 도입하고 주변 물건의 길이를 어림하고 측정해보며 양감을 기른다.
> -1분보다 작은 단위인 1초 단위를 알아보고 1분과 1초 사이를 이해하고 초 단위의 시간을 어림하고 측정해 본다.

그런데 지도서에 이렇게 적혀있었다. "길이와 시간을 다루는 마지막 단원으로 정확히 이해하고 사용할 수 있도록 지도한다." 아… 이 책임감. 길이와 시간을 다루는 마지막 단원이라니. 2학년 과정에서 배운 1cm와 1m, 1분의 개념을 잘 알고 있는지 확인하고 3학년 과정의 학습을 제대로 할 수 있도록 지도해야겠다는 생각이 들었다. 그것이 이 단원과 차시를 선택한 첫 번째 이유다.

두 번째, 나는 양감이라는 단어에 꽂혔다. 양감은 사전적 의미로 양이 있는 느낌을 말한다. 직접 재어 보지 않아도 어림하기로, 대강 단위에 대한 이미지를 느껴서 알 수 있는 감각. 이 단원에서 아이들은 1km 단위에 대한 양감을 길러야 한다고 했다. 우리 학교에서 1km쯤은 어디일까? 단지 km라는 단위를 쓰고, 읽을 수 있는 것에서 만족하지 않는 수업, 아이들이 양감을 제대로 느낄 수 있도록 수업을 구성해보고 싶었다. 본 단원은 딱히 중핵 차시라 할 만한 차시가 있지 않다고 생각한다. 왜냐하면 모두가 중요한 개념이기 때문이다. 이 단원을 통해 아이들이 새로운 단위에 대한 필요성을 인식하고, 길이와 시간에 대한 양감을 길러 실생활에서 유용하게 활용할 수 있기를 바랐다. 길이와 시간은 긴밀하게 연결되어 있는 개념이다. 단원의 제목이 왜 길이와 시간인지도 수업준비 중에 깨닫게 되었다. 아이들에게 외우고 쓰고, 시험 보는 수학이 아니라 재미있고, 유용하고, 그래서 필요하다고 느끼는 수학을 경험하게 해 주고 싶었다. 아이들이 "아!" 하고 "어~!" 하면서 공부의 의미를 찾아갈 수 있도록 말이다.

교육과정 맥락과 수업의 기획

학습성취 요소 분석

〈지식·이해: 새로운 단위의 필요성을 알고, 이해하기〉 km 단위가 처음 도입되는 차시이다. km라는 새로운 단위의 필요성을 설명하기 위해 아이들이 좋아할 만한 장소를 선정하고 발문했다.

"롯데월드와 도쿄 디즈니랜드는 100m로 몇 번이나 가야 하는 거리일까요?"

"롯데월드는 1900번, 도쿄 디즈니랜드는 11400번을 가야 하는 거리입니다. 이 거리를 m로 표현하면 190000m, 1140000m입니다."

3학년 과정에서는 읽기 어려운 큰 수로 표현되는 거리를 간단하고 쉽게 나타내기 위해 새로운 단위인 km가 필요함을 설명했다.

이 차시의 핵심은 새로운 단위의 필요성을 이해하는 것과 1km의 양감을 느끼는 것이다. 그래서 아이들이 흥미를 느낄만한 소재를 찾아 km의 도입 필요성을 알 수 있도록 활동1을 구성하고 1km의 개념을 정의하도록 했다.

〈과정·기능: (어림)측정하기, 쓰기, 설명하기〉 지도서 단원 전개계획은 3차시 「1m보다 큰 단위를 알아봅시다」, 4차시 「길이와 거리를 어림하고 재어 봅시다」로 구성되어 있다. 지도서 계획대로라면 본 차시에서는 측정하기와 어림하기 과정이 이루어지지 않지만 나는 단원의 전개계획을 살펴본 후 측정하기와 어림하기 과정이 동시에 이루어질 수 있도록 재구성했다. 그 이유는 양감 때문이다. 교과서에 제시된 지도(地圖) 자료로는 아이들이 km의 양감을 느끼며 활동하기 어렵다고 판단했다. 그래서 우리 고장의 지도에 나타낸 주요 장소들과 우리 학교 사이의 거리를 아이들이 측정하고 어림하면서 km로 나타낼 수 있도록 활동을 구성했다. 이렇게 하면 아이들이 양감을 느끼며 새로운 단위를 익힐 수 있을 것이라고 기대했다.

〈가치·태도: 수용하고 조정하기〉 본 차시 평가는 동료 평가다. 짝꿍이 주요 장소 사이의 거리를 측정하고 어림하여 새로운 단위인 km로 읽고 쓸 수 있는지 확인하고 그에 대한 설명을 듣게 된다.

짝꿍과 함께 지도에 나타난 거리를 측정하고 어림하는 과정에서 이견이 있을 수 있다. 그때 서로의 의견을 경청하고 수용하면서 서로의 의견을 상호 조정하는 과정이 필요하다.

기능요소 분석

전 수업단계별 핵심 동사와 조력 동사를 정리한 내용이다.

	활동	핵심 동사	조력 동사
1	1m보다 큰 단위 알아보기	정의하다	생각해 보자, 떠올려 보자
2	km로 나타내기	(어림) 측정하다 표현하다(쓰다), 설명하다	생각해 보자

이 수업에서 가장 중요하게 생각한 것은 아이들이 km 단위에 대한 양감을 기를 수 있도록 하는 것이었다. 〈활동1〉과 〈활동2〉를 통해 아이들은 km를 정의하고, 새로운 단위를 이용해 거리를 측정하고 설명하는 활동을 했다. 이 과정에서 핵심 동사는 '정의하다, (어림)측정하다, 표현하다, 설명하다'가 되었지만, 수업 중 많이 사용하고 놓치지 않고 말해야겠다고 생각한 동사는 '생각해보자, 떠올려보자'였다. 양감은 새로운 개념을 아는 것에서 그치지 않고 경험한 것을 토대로 눈에 보이지 않는 거리를 머릿속에 떠올리고 생각하면서 만들어가야 하는 느낌이었기 때문이다. 다시 말해 본 차시의 성취기준은 핵심 동사로 달성할 수 있었다.

> [4수03-03]길이를 나타내는 새로운 단위의 필요성을 인식하여 1mm와 1km의 단위를 알고, 이를 이용하여 길이를 측정하고 어림할 수 있다.
> [4수03-04]1cm와 1mm, 1km와 1m의 관계를 이해하고, 길이를 단명수와 복명수로 표현할 수 있다.

그러나 이것만으로는 내 수업의 의도를 표현할 수 없다고 생각한다. 내 수업의 목표는 학생들이 단순히 개념을 알고, 개념을 활용해 거리를 측정하고 어림하는 것에 있지 않았다. 나의 목표는 아이들이 km의 개념을 체득하고 그 과정을 통해 즐거운 공부를 경험하게 하는 것에 있었다.

성취요소와 교과역량 분석

〈활동1〉은 아이들이 새로운 단위도입의 필요성을 이해하고 km를 정의

	활동	성취요소	수학과 역량
1	1m보다 큰 단위 알아보기	지식·이해	창의·융합, 추론, 정보처리
2	km로 나타내기	과정·기능/ 가치·태도	문제해결, 정보처리, 의사소통, 추론

하는 단계이다. 이 과정을 효과적으로 구성하기 위해 마을 탐방과 사회과 우리 고장 지도 그리기를 연계(창의·융합)했다. 교과서에도 지도를 활용한 활동이 제시되어 있지만, 아이들의 삶과 동떨어진 지도가 수업자료로 적합하지 않다고 생각하여 마을 탐방을 기반으로 현장감이 느껴지는 수업을 구성해 보기로 했다. 본 차시 학습을 위해 아이들은 사전에 한벽당까지 마을 탐방을 했다. 마을 탐방 전 아이들은 우리 학교 운동장 긴 쪽의 끝에서 끝까지의 거리가 100m임을 상기했다. 우리 학교에서 한벽당까지의 거리는 1Km. 한벽당까지 가면서 100m를 기본 단위로 거리를 재고 100m를 몇 번 갔을 때 한벽당에 도착했는지를 기억했다. 아이들은 이 과정을 기억하고 1km의 거리가 얼만큼인지 정보를 처리하고, 수학적 사실을 분석(추론)하면서 개념을 받아들이게 되었다.

〈활동2〉는 전주시의 주요 장소와 우리 학교 사이의 거리를 측정하고, 지도에 km와 m로 거리를 나타내는 활동이다. 아이들은 이 과정에서 문제해결과 정보처리, 의사소통, 추론 역량을 키울 수 있다. 교사가 제공한 단위자로 거리를 측정하면서 정보를 처리하고 문제를 해결한 후 그 과정과 내용을 짝과 함께 공유하고 확인한다. 그리고 내가 측정하고 표현한 거리의 양감을 떠올려 본다. 앞서 말한 대로 개념을 이해하고(지식·이해), 거리를 측정하여 적용(기능)하는 과정으로 이루어진 수업이지만 내가 가장 중요하게 생각한 것은 그 과정을 통해 아이들이 km에 대한 양감을 이해하는 것이었다. 그래서 km의 개념을 잘 이해할 수 있도록 어떤 사전활동을 하고, 어떤 수업자료를 만들고, 어떤 발문을 해야 할까 정말 많이 고민했다.

나의 수업은 이해를 향해 있었다. 머리가 아닌 몸이 기억하는 이해, 생생한 이해 그래서 살아 있는 이해.

머리가 아닌 몸이 기억하는 이해

교사가 제대로 몰라서 선택한 수업의 소재였다. 기계적인 계산과 암기에 지쳐 수학이 싫었던 교사가 아이들 앞에 섰다. 그런데 우리 아이들도 여전히 계산과 암기에 치여 수학을 싫어하고 있다.

'1m가 1000번이면 1000m이고, 이것은 1km(1킬로미터)라고 쓰고 읽을 수 있다.'

한 문장이면 끝나는 설명이다. "외워라", "풀어라"를 핵심동사로 수업을 했을 수도 있다. 하지만 그렇게 하고 싶지 않았다. 이 수업에서 내 의도대로 반영된 부분은 이 지점이다. 의미와 재미가 함께 했으면 했던 지점. 수업의 정리 부분에서 아이들은 동물원까지 걸어갈 것인지 차를 탈 것인지, 5km 마라톤 대회에 참가할 것인지 아닌지 결정할 수 있었다. 그리고 그 이유를 경험을 토대로 찾아 말할 수 있었다. 머리가 아닌 몸이 기억하는 이해. 진짜 이해를 선물하고 싶었던 내 마음을 아이들이 받아 준 것 같아서 기뻤다.

수업을 보는 눈

작년 교육과정 동아리의 일원이 되어 교육과정을 들여다보기 시작했다. 주어진 수업 계획을 동사 중심으로 분류해보는 과정을 반복했다. "이 과정을 왜 하는 것일까, 무슨 의미일까?" 공부했는데도 모르는 아이러니와 답답함이 있었다. 지식·이해, 과정·기능, 가치·태도는 지도서에 적힌 용어였고, 핵심 동사와 조력 동사는 보고도 못 찾겠는 낯선 것이었다. 그리고 이 글을 쓰기 전까지도 교육과정 요소들로 내 수업을 어떻게 꿰어서 볼 수 있을까에 대한 의문이 있었다. 일단 해보라는 교감 선생님의 말씀이 막연하게 느껴졌다.

어제까지 이 글의 제목은 '공부가 재밌어지는 마법 같은 시간을 꿈꾸다'였다. 내 수업의 의도를 반영하여 지은 제목이었다. 꽤 멋지다고 생각했다. 그런데 오늘 글을 이어 쓰며 제목을 '이해하다'로 바꾸었다. 성취요소와 교과역량 부분을 분석하면서 내 수업이 어디를 향하고 있는지 볼 수 있었기 때문이다. "일단 해보라"는 말씀에 이제는 "해보니 알겠습니다"로 답할 수 있을 것 같다. 교육과정을 보는 눈이 조금, 아주 조금 생기려고 하는 순간이다.

「동료」, 「같이 가는 힘」

우리 학교에 근무하면서 내가 자부심을 느끼는 이유는 하나다. 동학년 또는 교과를 중심으로 운영되는 학습공동체가 없었다면 내가 아무리 교육과정을 들여다보려고 해도 보이지 않았을 것이다. 아이들에게 진짜 이해가 가능한 수업을 하자고 생각만 했을 것이다. 감히 실행하고, 만들어, 할 수 없었을 것이다. 교사들의 대화가 교육과정을 담고 있기 어려운 현실이다. 바쁘게 움직이다 보면 대부분 하루의 고됨을 토로하는 수준에서 교사들의 대화는 머무르게 된다. 수업 이야기를 나눈다면 내일 어떤 활동을 할까를 고민하고 수업자료를 공유하는 정도였다.

하지만 우리 학교에서 나는 새로운 것을 경험했다. 동료의 수업을 내 수업처럼 고민해주는 따뜻함과 열정. 그리고 올해는 수업을 교육과정의 눈으로 분석하는 시도도 했다. 진정 함께이기에 가능한 일련의 과정들이었다. 이 글을 빌어 함께 수업을 만들어주신 우리 학교 선생님들께 감사드린다.

한여름 볕이 곡식의 낱알을 여물게 하듯 40분의 수업을 위해 뜨겁게 고민했던 시간이 나를 여물게 했다. 우리 학교는 여전히 배움과 성장의 열기로 뜨겁다. 그리고 내가 이런 공동체의 일원이라는 것은 정말 행운이다. 교사로서의 전문성 신장을 위해 학습공동체가 얼마나 큰 역할을 할 수 있는지 배우는 중이다.

좋은 수업이란 무엇인가?

막연하다. 3년 전 우리 학교에 지원하고 면접을 보는 날 교장 선생님께서 물으셨다.

"선생님께서 생각하는 좋은 수업이란 무엇입니까?"

교사가 받을 수 있는 기본적인 질문이지만 대답하기 어려웠고, 우습게도 그 질문은 내가 예상한 면접 질문 목록에 없었다. 그리고 3년이 지났다. 네 번의 공개수업을 했고, 우리 학교 선생님들과 많은 수업 협의를 했다. 좋은 수업이 무엇인가에 대한 자신만의 관점을 가지라 당부하는 교장 선생님의 말씀이 매번 있었지만, 여전히 대답하기 어려웠다.

내 수업을 돌아보며 이제는 '좋은 수업'에 대해 정의해 보려고 한다.
· 아이들이 흥미를 느낄만한 소재로 공부의 필요성을 이끌어내는 수업
· 아이들이 경험을 통해 개념을 제대로 이해하는 수업
· 아이들이 이해했다는 증거가 실제적 맥락 속에서 드러나는 수업

이제 좋은 수업이 무엇이냐고 묻는다면 대답할 수 있다. 기쁜 순간이다.

3학년 수학과 교수·학습 설계안

1. 수업의 주제: 1m보다 큰 단위를 이용해 거리 나타내기

2. 핵심 아이디어

- 1m보다 큰 단위의 필요성을 알고 1km를 이해한다.
- 우리 학교와 고장의 주요 장소 사이의 거리를 km와 m를 이용해 지도에 나타낸다.
- 1km의 양감을 기반으로 전주시 주요 장소들의 거리감을 표현한다.

3. 역량 및 성취기준 분석

관련 역량	<핵심역량>지식정보처리 역량, 창의적 사고 역량, 의사소통 역량	<교과역량> 문제해결, 추론, 창의·융합, 의사소통, 정보처리
성취기준	[4수03-03]길이를 나타내는 새로운 단위의 필요성을 인식하여 1mm와 1km의 단위를 알고, 이를 이용하여 길이를 측정하고 어림할 수 있다. [4수03-04]1cm와 1mm, 1km와 1m의 관계를 이해하고, 길이를 단명수와 복명수로 표현할 수 있다.	

성취기준 분석		
지식·이해	과정·기능	가치·태도
• 새로운 단위의 필요성 이해하기 • 1m보다 큰 단위 알기 • 복명수를 단명수로 표현하기	• 주제에 따라 내용 생성하기 • 절차에 따라 대화하기 • 문단 수준에서 고쳐쓰기	• 친구의 이야기 존중하기 • 쓰기 윤리 의식 • 생태감수성

4. 교수·학습목표 및 활동 분석

학습목표	1m보다 큰 단위를 이용해 거리를 나타낼 수 있다.

학습목표 분석						
지식 \ 인지기능	기억하다	이해하다	적용하다	분석하다	평가하다	창안하다
〔단계〕 핵심 동사	정의하다 암기하다	비교하다 예측, 추론하다 표현하다	선택하다	어림하다 설명하다	(어림)측정하다	

5. 평가 과제

평가과제	1km자와 500m자를 이용해 거리를 나타내고, 나타낸 내용 설명하기	
평가방법	평가도구	평가시기
동료평가	모둠 활동지	(활동2)개념 익히기
평가과제 · 핵심질문	<1km자와 500m자를 이용해 지도에 거리를 나타내고, 나타낸 내용을 설명할 수 있는가?> ① 학교에서 동물원까지 거리를 잴 수 있나요? ② 학교에서 동물원까지 거리를 km와 m를 이용해 쓰고, 읽을 수 있나요? ②-1. ②와 같이 거리를 쓴 이유(생각의 과정)를 설명할 수 있나요?	

6. 본시 교수·학습 과정안

단계	학습 과정	교수·학습활동	시간	자료(재) 유의점(유)
학습 문제 확인	전시학습 상기	•배운 내용 떠올리기 -지난 시간에 무엇을 배웠나요?	1′	
	동기유발	•사전활동 떠올리기 -영상을 보면서 어떤 활동을 했는지 떠올려 봅시다.	3′	재 동영상
	학습문제 확인	•학습문제 **1m보다 큰 단위를 이용해 거리를 나타내어 봅시다.**	2′	
	학습활동 안내	•학습활동 안내 활동1. 1m 보다 큰 단위 알아보기 활동2. km로 나타내기		
개념의 추구	상황 제시하기	◎ 1m보다 큰 단위 알아보기 -한벽루까지 몇 m였는지 살펴봅시다. -여러분이 좋아하는 장소들은 우리 학교에서 100m 로 몇 번이나 가야 하는지 알아볼까요?	10′	재 PPT
	개념 정의하기	-m로 이 장소를 표현하니까 어떤가요? -이런 불편함을 해결해줄 수 있는 단위를 알아봅시다.		재 땀방울 캐릭터
개념의 적용	개념을 익히고 적용하기	◎ km로 나타내기 -사회시간에 전주시의 주요 장소를 표시한 지도입 니다. 이 지도에 표현된 장소들은 km와 m 중 어떤 단위로 표현하는 것이 좋을까요? -우리 학교에서 전주시의 주요 장소까지의 거리를 km와 m를 사용해 나타내봅시다. ·지도에 표시된 길의 거리를 재고 적는다. ·활동한 내용을 짝에게 설명하고 짝이 말한 내용 을 확인한다.(평가) -지도에 주요 장소들까지의 거리를 어떻게 나타냈는 지 발표해봅시다.	20′	유 짝 A,B활동으로 진행하며 활동 할 때 친구의 활동과정을 잘 듣고 응원하거나 도움을 준다.
정리 하기	학습정리	•공부한 내용 정리하기 -오늘 배운 내용을 떠올리면서 부설초 마라톤 대회 참가 여부를 결정해봅시다.	4′	재 PPT
	차시예고	•차시예고 -시간의 단위에 대해 공부하겠습니다.		

2 학년

함께 빛나는 우리

2학년 학교교과목의 변형과 지속가능성

— 최광용

수업의 개요

학습문제: 우리의 탈은 어떤 특징이 있는지 써봅시다.

활동1: 누가 사용했을까? 우리나라 전통탈을 오감으로 느끼고 탈에 쓰인 재료를 탐색하여 당시에 어떤 사람들이 사용했을지를 탐구하게 하였다

활동2: 무슨 이야기일까? 탈춤에 등장하는 인물의 이름을 탐색하여 어떤 이야기일 지를 추측해보는 활동을 하였다.

나는 이 수업을 왜 했는가?

두 번째 맞는 2학년이다. 작년에 '우리의 탈 우리의 삶' 수업을 한 번 이미 진행했다. 전주는 탈춤에 대한 무형문화재도 없고 지역에서 내려오는 탈춤 도 없다. 하지만 그럼에도 우리가 탈을 주제로 잡은 이유는 2학년 수준에서 전통문화의 수업은 고리타분하지 않은 즐겁고 매력적인 것이라는 것을 알 리기 위함이었다. 재미있어야 관심을 갖고 관심이 있어야 아끼고 소중히 여 기려는 마음이 생길 것이다. 이런 생각을 바탕으로 2학년의 전체적인 학교 교과목의 방향을 잡았다. 탈을 만들고 연극하고 탈춤을 배우고 퍼레이드를 펼치기로 구성하였다. 나의 수업은 춤추고 만드는 재미있는 활동을 통해 우 리 탈의 특징을 알아가는 수업으로, 전체 학교교과목에서 이론적인 것을 다 루는 핵심이라고 생각하여 기획했다.

무엇에 중점을 두었는가?

학교교과목 수업의 구성에 어려웠던 점은 '학생들은 무엇을 배워야 하는가?'를 정하는 문제였다. 우리가 흔히 알고 있는 탈춤은 풍자와 해학을 빼고는 말하기 어렵다. 풍자와 해학은 고학년 사회과에서 배우는 조선시대 역사에 대한 높은 수준의 이해가 있어야 한다. 또 국어 과목의 수준 높은 비유까지도 이해할 수 있어야 이해가 가능한 영역인데 2학년 학생들의 수준에 맞지 않는다는 판단이 있었다.

2학년 수준에서 탈의 특징을 어디까지 가르쳐야 할까? 탈과 탈춤을 거의 동의어로 사용하고 표현하지만, 이를 구분해야 할 필요를 느끼고 탈에 초점을 맞추어 수업을 구성해야겠다고 생각했다. 탈의 중요한 지점은 양반들보다 상민들을 중심으로 즐기던 문화라는 점이다. 결국 현재를 살아가는 민초들의 이야기로, 그 당시 평범한 사람들이 자신의 주변에서 일어난 일을 이야기하고 있다는 특징을 배움의 주제로 정했다.

수업을 어떻게 구성하였는가?

이번 수업은 탈의 특징을 알아가는 차시로, 일방적인 전달보다는 학생들 스스로 깨치게 하고 싶은 의도를 담기 위해 과학과의 '발견학습모형'을 선택했다. '발견학습모형'은 자료를 제시하여 학생이 관찰하고 이전 자료보다 구체적이거나 상충된 자료를 제시하여 규칙성을 발견하고 개념을 정리하게 하는 학습모형이다. 일반적으로 한 번의 사이클로 이루어지지만, 탈을 만든 재료를 탐색하여 '어떤 사람들이 사용했는지'와 탈에 나오는 등장인물의 이름을 알고 다양한 지역의 탈놀이 속 등장인물을 비슷한 신분끼리 분류하도록 하고 싶었다. 또한 관찰 시간도 그렇게 많이 소요되지 않을 거라는 판단에 두 번의 사이클로 운영하였다.

이런 과정에도 불구하고 실제 수업에서 아이들은 답을 찾아가는 데 어려움이 있었고 계속된 발문으로 답을 유도하였다. 먼저, 탐색 및 문제 파악 단계에서는 학생들이 스무고개 놀이를 통해 자연스럽게 오늘 배울 학습문제를 도출해 냈다.

첫 번째 활동(cycle) '**누가 사용했을까**'에서는 탈을 직접 관찰하여 탈이 나무로 만들어졌음을 발견하게 하였다. 나무로 만든 호패와 상아로 만든 호패를 비교하였고, 두 번째로는 나막신과 양반의 가죽신을 제시하여 비교하고 유추하게 했다. 이를 통해 학생들에게 왜 나무를 사용했을지와 상아와 가죽신은 당시에 어떤 사람들이 사용했을지를 생각해보게 했다. 특히 양반이라는 개념도 신분제라는 역사적 배경지식도 필요했으나 2학년 수준임을 감안하여 '부자 영감' 정도의 표현을 사용하여 부자와 평민으로 구분했다.

두 번째 활동은 '**무슨 이야기일까**'로 학생들이 자기 이름의 의미를 생각해보게 하고 그 이름을 붙여준 이유를 생각하게 했다. 첫 번째 관찰로는 다양한 지역의 탈의 등장인물을 비슷한 이름끼리 분류하고 이름의 의미를 유추하게 하였다. 그리고 누구나 아는 이야기인 아이언맨, 스파이더맨, 흥부 놀부 등 영웅이나 명확한 주인공이 등장하는 이야기와 명확한 주인공이나 영웅이 등장하지 않는 탈춤의 이야기를 대조하였다. 탈춤의 주인공은 우리 모두이고, 우리 주변 사람들의 평범한 이야기임을 생각하도록 유도하였으나 쉽지는 않았다.

마지막 정리 단계에서는 멘티미터를 사용해 오늘 배운 탈의 특징에 대해 쓰도록 했다. 학습활동 질문으로 '**누가 사용했을까**'와 '**무슨 이야기일까**'를 쓰는 활동이었는데, 학생들이 아직 패드의 타자에 익숙하지 않아 짧게 쓰는 학생이 많았다. 다섯 명의 학생이 교사의 의도대로 정리활동을 마무리하였으나 수업 후 교실에서 다시 이야기를 나눠본 결과 20명의 학생이 두 개 중의 한 개는 이해하고 있음을 알게 되었다.

교육과정 맥락과 수업의 기획

주제	학습목표	교육활동	차시
여러 나라의 탈 (마스크)	탈의 의미와 역사를 알 수 있다.	·단원소개하기	1/20
	탈의 쓰임새를 알 수 있다.	·탈의 쓰임새 알아보기	2/20
	가지고 싶은 능력을 계획하여 탈로 표현할 수 있다.	·나만의 동물탈 만들기	3~4/20
	이야기 속 탈의 특징에 어울리는 목소리와 행동으로 표현할 수 있다.	·역할놀이하기	5~6/20
우리의 탈 (탈)	우리 지역과 탈의 관계에 대해서 알 수 있다.	·전주에 대해 알기	7/20
	우리의 탈을 관찰하여 특징을 알 수 있다.	·우리 탈의 특징 알기	8/20
	탈을 감상하고 탈춤의 내용을 이해할 수 있다.	·탈춤 감상하기	9/20
	탈춤을 익힐 수 있다.	·탈춤을 배우고 익히기	10~15/20
나의 탈 (가면)	탈의 특징을 살려 작품을 표현할 수 있다.	·열쇠고리 만들기	16/20
	생각과 느낌을 담아 나만의 탈을 만들 수 있다.	·나만의 탈 만들기	17~18/20
	우리나라 탈의 멋을 느끼며, 탈에 대한 느낌과 생각을 자신 있게 발표할 수 있다.	·탈춤 동작 만들기	19/20
	전통문화의 즐거움을 알고 전통문화를 아끼고 사랑하는 마음을 갖을 수 있다.	·배운 내용 돌아보기	20/20

수업을 준비하면서 가장 먼저 한 일은 전체 교육과정을 원점에서 다시 검토하여 기존 14차시를 20차시로 바꾸는 일이었다. 교사의 철학과 학생의 삶이나 환경에 따라 수업의 활동이 조금씩 바뀌고 재구성되듯 학교교과목 역시 바꿔야만 했다.

2021년 교과목의 주제는 '전통을 담은 탈'이었고 2022년도에는 '재미있는 탈'로 정한 뒤 그림책을 읽고 다양한 탈놀이 활동을 주로 구성하였다. 2023년도에는 재미를 중심으로 주제를 선정하다 보니 전통문화와는 거리가 생겼다는 반성이 있어 '전통(재미있는)이 담긴 탈'을 주제를 삼았다. 이는 '우리 마을 속 전통문화를 통해 우리의 멋을 느끼고 즐길 수 있다'리는 단원의 최상위 목표에 수렴한다. 또 이번 개정에서 수업의 맥락이 부족했던 부분을 학습의 순서를 재조정하며 맥락을 다시 잡았다.

교육과정의 흐름은 '주제1'. 여러 나라의 탈(마스크). 학생들에게 친숙한 그림책을 활용하여 탈에 대한 일반적인 특징과 함께 다양한 탈을 만들고 역할놀이를 함으로써 탈에 대해 흥미를 갖도록 하였다. 핵심기능으로는 만들기, 확장하기, 연극하기 등 활동을 중심으로 수업을 구성하였다. '주제2'에서는 '우리의 탈'이라는 주제로 전통 탈에 대해서 배우는 단원의 핵심 주제로 잡았다. 핵심기능으로는 전통에 대해 배우는 지식을 스스로 찾아가게 하는 추론, 비교, 분석의 기능을 주로 사용하였고. 배운 지식을 더 기억하고 확장하여 표현하도록 하였다. '주제3'에서는 '나만의 탈(가면) 또 다른 나의 얼굴'이라는 가면을 주제로 현대적 의미의 탈, 나의 삶과 연결된 탈을 주제로 잡았다. 앞에서 배운 내용을 바탕으로 탈을 통해 나를 발견하고 '새로운 나'를 찾는 활동으로 핵심기능으로 만들고 나의 삶과 연결하고, 탈과 나를 통합하고 구별짓도록 하였다.

2023년도 '우리의 탈 우리의 삶' 교과목의 가장 큰 변화는 '주제2'에 있다. 이전 연도에 간과한 '전통이 담긴 탈'의 부분을 핵심 주제로 잡고 단원 구성도 가장 가운데로 배치하였다. 특히 7차시와 8차시는 새롭게 고안된 차시로 단원의 핵심차시로 구성하였다. 단원의 목표인 '우리 마을 속 전통문화를 통해 우리의 멋을 느끼고 즐길 수 있다'를 달성하기 위해 새롭게 고안된 핵심차시이다. '우리 마을 속 전통문화'는 교과목의 핵심인 데 비해 탈의 원형은 전주에 없었다. 이는 교과목의 근간을 흔들 수 있는 문제이기도 했다. 탈, 가면, 마스크라는 주제가 저학년 학생들에게는 친숙하고 재미있게 다가갈 수 있다고 판단했지만, 전주에 없는 전통이기 때문에 학교교과목 주제로서의 타당성이 많이 부족했다. 처음 수업을 구성하면서 주제에 대해 고민하였고, '우리의 멋을 느끼고 즐길 수 있다'라는 주제를 도출하였다. 우리 마을 속 전통문화라는 연결 고리를 만들기 위해 7차시 전주 이야기를 넣었다.

마을 속 전통문화라는 것은 부채, 한옥, 한지 등 전주의 전통이 담긴 물건일 수도 있으나, 우리는 탈을 배우는 공간인 한벽문화관과 무형유산원에 주목하였다. 현대적 의미의 전통을 계승하는 이 공간이 전주에 있는 이유, 그리고 비슷한 성격을 가진 두 공간이 가까운 거리에 모여 있는 이유 그것을 알아가는 것이 마을 속 전통문화라는 것이다. 그 이유로는 전주에 있는 다양한 전통문화 유산들, 그리고 그것을 발전 계승하기 위한 두 공간이 있다는 것, 그리고 그 공간에서 전수하고 있는 탈춤, 마을 속 전통문화가 담긴 공간에서 배우는 탈춤이라는 연결고리를 만들어 냈다. 이 과정을 거쳐 탈로 가는 연결고리를 만들어 냈고 탈이라는 주제의 가장 핵심인 탈의 특징에 어떤 것을 전달할 것인가의 문제를 고민하였다.

수업 후 소회

일반적인 교과의 수업 공개는 완성된 성취기준 안에서 '어떻게 가르칠 것인가'를 고민한다면 교과목 수업에서는 '무엇을 가르칠 것인가'를 잡는 것이 어려웠다. 일반교과에서도 '무엇을 가르칠 것인가'가 존재한다. 하지만 일반교과의 경우 '양자택일'의 문제라면 교과목은 '가, 나, 다 중에 고를 것인가, 아니면 A, B, C 중에 고를 것인가'의 문제였다. 그만큼 넓은 범위에서 점차 좁은 주제로 학습의 목표를 설정해 나가는 것이었고, 이는 전문성을 동반해야만 하는 어려운 과제였다.

그 어려운 과정을 거치면서 '우리 마을 속 전통문화를 통해 우리의 멋을 느끼고 즐길 수 있다'라는 단원 목표에 교과목이 점점 틀을 만들어간다는 생각이 들었다. 조금씩 학교교과목이 체계를 잡아가고 있음을 느꼈다.

주제를 정한 후에도 여전히 문제는 많았다. '우리 마을 속 전통문화'를 담기 위해 전주의 이야기라는 7차시의 내용이 새롭게 등장했고, 우리의 멋을 느끼기 위해서 탈의 특징을 배우는 차시를 새롭게 넣었다. 그렇다면 이젠 '탈의 특징을 어디까지 전할 것인가'의 문제가 남았다. 일반교과에서는 지도서에서 가이드를 제공해준다. 학습자의 발달 수준에 따라 교사가 가르쳐야할 내용을 안내해 주는 것이다.

우리가 만든 교과에는 그런 안내가 없다. 동 학년 협의가 유일한 안내활동이고 지향이다. 때문에 동 학년이 없다면 '교과목 자체를 이끌어가는 게 가능할까'라는 의구심이 생긴다.

수업 공개의 주체는 나였지만 동 학년이 없었다면 그 수업을 계획하고 만들어가고 실행하는 것이 매우 힘들었을 것이다. 자기 일처럼 함께 고민해준 동 학년이 있기에 이 수업을 할 수 있었다.

공개수업이라는 말은 항상 우리에게 부담스럽게 다가온다. '공개'는 결국 나를 온전히 드러내는 것이다. 교실에서 혼자 서 있는 교사도 책임감으로 인해 학생들에게 최선의 것을 제공하지만 때론 혼자라는 이유로 매 순간 집중하기 어려울 때도 있다. 나의 부족한 점을 보이고 성장할 수 있는 부설에서의 수업공개는 '무언가 보여줘야 한다'는 부담이 있지만 내가 성장하는 기회가 되기도 한다.

2학년 학교교과목 교수·학습 설계안

1. 수업의 주제: 우리 탈의 특징 알기

2. 핵심 아이디어
- 오감을 이용해 관찰하여 우리 탈의 특징을 알아본다.
- 우리의 탈과 다른 나라의 가면을 비교하여 우리 탈의 특징을 발견한다.
- 탈의 명칭을 동하여 우리 탈의 특징을 발견한다.

3. 역량 및 성취기준 분석

관련 역량	지식정보처리 역량, 창의적 사고 역량, 의사소통 역량, 공동체 역량, 심미적 감성 역량
성취기준	[2꿈01-04] 전통 문화유산인 탈을 살펴보고 특징을 발견한다.

성취기준 분석		
지식·이해	과정·기능	가치·태도
•새재료의 특징 알기 •이름 알기	•발견하기 •탐색하기 •분류하기 •무리짓기 •비교하기 •대조하기	•경청하기 •수용하고 조정하기

4. 교수·학습목표 및 활동 분석

학습목표	우리의 탈은 어떤 특징이 있는지 써봅시다.					
학습목표 분석						
지식＼인지기능	기억하다	이해하다	적용하다	분석하다	평가하다	창안하다
핵심동사	[동기유발] 떠올리다	[활동1] 관찰하다	[활동2] 분류하다	[활동1,2] 유추하다		

5. 평가 과제

평가과제	우리 탈은 어떤 사람들이 어떤 이야기를 하는지 알아봅시다.	
평가방법	평가도구	평가시기
관찰평가	멘티미터	정리하기
평가과제 핵심질문	우리의 탈은 어떤 특징이 있는지 이유를 들어 글로 쓸 수 있는가? ① 우리의 탈은 누가 썼는지 재료의 특징을 들어 설명할 수 있나요? ② 우리의 탈은 어떤 이야기를 담고 있는지 등장인물의 특징을 들어 설명할 수 있나요?	

6. 본시 교수·학습 과정안

단계	학습 과정	교수·학습활동	시간	자료(㉐) 유의점(㉯)
탐색 및 문제 파악	전시학습 상기	•배운 내용 떠올리기 -한옥마을에는 어떤 문화재가 있는지 말해봅시다.	2'	
	동기유발	•스무고개 놀이하기 -스무고개 질문을 하며 물건을 맞추어 봅시다. -이 물건의 특징은 무엇인가요? · 단단합니다./ 얼굴에 씁니다.	6'	㉐탈
	학습문제 확인	•학습문제 **우리의 탈은 어떤 특징이 있는지 써봅시다.**	2'	
자료 제시 및 관찰 탐색 추가자료 제시 및 관찰 탐색 규칙성 발견	관찰 및 탐색 추가 자료 제시 일반화	◎ <활동1> 누가 사용했을까? -오감을 이용해 탈의 재료에는 어떤 것이 쓰였는지 알아봅시다. · 나무와 천을 이용했습니다./종이를 이용했습니다. -양반과 상민의 물건을 보며 왜 나무와 종이를 사용해 만들었는지 생각해봅시다. -탈은 누가 사용했는지 재료의 특징을 들어서 두 줄 쓰기로 나타내 봅시다. · 탈은 일반 사람들이 썼습니다. 왜냐하면 일반 사람이 구하기 쉬운 종이와 나무로 만들었기 때문입니다.	10'	㉐나무탈, 종이탈 ㉐사진자료
자료 제시 및 관찰 탐색 추가 자료 제시 규칙성 발견 및 일반화	관찰 및 탐색 추가 자료 제시 일반화	◎ <활동2> 무슨 이야기일까? -자기 이름의 의미를 말해봅시다. -탈의 이름을 알아봅시다. -이름의 의미를 찾아봅시다. · 할미-할머니/말뚝이-말뚝/소무-여자/양반-귀족/등 -다음 사진을 보고 누가 주인공인지 누구의 이야기를 하고 있는지 말해봅시다. · 아이언맨 이야기/스파이더맨 이야기/흥부, 놀부 이야기 등 -탈은 누가 등장하며 누구의 이야기를 하고 있는지 말해봅시다. · 탈은 할머니, 할아버지 등 우리 주변 사람이 등장하며 우리 주변 사람의 이야기를 하고 있습니다.	20'	㉐탈카드 ㉐사진자료
적용	학습정리	•공부한 내용 정리하기 -오늘 알게 된 내용을 멘티미터에 올려봅시다.	4'	㉐멘티미터
	차시예고	•차시예고 -다음 시간에는 탈춤을 감상하도록 하겠습니다.		

함께 빛나는 수업을 꿈꾸며_배움의 향기를 전하는 공개수업

— 서지선

좋은 수업이란 무엇일까?

면접시험에서 나에게 주어진 질문이다. 평소 나는 수업에 대한 확고한 철학과 신념을 가지고 있다고 믿어왔다. 그런데 막상 가장 중요한 시험장에서, 어쩌면 아주 당연하면서도 간단한, 나를 가장 잘 드러내 보일 수 있는 질문에 제대로 답하지 못했다. 유일하게 내 머릿속에 맴돌던 말만 겨우 꺼내놓았을 뿐이다. 사실 그 한마디가 어쩌면 나의 교직 20여 년의 시간이 고스란히 담긴 말 아닐까 싶다. 그때는 부끄러워 고개를 들 수 없었는데 지금 생각하니 참 다행이다. "학생 중심의 수업, 학생의 삶과 연계되어 자연스레 요구되는 모든 배움의 수업이 좋은 수업이라고 생각하고 그런 수업을 하고 싶다"고 했다. 몇 년 전만 해도 나는 학생보다는 내가 하고 싶은 교육을 하느라 바빴다. 욕심도 많아서 뒤처지는 학생, 조금 느린 학생들을 앞서가는 학생들에게 맞추려고 부단히 채찍질을 가했던 것 같다. 그러다 삼례중앙초등학교에서 동 학년 선생님들과 '함께 성장'을 꿈꾸며 나는 늘 고민하고 성찰하면서 성장했다.

공개수업은 보여주기식의 일회성을 벗어나기가 어렵다. 한 번 보여주는 것으로 그 학급의 배움을 다 드러낼 수 있을까? 배움의 순간을 잡아낼 수 있을까? 공개수업에 대한 부정적인 견해를 가지고 있었지만, 성장을 위해서는 불가피한 통과의례라고 생각했다. 그러나 동료 교사와 수업을 나누고 수업 친구를 맺으면서 생각이 달라졌다. 수업 공개는 일회성이 아니라 한 해 동안의 학급을 운영하면서 학생과 나의 성장을 담아내는 경험이라는 것을 알았다. 좋은 수업이란, 화려하고 신선한 아이디어를 가득 담은 이벤트성 수업보다 학생과 교사가 함께 만들어가는 한 해의 학급살이를 담아낸 수업이라고 생각한다. 공개수업에서 나는 우리 학급 수업의 일상성을 보여주고 싶었다. 학급 학생들과 그들이 어떤 활동을 통해 함께 배우고 성장하고 있는지 그 순간순간을 보여주고자 했다. 그런 수업이 어떤 수업이냐고 물어본다면 "수업을 보세요"라고 자신 있게 말하는 그런 수업을 하고 싶었다.

"선생님의 수업은, 이야기 책방에서 선생님과 아이들이 도란도란 모여 앉아서 선생님이 읽어주는 그림 동화책에 귀 기울이며 반짝이는 눈동자로 서로의 마음을 나누고, 서로의 생각을 주거니 받거니 하면서 수업을 시작해서 끝냈다면 더 좋은 수업이 되었을 겁니다. 그런 파격적인 수업을 우리 선생님들이 실천해봤으면 좋겠습니다."

학생들의 배움이 가장 빛나는 순간을 고민했다고 생각했지만, 공개수업의 미련을 버리지 못한 것이다. 선생님의 말씀에 큰 깨달음을 얻었다. 잘 포장된 공개수업보다는 소통하고 협력하는 우리 학급의 모습을 현장감 있게 전달하기 위해서는 노력과 도전이 필요함을 깨닫게 되었다.

내가 의도한 수업

2학년 첫 번째 주제통합 프로젝트로 국어 교과 3단원 '마음을 나누어요'와 통합교과인 '봄'의 '알쏭달쏭 나' 단원을 연계한 "감정" 프로젝트 수업을 계획하였다. 마음을 나타내는 말을 알아보고 감정의 다양한 표정과 몸짓을 표현하는 활동을 총 16차시(국어 11차시+통합 5차시) 구성, 국어 11시간과 통합(봄) 5

시간으로 "감정"을 주제로 통합하여 운영하였다.

이 주제통합 프로젝트 "감정" 수업은 크게 그림책과 놀이활동, 반려 식물과의 만남으로 구성하였다. 먼저『내마음 ㅅㅅㅎ』(1차시)과『꿀꺽, 또 말을 삼켰네』(12차시),『핑!』(14차시) 이렇게 세 권의 그림책으로 마음을 나타내는 말을 알아보고 마음을 표현하는 방법을 이해하여 마지막으로 마음을 표현하는 활동으로 마무리하였다. 놀이 활동과 역할놀이(12~13차시)를 중심으로 구성하였다. 여기에 반려 식물과의 만남 활동으로 반려 식물에 감정 이름을 붙여주고 매일 반려 식물과 감정 대화를 나눈 후 글똥(아침 시간 두 줄 쓰기 활동) 주제로 삼아 '나의 반려 식물과의 대화'를 쓰도록 계획하였다.

총 16차시로 구성한 주제통합프로젝트 수업을 통해, 다양한 감정을 이해하고 긍정적으로 수용하며 나와 타인의 감정을 공감하여 일상에서 건강하게 감정을 표현할 줄 아는 사람으로 성장하는 것을 목표로 하였다. 결국은 서로의 다양성을 존중하며 좋은 관계를 맺는 능력을 함양하고자 이 프로젝트를 계획·운영하였다. 프로젝트에서 구현하고자 한 성취요소의 배치는 다음과 같다.

- 내용적 지식을 중심: 마음을 나타내는 말 알기(1~2차시), 인물의 마음을 나타내는 말 찾고 인물의 마음 이해하기 활동(7~10차시)을 통해 감정의 종류 및 상황별 감정의 의미를 정의하는 활동.
- 절차적 지식을 중심으로 기능을 익히는 활동: 감정을 올바르게 표현하는 방법(3~6차시)
- 총체적 지식 및 기능을 구현: 감정놀이와 역할놀이(11~13차시)
- 삶에서 실천할 수 있는 가치·태도: 나의 반려 식물 키우기(14~16차시)

공개수업 차시는 주제통합 프로젝트의 핵심차시로 선정하여 11차시까지 배운 내용을 토대로 가치·태도 요소를 반영한 실천학습으로 구성하였다. 본 차시 이전 활동으로 학생들의 흥미를 유발하고 적절한 감정 상황을 설정하기 위해 『내마음 ㅅㅅㅎ』그림책을 활용하여 동기유발 및 역할놀이 상황을 제시하였다. 이에 그림책『꿀꺽, 또 말을 삼켰네』를 활용하고, 장면에 제시된 '마음을 나타내는 말'을 학생들과 이야기 나누어 경험 속에서 의미를 이해하도록 하였다. 자신의 경험을 떠올리며 인물의 어려움을 이해하고 삶 속에서 발생하는 상황에 맞게 마음을 나타내는 말을 사용하는 데 중점을 두었다.

　<활동1>은 그림책을 활용하여 인물의 마음을 살펴보고 마음을 표현하는 방법에 대해 생각을 나누도록 구성하였다. 이때 매주 월요일 1교시 '책방지기 지선 쌤의' 이야기책방' 운영 방식을 활용하였다. TV화면 속 책이 아닌 실물을 활용하여 읽었다. 이는 그림책만의 고유한 색감과 질감을 살리고 긴밀한 의사소통을 위한 방법이다. 학생들의 독서 습관이 형성되지 않은 상황에서 디지털기기 활용보다 책을 중심으로 옹기종기 둘러앉는 이야기책방 구조로 운영했다.

　이 수업을 통해서 아이들이 자신의 마음을 올바르게 표현하여 타인과의 의사소통 능력과 대인관계 능력, 협력적 의사소통을 통한 공동체 역량을 기르도록 구성하였다. 역할놀이를 활용한 수업은 가장 적합한 기법이었다. 본 수업은 2차시로 구성하여 공개수업 차시에서는 ①역할놀이 준비 ②준비상황을 발표하고, 다음 차시에서는 준비한 역할놀이의 연습과 시연으로 구성하였다.

* 이야기 책방 구역을 정해 따스한 봄 향기가 느껴지는 꽃과 아기자기한 양모 인형이 놓인 테이블 옆으로, 교사가 낮은 의자에 앉고 교사를 중심으로 학생들은 자신의 방석을 가지고 와 세 줄로 빙 둘러앉아 그림책을 읽어주는 형태이다.

교육과정 맥락으로 본 나의 수업

주제통합프로젝트 '감정'은 총 16차시로 구성, 마음을 나타내는 여러 가지 말을 알고 글에 나오는 인물의 마음을 말할 수 있다는 단원 목표를 성취하고자 한다. 1~2차시와 7~8시는 내용적 지식과 내용 파악하기 및 맥락 이해하기 등의 기능을 익히고 있다. 3~6차시와 9~10차시는 방법적 지식으로 마음을 나타내는 여러 가지 말을 활용해보는 방법적인 절차적 지식을 익히기 위한 활동에 집중하였다. 11~16차시는 총체적 지식으로 가치·태도 요소를 강화하기 위한 다양한 기능을 중심으로 차시를 구성했다.

본 차시는 역할수행 학습모형으로 계획했다. 가치·태도 요소에 역점을 두고 삶과 연계하여 실천하고 내면화시키기 위해 가장 적합한 모형이라는 판단이었다. 국어과 각 영역의 통합적인 성격을 극대화한다는 점에서 역할놀이는 통합적으로 지도할 수 있는 매우 유용한 방법이기 때문이다.

역할수행 학습모형을 적용할 때 교사는 학습자의 역할인식을 돕는 데 집중하며, 역할수행 이후 학습목표 성취를 점검하는 과정이 필요하다. 연속 차시 운영의 경우, 첫 번째 차시는 일반적으로 역할 수행을 위해 대본을 분석하거나 특정 상황을 설정하는 차시이므로 다른 모형을 적용할 수 있고, 두 번째 차시는 역할을 수행하는 차시로만 운영할 수 있다. 따라서 본 차시는 역할수행 준비단계, 다음 차시는 역할 수행과 동료평가 차시로 구성하여 운영하였다.

학습목표를 연속 차시로 제시하였는데, 이에 따른 평가도 2시간 수업에 걸쳐 함께 이루어지도록 계획하였다.

첫째, 상황에 맞게 마음을 나타내는 말을 두 가지 이상 사용하였는가?

둘째, 적극적인 자세로 모둠원과 협동하여 역할놀이를 잘 하였는가? 등을 평가 관점으로 하여 준비에서 수행단계에 이르기까지 모둠원과의 협력, 적극적인 자세 등을 관찰, 평가에 반영하여 학습목표와 성취기준, 더불어 교과 역량 중 의사소통능력 및 대인관계, 공동체 역량을 함양하는 수업이 되도록 구성하였다.

본 차시의 **성취기준**은 '[2국01-03] 자신의 감정을 표현하며 대화를 나눈다'로 자신의 감정을 표현할 수 있는 것이 최종 성취 결과라고 볼 수 있다. 자신의 감정을 표현하기 위해서는 다른 사람의 감정을 이해하고, 감정표현 방법을 터득하여 자신의 감정을 상황에 맞게 표현할 수 있어야 한다. 본 차시에서는 교과서 대신 그림책을 활용하여 통합적으로 적용함으로써 실제 삶에서 자신의 감정을 표현할 수 있는 역량을 기를 수 있다.

역할놀이를 공개수업으로 계획하였을 때 동료 교사들의 우려가 많았다. 특히 처음 맡아본 2학년 아이들을 데리고 역할놀이로 공개수업을 한다는 부담은 상당했다. 그러나 보여주는 공개수업이 아닌 우리 학급에서 일어나는 배움의 순간들을 느끼게 해주고 싶었다. 그래서 우리 학급의 가장 중점 교육 활동인 '이야기책방'으로 구성했다. 보람도 아쉬움도 있었지만 가장 뿌듯한 점은 조금은 '우리 학급의 향기를 느끼게 해주었다'는 것이다.

"오늘 공개수업 후 역할놀이를 하셨을 텐데 아이들의 모습이 매우 궁금합니다. 혹시 아이들의 표현에서 발견한 놀라움이 있으셨는지요?" 공개수업 이후가 궁금하시다는 선생님의 질문이다. 그만큼 교사와 학생이 흥미로운 수업의 한 장면을 연출했다는 칭찬으로 느껴졌다. 그런 만큼 아쉬운 지점도 있었다. '집에 가는 길에 넘어져 무릎을 다친 나를 친절한 아주머니가 돌봐주신 상황'의 역할극을 한 모둠이 인물의 마음에 대한 공감보다는 극의 재미를 더

하기 위해 주제에 벗어나는 상황을 연출한 것이다. 수업 전개의 즉각적인 수정이 필요했다. 교사가 순회 지도를 할 때 모둠별로 골고루 지도하고 조언해야 함을 다시 한번 느끼게 된 중요한 지점이었다.

대체로 적절하게 인물의 마음을 분석하고 그에 맞는 표정과 대사로 역할놀이를 잘 수행하였다. 시행착오를 겪은 모둠은 피드백을 받고 수정·보완하는 활동까지 마무리했다. 수업 후 깨달은 것은 2학년 아이들에 대한 분석이 더 필요하다는 것이다. 모둠 협력학습을 좀 더 강화하여 다른 사람의 말을 경청하고 마음을 이해하여 공감하는 능력을 함양하도록 해야겠다. 배려하고 존중하는 학급 분위기를 조성하는 여러 교육활동을 꾸준하게 운영할 필요가 있겠다.

나는 어떤 교사로 성장할 것인가?

부설초등학교에 와서 처음으로 공개수업을 준비하고 실행하는 전(全) 과정을 거쳤다. 가장 도움이 되는 과정은 사전 수업 협의 과정이다. 동료 교사와 4차례 이상의 협의를 통해 내가 미처 생각지 못한 수업의 맥락들을 짚어 볼 수 있었고 하나하나 세심한 배려가 담긴 수업을 구안할 수 있었다. 나 혼자만의 성장이 아닌 동료와 함께 성장하는 순간이었고 교사로서 매우 값진 시간이었다. 알고 있는 것과 그것을 실행하면서 몸으로 체득하는 경험은 많이 다르다. 내가 배운 것을 다른 동료와 나눌 수 있는 역량과 에너지를 갖게 되는 것이다. 교육과정 전문성 신장을 위한 첫걸음은 동료 교사와 수업 친구를 통한 꾸준한 수업나눔이다.

다시 처음의 이야기를 돌아가 보자. "좋은 수업은 무엇인가?"에 대한 나의 답은 "아직도 모르겠다"이지만, 답을 찾는 와중에 만난 위 두 시를 보고 생각해봐야겠다. 이 두 시는 완전히 상반된 교사의 스타일을 보여주고 있다. 색 깔은 다르지만, 학생과 교사의 진실한 사랑과 존중이 내면에 깔려있음을 느 낄 수 있다. 수업 친구로 동료 교사와 수업 나눔을 하지 않았다면 나는 나의 한계를 극복하지 못했을 것이다. 옆 반의 '아이들을 보면 바보가 되는' 동료 와의 동행이 없었다면 수업에 대한 고민이 깊어지지 못했을 것이다.

선생님	선생님
매일 고생하시는 선생님 오늘도 우리를 가르친다. 한 개 더 알려 줄라고 시간이 끝나도 조금 더 한다 나는 선생님을 위해 기다린다 선생님을 위해 열심히 한다	나에게 항상 잘해 주시는 선생님 선생님은 항상 똑똑하지만 아이들을 보면 바보가 된다. 이렇게 선생님은 학생들을 사랑하신다 그래서 선생님이 부모님처럼 좋다
6학년 1반 학생 시	6학년 2반 학생 시

수업은 일회적이지 않다. 학교교육의 철학을 바탕으로 학생과 교사가 함 께 만들어가는 교육과정 속에 수많은 삶의 시나리오가 엮어지고 있다. 이 하 나하나의 시나리오가 쌓이고 쌓여 비로소 교육과정으로 구현된다. 어렵다. 학생들이 흥미롭지 않은 수업에서 배움이 일어나는 기적이 일어나기도 하고, 흥미진진하게 진행된 수업조차도 배움이 일어나지 않고 수업목표와 성취기 준에 도달하지 못할 수도 있다. 어떤 기준을 가지고 무엇에 집중하며 어떻게 구현할 것인가에 대한 다각도의 수업연구가 필요한 이유이기도 하겠다.

나는 어떤 교사여야 하는가? 어떻게 수업해야 하는가?
아직도 질문의 답을 찾고 있다.

2학년 국어과 교수·학습 설계안

1. 단원 성취기준 분석

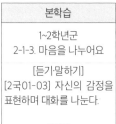

선수 학습	본학습	후속 학습
1~2학년군 2-1-1. 시를 즐겨요 [문학] [2국05-02] 인물이 모습, 행동, 마음을 상상하며 그림책, 시나 노래, 이야기를 감상한다.	1~2학년군 2-1-3. 마음을 나누어요 [듣기·말하기] [2국01-03] 자신의 감정을 표현하며 대화를 나눈다. [문학] [2국05-02] 인물의 모습, 행동, 마음을 상상하며 그림책, 시나 노래, 이야기를 감상한다.	1~2학년군 2-1-11. 상상의 날개를 펴요 [문학] [2국05-02] 인물이 모습, 행동, 마음을 상상하며 그림책, 시나 노래, 이야기를 감상한다.

2. 본 차시 목표

목표	마음을 나타내는 여러 가지 말을 알고 글에 나오는 인물의 마음을 말할 수 있다.
성취기준	• [2국01-03] 자신의 감정을 표현하며 대화를 나눈다. • [2국05-02] 인물이 모습, 행동, 마음을 상상하며 그림책, 시나 노래, 이야기를 감상한다.

3. 단원의 평가계획

내용	성취기준	평가내용	차시	평가방법
문학	매우 잘함	• 글에서 인물의 마음이 나타난 부분을 찾고 인물의 마음을 적절한 표현을 활용해 문장으로 쓴다.	7-8	서술형
듣기·말하기	잘함	• 인물의 마음이 드러난 실제 생활 장면이나 이야기의 한 장면을 골라 역할놀이로 표현한다.	12-13	관찰, 동료평가

4. 본시 교수·학습 과정안

단원	3. 마음을 나누어요	차시	12/16	교과서 범위	68-71
성취기준	[2국01-03] 자신의 감정을 표현하며 대화를 나눈다.				
학습목표	마음을 나타내는 말을 사용해 역할놀이를 할 수 있다.	수업모형	역할수행학습모형		
		학습형태	전체-모둠-전체		
학습 자료	교사	동화책 "꿀꺽, 또 말을 삼켰네!", ppt, 빅타이머, 자석			
	학생	모둠 활동지, 모둠 바구니, 마이크			

단계	학습 과정	교수·학습활동	시간	자료(㉳) 유의점(㉴)
상황설정 단계	되돌아 보기 동기 유발	•지난 시간 되돌아보기 -"이야기책방"에서 읽었던 책을 바탕으로 이야 기 한 장면을 설명하여 그 인물의 마음을 나타 내는 말로 표현해 봅시다. •동화책 표지 살펴보기 -인물은 무엇을 "꿀꺽" 삼켰을지 생각해 봅시다. -앞, 뒤표지를 보고 인물이 삼킨 것이 무엇인지 말해 봅시다.	5′	㉳ppt ㉴평소 아이들과 함께 활동했던 책을 소재로 감정을 발췌하여 문제 를 낸다. ㉴ 동화책 제목을 가려 서 학생들의 호기심과 상상력을 유도한다.
	학습문제 확인	•학습문제 **인물의 마음을 나타내는 말을 사용하여 역할 놀이를 해 봅시다.**		
	상황분석 및 설정하기	<활동1> 그림책 읽기 •그림책 인물의 상황을 이해하기 -6가지 상황에서 주인공이 무슨 말을 해야 할지 이야기해 봅시다.	10′	㉴ 그림책에 나온, 인물 의 마음을 표현하는 말 이 학생들에게 다양하 게 나오도록 유도한다.
준비 및 연습단계	역할 분석 및 선정하기	<활동2> 역할놀이 준비하기 •6가지 상황 선정하기 **상황1>** 짝꿍에게 크레파스를 빌려 쓰다가 부러트 렸을 때 **상황2>** 길에서 넘어져 아줌마가 도와줬을 때 **상황3>** 오랜만에 할머니가 집에 방문했을 때 **상황4>** 동생의 게임기를 말없이 가져갔을 때 **상황5>** 부모님이 정성껏 준비한 식사를 시작할 때 **상황6>** 학교 가는 길에 이웃 어른들을 만났을 때 -상황에 맞는 인물의 표정과 대사를 모둠 활동 지에 적어 봅시다.	12′	㉴학생들의 경험에 근거 한 언어로 표현한 내용 을 수학적인 언어로 다 시 표현하고 다듬는 활 동을 진행하도록 안내 한다. ㉳ 신문형식학습지 ㉴다양한 방법으로 문제 를 해결할 수 있도록 충 분히 생각할 시간을 준다.
	모둠별 발표 하기	<활동3> 발표하기 •역할놀이 준비한 내용 발표하기 -모둠별로 준비한 역할놀이 시나리오를 발표해 봅시다. -상황에 맞게 시나리오를 잘 준비한 모둠을 칭 찬해 봅시다.	10′	㉳모둠 활동지, ㉳ 지시봉, 마이크 ㉴학생들이 적절하게 역 할 분담을 할 수 있도록 도와준다.
정리 단계	정리 및 확인 하기	•정리하기 -오늘 모둠활동을 통해 느낀 점을 이야기해 봅시다. -평소 내가 꿀꺽 삼킨 말은 무엇이 있었는지 되 돌아봅시다. •차시예고 -다음 시간에는 역할놀이 시나리오를 가지고 역 할놀이를 발표해 보도록 하겠습니다.	6′	㉴ 실제 언어생활에서 자신의 마음을 적절하 게 표현할 수 있는 기회 를 많이 제공한다.

1 학년

수업! 아이와 나를 만나는 길

수업 속에서 나를 대면하다

— 정선영

나는 이 수업을 왜 하는가?

공개수업 전 수업 주제를 선정하기 위해 교과서와 지도서를 펼치고 제일 먼저 찾아본 건 성취기준이었다. 작년에는 2학년을 가르쳤고 올해 1학년을 하면서 저학년 통합수업에서 공개수업 주제를 선택할 때 첫 번째 기준은 '이 주제가 한 차시로 가능한 수업인가, 아닌가', '활동이 보여줄 만한 것인가, 아닌가'였다. 하지만 올해 선생님들의 수업을 보고, 여러 차례 성취기준 분석을 해보면서 수업은 성취기준에서 시작되어야 한다는 것을 깨달았다.

통합교과 각 차시 성취기준을 살펴보며 '[2바6-02] 추수하는 사람들의 수고에 감사하는 태도를 기른다'를 선택하였다. '추수하는 사람', '감사'라는 낱말 때문이었다.

'추수하는 사람'이라는 말은 나의 삶과 밀접하다. 내 부모님은 작은 시골 마을에서 농사를 짓고 계신다. 어렸을 때부터 나에게 농사짓고 추수하는 일은 일상이었다. 그래서 봄, 여름, 가을, 겨울에 논과 밭에서 볼 수 있는 작물과 들과 산에서 볼 수 있는 꽃과 나무는 배우지 않고 눈으로, 몸으로 익히는 것이었다. 요즘 아이들에게 '농사', '흙', '식물을 키우고 가꾸는 것'은 어떤 의미일까를 생각했고 아이들에게 계절의 변화에 따라 자연의 모습, 먹을거리, 삶의 모습이 변한다는 것을 체험하게 하는 것이 1~2학년 통합교육이라고 생각했다.

다음으로 '감사'라는 낱말이다. 내가 학생들에게 길러주고 싶은 덕목 중 가장 중요하게 생각하는 것, 바로 감사하는 마음이다. 감사하는 마음은 내가 가진 것에 대해 만족하고, '그것으로 무엇을 해볼까?' 도전하는 마음을 생기게 한다. 내가 가진 것 중 우수한 점, 좋은 점을 발견하고 그것으로 새로운 것을 시도하는 사람이 내가 기르고자 하는 사람이다. 이것이 이번 수업을 선택한 이유이며 나의 마음속 수업에 대한 철학이다.

어떻게 기획하였는가?

위에서 언급한 것처럼 '추수하는 사람들의 수고에 감사하는 태도를 기른다'라는 성취기준에 도달하기 위해, 학생들의 경험에서 시작하고자 하였다. 가을 추수를 하려면 봄부터 가을에 이르기까지 해야 하는 일이 생각보다 많다. 그래서 봄부터 가을까지 농부가 하는 일을 아이들이 학교에서 경험한 것에서 느낄 수 있도록 기획하였다. 농부들의 일을 아무리 자세히 설명한다 해도 학생들의 이해는 자신들의 경험을 벗어나지 못하기 때문이다.

우리 반은 봄에는 4월 학교 옆 시장에 나가 봄에 볼 수 있는 모종을 관찰했다. 토마토와 작두콩 모종을 사서 학교 화단에 심었고 해바라기 씨앗을 모종판에 심고 싹을 틔워 학교 꽃밭에 심었다. 학교 화단을 돌며 봄에 피는 꽃과 나무, 곤충을 관찰하고, 민들레 홀씨를 불어 바람에 날리기도 하였다. 여름엔 운동장에 하얗게 핀 토끼풀로 꽃반지나 팔찌를 만들어 친구들에게 선물하였고 큰 눈을 뜨고 네잎클로버를 찾아 책갈피에 끼어 두기도 하였다. 키운 토마토를 따서 카나페를 만들어 먹기도 하였다. 이런 경험 속에서 농부들이 봄과 여름에 하는 일을 찾아보도록 하였고, 학생들이 실제로 모종을 심고 가꿀 때 느꼈던 생각을 통해 농부의 힘든 마음을 짐작해 볼 수 있게 기획하였다.

학습문제를 유도하는 동기유발도 학생들의 경험에서 찾고자 하였다. 우리 아이들은 1학기 국어 시간에 그림일기 쓰는 방법을 배운 후 일주일에 한 번 일기를 쓰고 있다. 수업을 기획할 때부터 학생들의 일기를 더욱 주의 깊게 읽었다. 학생들이 가을에 추수하는 경험을 혹시 일기로 쓰지 않을까 하는 기대였다. 하지만 추석이 다 되어 가도록 이런 내용의 일기는 없었고, 다른 대안을 생각하던 중 다행히도 추석을 보내고 돌아온 우리 친구의 일기 중에 고구마와 감을 수확하였다는 글이 쓰여 있었다. 학생들의 경험이 담긴 일기를 읽어주고 고구마를 주먹만 하게 자라게 도와준 것에는 무엇이 있는지 물어 농부를 생각할 수 있도록 유도하고자 하였다.

첫 번째 활동으로 추수의 의미를 알기 위해 가을에 논과 밭에서 볼 수 있는 먹거리가 무엇인지 알아야 했다. 추수의 의미를 아는 것은 이 수업의 핵심개념 중 하나다. 본 차시 수업 전 학교 화단에 나가 가을 식물과 동물을 관찰하고 사진을 찍어 인터넷에 공유하는 시간을 가졌다. 이 과정에서 학교 화단에 무, 배추, 고구마, 벼를 관찰할 수 있었고, 학생들에게 논과 밭에서 볼 수 있는 먹거리에 대해 질문하여 고추, 감, 밤, 대추 등으로 지식을 확장시켰다. 다음으로 먹거리를 추수하기 위해서 봄부터 농부가 하는 일을 이해할 수 있도록 학생들이 봄에 심었던 모종, 씨앗, 벼 사진을 보여주었다. 이 사진을 통해 봄에 농부가 하는 일을 짐작하게 하였고, 토마토 모종이 자라면서 지지대를 세우고, 물을 주었던 과정을 생각하며 여름에 하는 일을 생각하도록 유도하였다.

다음으로 실제 가을 들녘에서 볼 수 있는 먹거리를 보여주며 이들 각각을 수확하는 방법을 몸으로 표현해 보게 하였다. 몸을 움직이는 활동은 주의를 환기시키고 집중하는 데 좋은 방법이다. 특히 주의 집중 시간이 짧고 한 시간을 바른 자세로 앉아 있기 힘들어하는 1학년 학생들에게 매우 유용하다. 장대를 들고 감을 따는 모습, 쭈그리고 앉아 고구마를 캐는 모습 등을 직접 몸으로 해보며 추수의 장면이 다양하면서도 쉽지 않다는 것을 느껴보도록 하였다.

두 번째 활동으로는 자신이 농부가 되어 농작물 중 하나를 추수하는 장면을 정지 화면으로 표현하도록 하고, 이 중 몇몇 친구들에게 즉석 인터뷰를 하였다. 이를 통해 농부가 어떤 마음인지, 힘든 중에서도 농사를 짓는 이유가 무엇인지 느낄 수 있도록 하고자 하는 의도였다.

세 번째 활동으로 지금까지의 활동을 구체화하고 심화하고자 실제 포도 농사를 짓고 있는 농부와의 인터뷰 장면을 보여주고, 포도를 먹으면서 농부 아저씨께 감사의 마음을 쪽지로 전하는 활동으로 마무리하고자 하였다. 감사의 마음을 갖는 것도 중요하지만 실제로 표현하는 것도 중요하다고 생각한다. 농부 아저씨가 주신 포도를 먹고, 감사의 마음을 쪽지로 써서 농부 아저씨께 선물로 드린다고 한다면 아이들은 더욱 즐겁게 편지를 쓰며 자신의 마음을 표현할 것이다.

농부 아저씨의 영상은 동료 교사의 아이디어였고, 촬영 편집까지 도맡아 주었다. 수업준비부터 마무리까지 힘든 속에서도 필요할 때마다 기쁜 마음으로 도와주는 동료 선생님들이 있어 외롭지 않았던 시간이었다.

교육과정 맥락과 수업의 기획

성취기준 '[2바6-02] 추수하는 사람들의 수고에 감사하는 태도를 기른다'는 성취기준에 도달하기 위하여 먼저 성취기준을 분석하여 학생들이 알아야 할 핵심 지식과 가치 태도를 파악하고자 하였으며, 어떤 과정이나 기능을 통해 기준에 도달할 수 있을지를 고민하였다. 분석 결과 성취기준 속 핵심 지식은 '가을에 추수하는 수확물'과 '농사짓는 분들이 하는 일'로 파악하였다. 학생들에게 내면화할 가치 태도는 농사짓는 분들께 감사하는 마음과 바른 식습관 갖기로 분석하였다.

종합해보면 ①'가을에 추수하는 수확물'과 '농사짓는 분들이 하는 일'을 알아보기 위하여 학생들의 그림일기를 분석한다, ②농사짓는 분들이 하는 일을 체득하기 위해 역할놀이로 활동을 구성한다, ③'역할놀이'를 통해 농사짓는 사람들의 수고로움에 대해 알고 감사한 마음을 갖는다, ④'감사하는 말을 글로 쓰며 표현할 수 있다'로 정리할 수 있다.

성취요소와 교과역량 연계

'[2바06-02] 추수하는 사람들의 수고에 감사하는 태도를 기른다'라는 성취기준과 관련된 교과역량은 공동체 역량, 지식정보 처리 역량, 자기관리 역량이다. '감사'하는 마음이야말로 공동체 역량의 시작점이라 할 수 있다. 누군가에게 감사하는 마음을 갖는다는 것은 그 사람을 이해하고, 공감하고, 존중하는 것이기 때문이다.

가을에 볼 수 있는 먹거리와 농부가 하는 일은 계절의 변화에 따른 삶의 모습 변화와 깊은 관련이 있다. 날씨와 계절의 변화에 따른 자연과 사람들 삶의 변화를 이해하는 것은 지식정보를 처리하는 역량이다. 이 먹거리를 먹을 사람들을 생각하며 즐거운 마음으로 농사를 짓는 농부의 마음을 이해한다면 나에게 주어진 먹거리를 어떻게 먹어야 하는지 느끼게 될 것이고, 자신이 먹는 음식에 감사하며 소중히 다루는 자기관리 역량을 갖게 될 것이다.

성취기준 분석을 통해 학생들이 얻게 될 핵심 지식은 '가을철 논밭에서 볼 수 있는 먹거리'와 '농사짓는 분들이 하는 일'이다. 내면화할 가치·태도는 '농사짓는 분께 감사하는 마음 갖기'였다. 수업 후 평가는 되돌아보기 활동에서 학생들과의 대화를 관찰하여 파악하였다. 농사짓는 분들이 하는 일에 대한 지식과 농사짓는 분들에게 감사하는 마음의 내면화 여부는 학생들이 농부 아저씨께 쓴 짧은 쪽지를 통해 확인할 수 있었다.

수업 후 소회

수업을 본 선생님들은 마치 약속이라도 한 듯 똑같은 말로 내 수업을 정리하였다. '극·한·직·업' 학생들이 얼마나 통제 불능이었는지 단적으로 보여주는 표현이었다. 역할극을 기획하면서 어느 정도 예상했으나, 아이들의 반응은 예상을 훨씬 뛰어넘는 수준이었다. 역할극을 하는 도중 교장 선생님이 본인의 책상을 가장 심각했던 학생 옆으로 옮겨 학생의 팔을 잡는 상황까지 갔으니 말이다.

하지만 이런 반응을 어느 정도 예상했다. 1학년 수업은 조용하고 질서 정연한 수업보다는 즐겁고, 활동적인 수업을 해야 한다고 생각하고 있었기에 수업을 한 나는 의외로 덤덤했다. 이런 상황 속에서도 이 수업에 만족하는 이유는 학생들의 발표 내용, 학생들의 편지 속 감사의 표현 때문이었다. 수업을 시작하며 동기유발로 제시한 친구들의 일기를 집중하여 듣고, "고구마를 주먹만 하게 자라게 도와준 것이 무엇일까?"라는 질문에 통합 책에서 배웠던 '햇빛, 물, 바람'이라는 대답을 해주었고, '농사짓는 분'이라는, 내가 원하는 대답을 바로 해주었다.

다음으로 농부가 되어 추수하는 장면을 정지장면으로 표현하고 "지금 어떤 마음으로 추수를 하고 있느냐?"는 핵심질문에 "힘들지만, 이걸 먹는 사람을 생각하며 행복하게 일하고 있다"고 대답하는 학생들의 모습은 오래도록 기억에 남을 것 같다. 마지막으로 농부 아저씨께 보낸 쪽지 속에는 농사짓는 분들에 대한 감사의 마음이 고스란히 들어있었다. 통제 불능의 혼란스러운 수업이었지만 그 속에서도 아이들은 배우고 있었다. 아이들이 즐겁게 경험하며 배우고, 웃고 즐기며 행복한 교실은 내가 원하는 교실의 모습이었다.

1학년 통합과 교수·학습 설계안

1. 수업의 주제: 농사짓는 분들께 감사의 마음 전하기

2. 핵심 아이디어
- 가을에 추수하는 수확물, 하는 일을 알고 날씨와 생활 모습의 관계를 안다.
- 농사짓는 사람들의 소중함과 그분들의 수고에 감사하는 마음을 갖고, 바른 행동을 실천한다.
- 씨를 뿌리고 가꾸고 추수하는 과정을 이해하고, 자연의 변화에 관심을 갖는다.

3. 역량 및 성취기준 분석

관련 역량	공동체 역량/ 지식정보 처리 역량/ 자기 관리 역량
성취기준	[2바06-02] 추수하는 사람들의 수고에 감사하는 태도를 기른다.

성취기준 분석		
지식·이해	과정·기능	가치·태도
• 가을에 추수하는 수확물 • 농사짓는 분들이 하는 일	• 그림일기 읽기 • 역할 놀이하기 • 글쓰기	• 농사짓는 분들에 감사하는 마음 내면화하기 • 바른 식습관 내면화하기

4. 교수·학습목표 및 활동 분석

학습목표	농사짓는 분들께 감사의 마음을 전할 수 있다.

학습목표 분석						
지식 \ 인지기능	기억하다	이해하다	적용하다	분석하다	평가하다	창안하다
[단계] 핵심동사		[활동1] 짐작하다	[활동2] 표현하다		[활동3] 표현하다, 공유하다	

5. 평가 과제

평가과제	[평가1] 농사짓는 분께 감사의 마음 쓰기		
평가방법	평가도구	평가도구	평가시기
서술	교사 관찰	활동지	활동3
평가과제 핵심질문	1. 농사짓는 분께 감사한 이유와 감사의 마음이 잘 드러나는가? 2. 추수하는 사람들의 수고에 보답하기 위해 일상생활에서 자신이 할 수 있는 일이 잘 드러나는가?		

6. 본시 교수·학습 과정안

단계	학습 과정	교수·학습활동	시간	자료(㉣) 유의점(㉤)
학습문제 인지하기	되돌아 보기	•지난 시간 되돌아보기 -가을에 볼 수 있는 친구들을 이야기해 봅시다.	5'	
	동기유발	•그림일기 읽기 -일기 속에서 친구는 무슨 일을 했나요? -고구마가 자라는 데 도움을 주었던 것에는 무엇이 있는지 말해봅시다.		㉣그림일기
	공부할 문제 안내	•공부할 문제 확인 **농사짓는 분들에게 마음을 전해 봅시다.**		
바른 행동 알아보기 바른 행동 해보기	생활 장면 에서 학습 상황, 문제 찾아 보기	<활동1> 무슨 일을 할까요? •농사짓는 분들이 하는 일 알아보기 -지금 논과 밭에서는 어떤 것들을 볼 수 있나요? -그럼 봄에는 벼나 고추 등은 어떤 모습이었을까요? -씨앗들이 커다란 고추나 벼가 되려면 어떻게 해야 할까요? -무슨 사진인가요? -해바라기 씨앗을 심고 기를 때 어떤 마음이 들었나요? -농부 아저씨는 어떤 마음으로 씨앗을 심었을까요? -모종이 잘 자라려면 또 어떤 일을 해야 할까요?	5'	㉣사진자료
	사례, 이야기,제시 자료를 통해서 바른 행동 찾아보기 바른판단 연습하기	<활동2> 역할놀이하기 •추수하는 농부의 마음 느끼기 -지금 가을 들판에서는 어떤 것들을 볼 수 있나요? -그럼 농부들은 지금 어떤 일을 하고 있을까요? -여러분이 농부가 되어서 지금 하는 일을 사진으로 보고, 몸으로 표현해 봅시다. -(한 학생에게 다가가) 어떤 마음으로 추수를 하고 있나요? -농부님이 딴 과일을 사람들이 어떻게 먹어주면 좋을까요? -여러분은 급식실에서 음식을 안 남기고 먹고 있나요?	10'	㉣마이크, 사진자료
바른 행동 다짐하기	바른 생활 다짐하기	•정리하기 -오늘 어떤 공부를 했고, 무엇을 느꼈는지 발표해 봅시다.	15'	㉣영상자료, 감사 의 포도알판, 감사 의 포도알
	실천과정 되돌아보기	•차시예고 -다음 시간에는 탈춤을 감상하도록 하겠습니다.	5'	
	차시예고	•차시예고 -다음 시간에는 '밤따러 가자' 놀이를 합니다.		

학생 배움 중심 수업 : 교육과정이 먼저다

— 유민환

교육과정 맥락과 수업 기획

'전주 부채'를 주제로 하는 1학년 학교교과목 수업의 핵심 아이디어를 얻기 위해 전주부설초 학교교과목인 '꿈바라기 아이들'의 교육과정 총론을 자세히 살펴보았다. '꿈바라기 아이들'은 '마을 교육과정'의 성격을 가진 교육과정이다. 학습자를 둘러싸고 있는 시간·공간·인문 및 자연 환경을 탐색하여 아이들을 성장시키기 위해 전주의 문화·생태·역사를 탐구하고 배움을 삶 속에서 실천하며 공동체 가치 회복, 전통 계승을 통해 지속 가능한 발전을 이루는 것을 목표로 하고 있었다. 꿈바라기 아이들 1단원(1학년)의 주제는 '전주 부채'인데, 1단원의 핵심개념 또한 '문화'와 '전통 계승'이었다.

문화란 '사람들이 함께 생활하면서 만들어지고 전해지는 생활방식'인데, '만들어지는' 과정은 '자연에 인간의 작용을 가하여 그것을 변화시키거나 새롭게 창조해 냄'이다. 인간과 자연환경의 상호작용 속에 인문환경이 탄생하고 이 세 가지가 끊임없이 서로 영향을 주고받으며 문화가 탄생·발전한다. 그렇다면 아이들은 왜 문화에 대해 알아야 하는가? 문화의 중요성은 최근 전 세계에 맹위를 떨치고 있는 우리의 가요·영화·드라마·음식·전통문화 등을 보면 실감할 수 있다. 코로나 시국 전에 전주가 연 천만 관광객을 유치한 것도 문화의 힘이다. 전주비빔밥은 1997년 대한항공 기내식으로 출시되어 1998년 국제기내식협회(IFCA)로부터 대상을 받았고 이후 연 300만 식씩 팔리며 26년 간 '한식 전도사'로서 역할을 담당하고 있다고 평가받는다. 전주 부채는 각종 기관과 개인들이 한국을 방문한 외국인들에게 주는 대표적인 선물이며 전주 시의 심벌마크와 캐릭터, 전주월드컵경기장 등의 중심 디자인으로 활용되고 있다.

문화를 계승·발전시키기 위한 가장 효과적인 방안은 어렸을 때부터의 교육이 아닐까 한다. 당장에는 성인 부분의 투자나 노력이 효과적일 것으로 생각되지만 각 분야의 전문가나 선구자들은 해당 분야의 발전을 위해서 유소년 교육에 더 많은 노력을 기울인다. 문화도 마찬가지일 것이다. 이런 의미에서 꿈바라기 아이들 교과목이 우리의 우수한 문화를 계승·발전시키는 데 큰 역할을 해낼 것이라고 생각하면서 다음과 같은 핵심 아이디어를 중심으로 수업을 설계하기로 하였다.

· 문화는 자연환경과 인간, 인문환경의 상호작용 속에서 형성된다.
· 문화를 소중히 여겨 계승·발전시킨다.

위와 같은 핵심아이디어를 바탕으로 '전주 부채 문화'에 대해 자세히 알아보았다. 전주 부채 문화 역시 전주의 자연·인문환경과의 상호작용 속에서 형성·발전되어 왔음을 알 수 있었고 선조들의 전통문화 계승 정신은 선자청이 사라진 이후에도 전주 부채 문화가 유지될 수 있는 원동력이었다. 전주의 풍부한 한지 생산력과 대나무가 자라기 좋은 기후는 부채 발달의 가장 중요한 요소였다. 또한 대나무 겉껍질을 두 장씩 붙일 때는 민어 부레를 끓여 만든 '어교'와 동물 가죽, 힘줄, 뼈를 고아 만든 '아교'를 적당히 섞어 사용하는데, 지금의 한벽당 아래 전주천에서 아교와 어교를 만들었다. 한지도 이곳 냇가에서 만들었으니 전주천은 전주 부채를 만드는 중요 재료의 산실이었다.

자연에서 얻은 풍부한 재료들은 부채 만들기 장인인 '선자장'들의 대를 이은 기술 전수를 가능하게 했고 전라감영에 선자청 설치까지 이뤄지면서 발달의 선순환이 이루어지게 하였다. 전라감영과 함께 선자청이 설치된 경상감영의 경우 선자장 수가 더 많았는데도 선자청을 유지하지 못하고 폐쇄하였다. 학자들은 그 까닭을 한지 공급 부족으로 보고 있다. 주변에 재료가 풍부한 전주의 경우 경상도 선자청이 폐쇄된 이후에도 진상할 모든 물량을 소화해 내며 부채를 만들어 냈다. 해방 후 선자청이 사라지면서 선자장들은 석소마을(아중리), 가재미마을(인후동), 새터, 상황당, 안골 등에 부채마을을 형성했다. 부채와 관련된 풍습으로는 모내기가 끝나고 여름이 시작되는 단옷날(음력 5월 5일)에 여름을 시원하게 넘기라고 부채를 선물하는 풍습이 대표적이다. 특히 임금이 신하에게 '단오선(端午扇)'을 하사하기 위해 전주 부채를 많이 주문했다. 단옷날이면 전주 사람들은 부채를 들고 덕진공원에 모였고, 여자들은 창포물에 머리를 감고 그네를 뛰고, 남자들은 씨름하며 하루를 보냈다고 한다.

성취요소, 핵심기능 분석

수업 핵심아이디어와 더불어 1학년 학교교과목 단원의 성취요소와 핵심기능들을 분석해 보았다. 단원 초반에는 지식적인 요소들이 많았고 뒤로 갈수록 기능과 태도적인 면이 중시 되었다. 주요 핵심기능으로는 관찰하기, 조사하기, 설명하기가 있었다. 성취요소와 핵심기능을 바탕으로 단원의 핵심차시를 6차시 '나만의 부채 만들기'로 선정하였다. 6차시가 속한 '바람을 기억하다' 주제는 가장 많은 지식, 기능, 태도 성취요소를 가지고 있고 단원의 핵심기능인 관찰하기, 조사하기, 설명하기를 모두 필요로 한다. 그 중에서도 6차시 활동은 지금까지 익힌 지식적인 내용을 종합적으로 이해하여 부채를 만들면서 직접 체험해보는 차시이다. 또한 단원의 핵심역량인 지식정보처리, 창의적사고, 심미적 감성, 공동체의식을 모두 함양할 수 있었다.

수업자 의도

핵심아이디어, 성취요소, 핵심기능, 교과역량을 고려해볼 때, 전주 부채 문화는 전주의 자연, 인문환경, 사람 간의 상호작용의 결과라는 것을 1학년 수준에서 관찰, 조사, 설명할 수 있어야 하며, 이를 계승·발전시키고자 하는 태도를 가져야 했다. 부채의 재료들을 살펴보면 전주 부채의 발달 역시 자연과 인간의 왕성한 상호작용의 결과였음을 알 수 있었다. 전주의 풍부한 한지 생산력과 대나무가 자라기 좋은 기후는 부채 발달의 가장 중요한 요소였다. 대나무의 경우 전주와 남원뿐 아니라 구례나 담양의 대나무까지 공급받았다고 한다. 이렇게 탄생·발전한 문화는 선자청이 해체되었다고 해서 사라지지 않고 현재까지 그 명성이 이어지고 있음을 알 수 있다.

수업을 위해서는 부채를 만드는 데 필요한 재료들을 얻을 수 있는 장소들이 우리 주변에 있음을 인터넷 지도를 통해 확인하는 과정이 필요했다. 또 까닭을 설명 또는 토의한 뒤 교실 안에 각 장소들을 설정하여 아이들이 직접 재료를 구해 부채를 만들어 보게 하였다. 사전조사에서 아이들이 부채 만들기 재료를 명확히 모르고 있었으므로 부채 재료에 대한 탐구 시간을 충분히 확보하고 만들기 과정은 최대한 간단하게 끝낼 수 있도록 부채살을 미리 잘라 놓았다. 장소 설정은 4곳을 했는데, 옛 한지공장이 있었던 '흑석골'과 아교와 어교를 만들었던 '한벽당 아래 전주천'은 선정하기 쉬웠다. 문제는 대나무를 구했던 장소를 특정하기가 어려웠다. 부채 제작의 기술 중심지였던 선자청도 빼놓을 수 없었다. 대나무의 경우 다소 무리가 있지만, 현재 우리가 주변에서 쉽게 확인할 수 있는 대나무숲으로 경기전이 있어서 이번 수업에서 대나무를 구할 장소를 '풍남동 대나무숲'이라고 하였다. 부채 만들기 기술도 전주 부채 문화 발달의 중요 요소이므로 '부채 만들기 기술'이라는 무형의 문화를 '가위'로 유형화하여 '선자청'도 설정하였다.

부채를 통해 전통문화를 계승·발전시키고자 하는 태도를 어떻게 갖게 할 것인지 고민한 결과, 단오(양력 6월 말 경)에 부채를 선물하던 조상들의 전통을 계승·발전시키면 좋겠다고 생각하였다. 그 방안으로 동 학년 협의 끝에 이번 수업에서 만들고 이후에 꾸밀 예정인 부채를 옆 반 친구들에게 선물하기로 하였다. 동기유발 과정에서 오늘 만드는 부채가 완성이 되면 추첨을 통해 선물 줄 대상을 뽑아 직접 선물을 줄 것이라는 사실을 알려주어 선물을 만드는 기쁨을 느끼도록 하였다. 이번 수업부터 시작되는 '여름철 부채 선물' 학년 행사는 아직 잘 몰랐던 1학년 친구들끼리 서로 선물교환을 통해 우정을 갖게 하여 공동체 의식을 돈독히 하며 전통을 계승·발전시킬 수 있을 것으로 기대하였다.

위와 같은 활동들을 위해 통합교과 슬기로운생활의 '탐구 활동 중심 교수·학습 모형'을 선택하였다. 탐구 활동 중심 교수·학습 모형은 저학년 아이들이 주변의 모습, 주변의 변화, 주변의 관계에서 일어나는 현상을 탐구하기에 적절하며 일상적인 상황 및 가르치기 위해 설정된 상황에 대한 탐구도 가능하기 때문이다.

[탐구 상황 확인하기] 단계에서는 전시학습 상기를 통해 부채의 중요 재료인 한지 및 단오 부채 선물 전통을 떠올린다. 부채 선물을 위해 모두가 선자장이 되기로 약속하면서, 부채 만들기 재료를 알아보아야 한다는 탐구 동기를 유발시킨다.

[탐색하기] 단계에서는 부채 만들기 재료인 한지, 대나무, 풀과 선자청이 우리 주변에 있었다는 점을 인터넷 지도를 통해 확인하고, 그 까닭에 대해 교

사의 설명을 듣거나 발문을 통해 탐구한다.

[탐구 활동하기] 단계에서는 교실 안에 설정된 네 곳의 부채 재료 생산 장소를 확인한 후, 각 장소에서 재료를 가져와 부채를 만든다.

[탐구 결과 정리하기] 단계에서는 부채 만들기 재료 장소 퍼즐을 맞추며 탐구내용을 정리하고 발표를 통해 설명한다.

본 수업을 통해 아이들이 우리 문화유산을 이해하고 계승·발전시키려는 태도를 가지며 지식정보처리역량, 창의적 사고역량, 심미적 감성역량, 공동체 역량을 함양할 수 있을 것으로 기대하였다.

수업 흐름과 준비과정에서의 성장 경험

지금까지 많은 공개수업 또는 수업 준비를 하였지만 이번 수업 준비과정은 완전 다른 경험이었다. 지금까지의 수업준비는 수업활동 결정-차시 목표 설정-관련 이론 탐구-수업의 순서로 교육과정 내용은 거의 보지 않거나 맨 마지막에 참고하는 수준이었다. 수업 준비에 있어 어떤 활동을 할 것인지 먼저 고민했던 이유는 이것이 학습자 중심 수업이라고 생각했기 때문이다. 아이들이 좋아하고 재미있어 하는 활동 먼저 찾는 것이 성공적인 수업의 길이라고 생각했다.

교육과정에는 국가나 기관, 교사의 의도가 들어가 있으므로 교육과정 중심 수업은 학습자 중심 수업이 아니라고 생각했었다. 부설초에 처음 온 작년 같은 경우에도 한 달 전부터 공개수업 준비를 시작했으며 공개수업을 할 만한 차시를 정하고 어떤 활동을 할 것인지부터 고민하였다. 이번 수업 준비는 학교교과목에 대한 이해가 부족하기 때문에 1학년 꿈바라기 아이들 교육과정부터 자세히 살펴보았다. 성취요소, 핵심기능들을 알아야 지도안을 쓸 수 있었기 때문에 관련된 방법으로 교육과정을 분석하였다. 그러다 보니 단원의 핵심차시, 핵심아이디어, 성취요소, 핵심기능들을 알 수 있었고, 이것을 바탕으로 수업을 설계하고 실행하였다. 올해에도 공개수업을 준비하는데 한 달 정도 걸렸다. 이번에는 교육과정 분석하는 데 2주, 이후 수업활동을 준비하는 데 2주의 시간을 보냈다. 결과는 활동만 4주를 준비한 작년보다 훨씬 좋은 수업이 이루어졌다. 작년과 달리 올해에는 교대 4학년 교생실습과 전국부설연합회 행사까지 겹친 일정이었는데도 수업준비가 더 수월하였다. 이번 수업의 목표가 무엇인지, 어떤 요소가 있는지, 어떤 기능을 익히고 활용해야 하는지 명확한 방향이 있었기 때문이다.

더욱 중요한 것은 교육과정을 먼저 분석하고 수업을 준비하는 과정에 항상 '아이들'이 중심이었다는 것이다. 올해 새롭게 바뀐 지도안 양식에는 이번 수업에 필수적인 핵심기능들을 동사로 표현해야 했는데, 이 과정에서 아이들이 무엇을 해야 하는지, 무엇을 하고 있겠는지를 계속 생각하면서 수업준비를 하게 되었다. 여느 때보다 가장 많이 아이들을 생각했다.

활동을 먼저 고민했던 나는 사실 '내 중심'의 수업에서 벗어나지 못하고 있었다. 활동 선정의 출발점이 '내가 예전에 실패했던 수업을 만회해 보고자, 또는 다른 사람에게 잘 보이고자' 하는 마음이었다는 사실을 알게 되었다. 교육과정을 먼저 살펴보고 수업을 준비하니 교육과정의 목표와 핵심아이디어, 핵심기능, 역량 등을 우리 아이들에게 어떻게 함양시켜줄 것인가가 출발점이자 도착점이 되어 있었다. 교육과정이 먼저였다.

수업나눔을 통한 성장과 보완점

수업을 마치고 수업 나눔을 하면서 많은 격려와 위로를 받아 새 힘을 얻었다. 이 과정에서 한 선생님께서 부채 만들기 시간에 혹시 배경음악을 틀어 볼 생각을 하지 않았는지 여쭤보셨다. 지적하는 의미가 아닌 전날 수업나눔에서 배경음악 이야기가 나와 오늘도 가볍게 질문하신 것이었다. 그런데 나에게는 큰 충격으로 다가왔다. 10년 전 1급 정교사 연수 때 배경음악 효과에 대해 배웠고 또 당시에 실제로 많이 사용을 했는데 얼마 전부터 배경음악을 전혀 활용하지 않고 있었다. 전날 다른 선생님 수업나눔에서 여러 선생님들이 아이들 그림 그릴 때 배경음악이 참 좋았다고 했음에도 나에게는 별다른 감흥이 없었다는 것을 알게 되었다.

나는 원래 감성적인 부분이 약한, 소위 말해 '이과형 인간'이라 내가 맡은 아이들이 피해를 보지 않기 위해 이 부분을 더 신경 쓰면서 가르쳐 왔고, 지금은 스스로 내 단점을 극복했다고 생각하고 있었다. 그런데 스스로 감성이 풍부해졌다고 착각했다. 지금의 나는 예전에 음악을 많이 활용하던 때보다 못한 것 같았다. 실제로 내 수업 촬영 영상에서 아이들 만들기 활동을 할 때 잔잔한 국악 음악을 틀어보았다. 아이들이 정말 선자청에서 열심히 부채를 만들고 있는 훌륭한 선자장들이 된 느낌이었다.

교사교육과정이 강조되고 있는 요즘, 스스로 '이 정도면 되었어' 하는 자만심을 깨야겠다. 다시 낮은 자세로, 아이들 성장에 걸림돌이 되는 교사가 되지 않기 위해 끝없이 노력해야 함을 일깨워준 시간이었다.

1학년 꿈바라기 아이들 교수·학습 설계안

1. 수업의 주제: 재료를 모아 부채 만들기

2. 핵심 아이디어
- 문화는 자연환경과 인간, 인문환경의 상호작용 속에서 형성된다.
- 전주 부채는 지역 특성을 바탕으로 탄생하고 발전하였다.
- 부채와 관련된 문화를 소중히 여겨 계승·발전시킨다.

3. 역량 및 성취기준 분석

관련 역량	지식정보처리역량, 창의적 사고역량, 심미적 감성역량, 공동체 역량
성취기준	[2꿈01-01] 전주 부채를 살펴보고 특징을 이해한다. [2꿈03-01] 전주 부채에 담긴 우리의 멋을 느끼고 소중히 여긴다.

성취기준 분석		
지식·이해	과정·기능	가치·태도
• 부채와 마을의 관계 알기 • 부채와 관련된 문화 알기	• 조사하기　• 수집하기 • 만들기　　• 설명하기	• 부채의 소중함 느끼기 • 부채와 관련된 문화 계승하기

4. 교수·학습목표 및 활동 분석

학습목표	재료를 모아 부채를 만들 수 있다.

학습목표 분석						
지식 ＼ 인지기능	기억하다	이해하다	적용하다	분석하다	평가하다	창안하다
핵심동사	[활동1] 알다	[활동2] 수집하다	[활동2] 만들다	[활동3] 설명하다		

5. 평가 과제

평가과제	[평가1] 부채 재료를 구할 수 있는 곳 설명하기 [평가2] 전통을 계승하려는 태도 갖기		
평가방법	평가도구	평가도구	평가시기
발표(모둠)	교사 관찰	지도 퍼즐	활동3
평가과제 핵심질문	1. 전주 부채의 재료를 구할 수 있는 곳이 우리 마을 주변임을 설명할 수 있는가? 2. 여름철 부채를 선물하는 전통문화를 계승하려 하는가?		

6. 본시 교수·학습 과정안

단계	학습 과정	교수·학습활동	시간	자료(짜) 유의점(유)
탐구상황 확인하기	전시학습 상기 탐구동기 유발하기	•부채 이야기 -부채에서 가장 중요한 재료는 무엇인가요? -우리 학교 근처 동네 중 한지를 만들던 곳은 어디인 가요? •더위와 부채 -조상님들은 여름철 더위를 이기기 위해 어떤 도구를 사용하였나요? -우리 조상들은 여름(단오)에 어떤 선물을 주고받았 을까요? -더운 여름철 친구들에게 어떤 선물을 만들어 주면 좋을까요? -부설초 선자장들이 되어 선물할 부채를 만들어 봅시다.	5′	짜PPT 유선물하기 싫다는 학생이 있을 경우 선물을 주는 것도 큰 기쁨임을 알려 준다.
	공부할 문 제 안내	•공부할 문제 확인 **재료를 모아 부채를 만들어 봅시다.**		
탐색하기	배경지식 활성화 자료 및 사례 탐구하기	<활동1> 재료 알아보기 •부채와 한지 -흑석골에서 한지가 많이 만들어진 까닭은 무엇인가요? •부채 재료 알기 -한지 외에 부채를 만들 때 필요한 재료는 무엇이 있 을까요? -부채를 만들 때 필요한 재료, 기술은 어디에 있었는 지 알아봅시다.	10′	짜카카오맵 유인터넷지도 상에 서 부채 재료 지역 에 집중할 수 있도 록 한다.
탐색하기	문제 해결점 찾기 지식 및 원리 찾기	<활동2> 부채 만들기 •재료 지역 확인하기 -교실 안에 흑석골, 풍남동, 한벽당, 전주감영을 만들 어 보겠습니다. -각 지역에 있는 재료들을 생각하면서 재료 구하기 순서를 알아봅시다. •부채 만들기 -재료를 구해가며 나만의 부채를 만들어봅시다. -만들기가 끝나면 도구들을 바구니에 담습니다.	20′	짜손잡이, 풀, 가위, 한지 유 서로 만들기 어 려워하는 친구를 도와주도록 한다.
탐구결과 정리하기	탐구결과 정리하기	<활동3> 재료지도 퍼즐 맞추기 •부채 재료 확인하기 -부채를 만들 때 필요한 재료는 무엇인가요? •부채재료지도 퍼즐 맞추고 발표하기 -부채를 만드는 재료들이 우리 주변 어디에 있었는지 모둠별로 지도 퍼즐을 맞춰봅시다.	5′	짜부채재료 지도 퍼즐
	차시예고	•차시예고 -다음 시간에는 부채를 꾸며보겠습니다.		

학생참여(주도)형 수업 만들기

— 전미옥

수업자의 의도

나는 이 수업을 왜 하는가?

　2023년 1학년 아이들과의 활동을 고민하고 계획을 세울 때, 1학기는 교과 공부보다 학교생활의 규율·규칙을 익히고 친구들과 함께 생활하는 안정적인 적응을 중점적으로 고려했다. 1학년 아이들은 자기중심적 사고 성향이 강하여 자신의 입장만 주장하고, 가정에서의 생활을 기준으로 생각한다. 이런 사고의 범위를 수업을 통해 넓혀 주고 싶었다. 수업을 진행할 때는 한 학기가 끝나가는 시기였다. 일 년이 지난 지금의 시점에도 친구를 배려하고 생각하는 마음보다 남 탓을 먼저 하는 아이들은 지속적인 사고의 확장이 필요하다. 수업공개 주제는 아이들의 삶을 수업에 도입하여 '지금-여기-우리 삶'에 초점을 맞추고 활동으로 선정했다. 아이들의 가장 기본적인 생활 환경인 가정은 이 주제에 맞는 최선의 선택지였다.

　[우리는 가족입니다] 단원의 주제는 가족과 친척이다. 우리 삶에서 가족과 친척을 제외하고는 생각할 수 없다. 가족과 친척들을 깊이 이해해야만 그들의 고마움과 소중함을 느낄 수 있다. 그래서 이 단원은 가족과 친척 개념을 이해하는 것과 가족의 특징을 조사하여 소개하는 활동이 핵심 내용을 이룬다. 핵심 내용 중 1학년의 특성을 고려하여 조사하는 활동은 사전에 과제로

제시하여 생각해 볼 수 있게 했다. 본 차시 수업에서는 조사한 자료를 바탕으로 가족을 소개하는 활동을 주제로 진행했다. 가족과 친척을 조사하고 조사한 내용을 친구들에게 설명하고, 발표하는 과정을 통해 단원의 핵심 역량인 '창의적 사고 역량'과 '지식정보처리역량', '의사소통역량(협력적 소통역량)' 신장시키고자 하였다.

2022 개정교육과정의 〈슬기로운 생활〉은 '지금-여기-우리의 삶'을 도모하는 배움을 지향한다. '지금-여기-우리의 삶' 속에서 학생들에게 가장 가까운 가족과 친척의 관계를 조사하고 발표하는 경험을 통해 탐구하는 힘과 역량을 기를 수 있다.

어떻게 기획하였는가?

본 차시의 성취기준은 [우리 가족의 특징을 조사하여 소개한다]이고, 학습목표는 '우리 가족의 특징을 소개할 수 있다'이다. 본 차시의 구성은 그림책을 통한 동기유발 및 그림책 읽기, 가족의 특징을 조사한 학습지를 바탕으로 가족의 특징을 동물로 비유하여 소개하는 두 개의 활동을 진행하였다. 가족을 소개하는 활동을 흥미롭게 구성하여 학생들의 자발적인 참여를 유도하고 핵심 내용을 학생들이 직접 찾고 구성해 볼 수 있도록 했다. 1학년 통합수업의 경우 그림을 그리고 색칠하여 발표하는 활동이 많은데, 대부분의 남학생은 그림을 못 그린다며 시도조차 하지 않거나, 완벽하게 표현을 하지 못하면 울기도 한다. 또 여학생들에 비해 속도면에서도 차이가 발생한다.

그래서 본 차시는 가족을 소개하는 활동을 가족의 특성과 동물의 비슷한 점을 생각하며 다양한 동물카드에서 선택하는 활동으로 변경하였다. 가족을 소개하며 의사소통의 기회를 제공하고, 친구들의 소개 내용에 집중하도록 인상적인 가족 소개에 스티커를 붙여주는 활동을 병행하였다. 수업을 진행하는 과정 중 '그림책 읽기' 활동은 대체적으로 흥미있게 진행되었고 책 나눔 대화 또한 자연스러웠다. 의사소통역량 함양을 위해 모둠 소개 및 발표하는 활동을 구상하였는데, 친구에 대한 배려와 소개자료에 대한 공감이 부족한 아이들이 다수 발생했다. 하지만 전체적으로 가족의 특징을 흥미로워했고, 소개하는 활동은 주도적으로 참여하여 학습목표는 달성되었다고 생각했다.

학습 경험 조직을 어떻게 하였는가?

이번 수업은 크게 두 가지 활동으로 구성했다. '그림책 읽기'는 전체를 대상으로, '가족의 특징을 소개'하는 부분은 모둠 및 전체로 조직하였다. 첫 번째 활동은 이야기 공간에 전체 학급 학생을 모이게 한 후, 그림책을 읽어주고 대화에 집중할 수 있게 구성했다. 아이들은 그림책에 흥미를 가지고 교사가 읽어주는 내용에 집중하였다.

두 번째 활동은 모둠활동을 통해 내성적인 아이들도 표현할 수 있는 기회를 제공한 후, 학습 조직을 확대하여 전체 친구들 앞에서 발표해 보도록 했다. 학습 조직은 '모둠-전체'로 진행하였다. 모둠활동은 활발하나, 발표하는 데 집중하지 못하는 모둠도 있었다. 이후 전체 학생을 대상으로 발표할 때는 교사와 함께 진행하다 보니 집중도는 조금 더 높아지고, 친구의 소개에 흥미도가 높아짐을 발견하였다.

교육과정 맥락과 수업의 기획
학습성취요소 분석

[우리는 가족입니다] 단원 구성은 '상상가족 전시회', '누구랑 찍었니', '무엇을 했니', '고마운 가족'으로 크게 4개 부분이다. 이 단원은 바른 생활의 '가정예절', 슬기로운 생활의 '가족의 특징'과 '가족·친척의 관계', 즐거운 생활의 '가

족에 대한 마음 표현'과 '가족 활동 및 행사 표현'을 통합적으로 지도한다. 이 단원에서 중점적으로 함양할 교과 역량은 '창의적 사고 역량'이다.

기능 분석

단원의 성취요소를 분석한 결과, 성취요소 지식·이해 영역은 단순히 가족과 친척을 부르는 말을 '기억하다'보다 자신의 삶을 바탕으로 가족과 친척을 부르는 말을 연결하여 '이해하기'에 해당된다. 지식·이해 영역은 자신의 삶에서 친척을 부르는 말과 교과의 내용을 '연결하고, 관계망을 그려보기'가 핵심기능이다.

성취요소 과정·기능 영역은 지식·이해 영역에서 학습한 내용을 바탕으로 조사하기, 소개하기, 비교하기, 선택하기, 판단하기 등 '이해하기'를 바탕으로 할 수 있는 적용하기, 분석하기, 평가하기 단계의 핵심기능이 적용되었다.

성취요소 가치·태도 영역은 가정의 소중함을 느끼고 가족 간의 예절 내면화하기가 핵심 내용이다. 바른 행동을 판단하고 평가하며 자신의 생각을 확장시켜 나가는 것에 핵심기능이 있다.

이번 수업 차시는 성취요소 범주 중 '과정·기능'에 해당한다. 블룸의 택사노미와 관련지으면 동물과 가족의 특징을 '조사한 후 선택하기, 비교하기, 발표하기'의 단계를 거치게 된다. 1학년 수준의 기능요소가 단순할 거라 판단했는데, 저학년임에도 불구하고 다양한 기능적 요소를 단원에 담고 있었고, 단계별 적용 깊이는 다르겠지만 학생들 수준에 따라 기능적 요소를 적용 및 확장 시킬 수 있음을 알게 되었다.

성취요소와 교과역량

[우리는 가족입니다] 단원은 나와 가족의 개념을 자신의 삶과 연계하여 '관

계망 그리기', '연결하기' 등의 활동을 통한 '자기관리 역량'의 습득을 꾀한다. 또 습득한 개념을 바탕으로 상상 가족 그리기, 가족 행사 조사하기, 가족의 특징 조사하고 발표하기, 놀이하기, 상황에 어울리는 역할극 하기, 노래 부르기 및 가사 바꿔 부르기 등의 활동을 통해 '창의적 사고 역량'을 함양하는 것이 목표이다.

이번 수업 차시에는 자기중심적인 사고를 하는 저학년의 특성을 고려하여 친구들과 의사소통 활동을 통해 성장하는 기회를 제공하고자 모둠 활동으로 구성하였고 이를 통해 의사소통역량과 공동체 역량을 키우도록 했다. 자신이 사전에 조사한 가족의 특징을 동물과 비교하는 활동을 통해 지식정보처리 역량이 함양되길 기대하였다.

평가 관련

평가 부분에서도 역량을 기본적으로 생각하여 평가내용도 구성하였다. 조사 자료와 활동 자료의 공통점과 차이점을 비교, 선택, 설명하는 활동을 통해 지식정보처리 역량과 의사소통역량, 창의적 사고 역량, 공동체 역량이 골고루 평가되도록 했다. 평가는 [소개하기]와 모둠의 협력과 소통을 확인하는 [경청하기]로 선정하였고, 학생들의 활동을 통해 이 평가는 구현되었을 것으로 생각한다.

교수학습모형의 적용
사용된 교수학습모형의 지향점

수업을 준비하는 과정에서는 주제중심 모형(주제 안내하기-주제학습하기-주제학습마무리 하기)으로 활동을 구성하다 보니, 학생들이 스스로 탐구하며 정리해가는 과정이 필요하다는 판단이 들어 '탐구활동 중심 교수학습모형'으로 변경하였다. 학생들이 흥미로운 소재를 활용하여 핵심 아이디어를 스스로 탐색하고 결과를 정리하도록 하는 데 목표를 두고 〈탐구활동 중심 교수학습모형〉에 맞추어 다음과 같이 활동 내용을 구성하였다.

〈탐구 상황 확인하기〉 일상생활 중 특정 상황에서 문제를 인식하는 단계로, 학습할 내용에 대해 학생 스스로 찾아볼 수 있도록 하여 가족 소개 활동에 즐겁게 참여하도록 탐구 동기를 이끌어냈다.

〈탐색하기〉 배경지식 활성화를 위해 '근사한 우리 가족' 그림책을 교사가 읽어주며 학습활동에 한층 더 접근하도록 했다. 책을 읽어주며 대화를 진행했다. 학생들은 그림을 보며 '숨은그림찾기' 하듯 동물과 가족의 특징을 연결하며 흥미를 유발한 후, 자신이 직접 가족을 소개할 때 어떤 부분을 소개할지 생각해 보도록 하였다.

〈탐구 활동하기〉 탐구를 통해서 발견한 결과를 정리하며, 일상생활 중에 접할 수 있는 유사한 상황을 찾아 발견한 것들을 다시 사용하는 단계이다. 책을 통해 알게 된 가족의 특징과 동물의 특징을 비교하며 우리 가족을 가장 잘 설명한 동물 그림을 선택한 후, 모둠 친구들에게 동물 그림을 보여주며 그림책에서 소개한 것처럼 가족의 특징을 돌아가면서 이야기하도록 구성했다. 친구의 소개 활동 중 재미있거나 인상적인 내용에 스티커를 주도록 하여 경청할 수 있도록 독려하였다.

〈탐구 결과 정리하기〉 각자 혹은 집단으로 탐구한 해결점을 정리하고, 각각의 해결점들을 전체 학습 집단에서 공유하는 단계이다. 모둠에서 소개한 가족 중 한 명을 반 친구들에게 소개하고, 나와 친구의 가족 중 비슷한 점은 어떤 것이 있는지 나누게 했다. 정리 단계에서는 가족의 특징을 조사하고 동물과 연관지어 소개하는 활동을 통해 생각하거나 느꼈던 점을 이야기하며 우리 가족의 소중함을 느껴보게 했다.

이 교수학습모형의 지향점은 나와 주변의 관계에서 시작하는 구체적인 탐구상황에서 교사가 주변 탐구를 위한 적절한 자료나 맥락을 제공함으로써 학생들이 적극적인 탐구를 통해 학습에 개입할 수 있도록 하는 것이다. 학생들은 탐구활동 중심 교수학습모형으로 설계된 수업을 진행하며 책과 일상생활이 연계됨을 알게 되었고, 나와 친구 가족의 공통점과 차이점을 탐구하고, 탐구 결과를 공유하는 과정에서 주변에 관심을 갖게 되었다.

돌이켜보면, 그림책을 통한 탐구상황 확인하기, 탐색하기 활동은 학생들이 쉽고 정확하게 찾을 수 있었으나, 가족의 특징을 동물의 특징과 비교하며 공통점과 차이점 찾기 및 나의 삶과 연결짓는 부분은 어려워하였다. 탐구 활동하기와 탐구 결과 정리하기 부분은 1학년의 특성을 반영하여 조금은 쉽게 수정, 운영하는 것이 필요하다는 생각을 하였다.

수업 후 소회

이번 수업을 통해 학생들의 참여와 학생들의 배움의 과정이 활발하길 바라며 수업을 구성하였다. 지금까지 수업을 준비하는 과정에서도 동료 교사와 협의하고 더 효과적인 방향을 잡기 위해 노력해 왔지만, 이번 수업준비의 과정에서는 교육과정을 더욱 깊이 들여다보고 수업의 본질을 찾아 학생들이 그 본질에 다가가게 도와주는 방법들을 고민했다.

가. 단원에서 중점적으로 신장시키고자 하는 역량은 무엇인가?

나. 핵심 아이디어는 무엇이고, 핵심기능은 무엇인가? : 개념기반 학습

다. 성취요소는 어떻게 배분되어 있고, 성취 요소에 따른 핵심기능은 무엇인가?

라. 단원의 성취기준을 달성하기 위해 학습 성취요소는 어떻게 배치되어 있는가?

마. 차시별 성취요소는 어떻게 분포되어 있는가?

바. 수업 차시의 역할을 살펴보고, 수업을 통해 성취기준이 달성되고 있는가?

사. 나는 이 수업을 통해 학생들이 어떤 것을 배우길 바라는가?

이번 수업을 통해 학생들의 적극적이고 주도적인 탐구활동을 유도하는 방법, 자신의 생각을 정확하게 전달하는 효율적인 방법 등, 알아가고 연구해야 할 것이 아직 많음을 느꼈다. 물론 이번 수업을 준비하는 과정이 완성된 것이라고는 생각하지 않는다. 위 질문들을 고민하며 수업을 준비했지만 앞으로 수업을 참관하고 나눔하는 과정에서 새로운 질문들이 계속 생겨날 거라는 생각이 들었다. 동료 교사들과 함께하는 '한 번, 두 번의 고민 시간이 쌓여갈수록 우리는 교육과정 전문가로서 성장하겠구나!' 하는 생각이 드는 수업 공개였다.

1학년 통합과 교수·학습 설계안

1. 수업의 주제: 우리 가족의 특징을 조사하여 소개하기

2. 핵심 아이디어

- 자신과 주변의 삶에 지속적으로 관심을 가지고, 사람은 가족과 친척의 관계 속에서 살아간다는 사실을 이해한다.

3. 역량 및 성취기준 분석

관련 역량	☐ 자기관리 역량	☑ 지식정보처리 역량	☑ 의사소통역량
	☐ 심미적 감성 역량	☑ 창의적 사고역량	☐ 공동체 역량
성취기준	[2슬03-01] 우리 가족의 특징을 조사하여 소개한다.		

성취기준 분석		
지식·이해	과정·기능	가치·태도
• 가족의 특징 알기 • 가족과 친척의 관계	• 조사하기 • 비교하기　• 선택하기 • 설명하기　• 발표하기	• 가족의 소중함 느끼기(공감) • 가족과 친척 간에 지켜야 할 예절 내면화하기

4. 교수·학습목표 및 활동 분석

학습목표	우리 가족의 특징을 소개할 수 있다.

학습목표 분석						
인지과정	기억하다	이해하다	적용하다	분석하다	평가하다	창안하다
핵심동사	[동기유발] 알다	[활동1] 읽다	[활동2] 설명하다	[활동2] 비교하다		

5. 평가 과제

평가과제	[평가1] 가족의 특징을 소개하기, [평가2] 모둠 협력과 소통		
평가방법	평가도구	평가도구	평가시기
발표(모둠)	교사 관찰	학생 수행 / 교사 관찰	활동2
평가과제 핵심질문	1. 우리 가족의 특징을 자세하게 소개하였는가? 2. 모둠원의 가족 특징 소개를 바른 자세로 경청하고 공감하는가?		

6. 본시 교수·학습 과정안

단계	학습 과정	교수·학습활동	시간	자료(⑳) 유의점(⑭)
탐구상황 확인하기	되돌아 보기	•지난 시간 되돌아보기 -가족을 부르는 말을 확인해 봅시다. ·할아버지, 할머니, 큰어머니, 고모부, 외숙모, 외사촌 입니다.	5′	⑳ PPT
	동기유발	•동화책 표지 살펴보기 -'근사한 우리 가족' 표지를 보며 무슨 내용일지 상 상해 봅시다.		⑳그림책
	공부할 문제 안내	•공부할 문제 확인 **우리 가족의 특징을 소개해 봅시다.**		
탐색하기	배경지식 활성화	<활동1> 그림책 읽기 •'근사한 우리 가족' 그림책을 읽기 -이야기 속 가족이 어떤 동물로 표현되었는지 말해 봅시다. -나의 주변에 비슷한 가족이나 친척이 있는지 말해 봅시다. -가족의 특징을 소개할 때 어떤 내용이 들어가면 좋 을지 생각해 봅시다.	10′	⑳그림책 ⑭ 그림책의 글씨 보다 그림을 살펴 보며 이야기를 듣 도록 한다. 책을 읽 으며 교사가 발문 을 하여 그림책에 집중할 수 있도록 한다.
탐구 활동 하기	공통점과 차이점 발견하기	<활동2> 가족 소개하기 •가족의 특징 살펴보기 -우리 가족의 특징과 비슷한 동물을 찾아봅시다. -학습지를 보며 자신의 가족과 동물의 특징을 비교 하며 선택한 동물 카드에 가족을 부르는 말을 써 봅 시다. •가족의 특징 소개하기 -모둠원에게 선택한 동물 카드를 가족소개판에 붙이 며 자기 가족을 소개해 봅시다. -친구의 가족 소개를 들으며 인상적인 가족(동물카 드)에 스티커를 한 개씩 붙여 봅시다.	15′	⑳가족소개 학습지, 동물카드, 스티커, 가족소개판 ⑭ 가족과 동물의 특징 중 비슷한 점 을 생각하며 동물 카드를 선택한다. 원하는 동물이 없 는 경우 여분의 종 이에 간단하게 그 릴 수 있도록 한다
탐구결과 정리하기	탐구결과 정리하기	•가족의 특징 발표하기 -친구들에게 가족을 소개하고 싶은 모둠은 발표해 봅시다. ·친구들의 발표를 바른 자세로 듣는다.	5′	⑭친구들에게 우리 가족의 특징이 드 러나게 큰 목소리 와 바른 자세로 발 표 하도록 지도한 다.
	발견한 것 다시 사용하기	•나와 친구의 가족 중 비슷한 점 찾아보기 -친구의 발표를 들으며 자신의 가족 중 비슷한 특징 을 가진 가족을 발표해 봅시다. -활동 후 생각하거나 느낀 점을 말해봅시다.	5′	
	차시예고	•차시예고 -가족을 떠올리며 노래를 부르는 활동을 하겠습니다.		

우리는 왜 '교육과정 전문성'을 갈망하는가!

— 오재승

'쿤타 킨테', 어린시절, 흑인이 등장하는 드라마 주인공의 이름이다. 이름이 특이하기도 했고 자신의 고향을 그리워하며 끊임없이 탈출하려 애쓰던 흑인 노예의 슬프고도 분노 가득한 그의 눈동자가 눈에 선하다. 아프리카 대륙의 전사였으며 삶의 당당한 주체로 성장하던 주인공이 노예의 삶을 살아가는 과정에서 겪었을 좌절과 아픔에 공감했었다.

다양한 교육과정을 시도해보려는 초등교사들이 많다. 그러나 '전문직으로서 교사'의 삶은 쉽지 않다. 초등교사들의 전문성에 대한 의미가 불분명하기 때문이다. 이런 분위기는 교육과정 정책에도 고스란히 반영되었다. 전문영역 확보의 부재는 교사를 수업하는 기술자로 전락시켰다. 스스로도 그게 편하다는 생각을 가진 교사도 있다. 교육내용을 전달하는 기술자의 역할만 강조되고 교육과정 개발자로서 교사의 개념은 없었다.

초등교사들은 자신의 행위에 대한 전문성을 어디에서 찾고 있을까? 교사는 주어진 교과서대로 수업만 하는 존재일까? 교육과정을 구성하는 존재일까? 교사들은 수업을 통해서 아이들과 만나고 성장한다. 그래서 수업이 매우 강조되고 수업을 잘하기 위해서 수많은 연수와 연구를 거듭한다. 교육과정을 중심으로 수업하는 교사들을 성장시킬 방안이 필요했다. 교육과정의 맥락과 방향을 파악하고 수업에 활용할 수 있는 교사의 역량이 필요했다.

교육과정 문해력

교육과정 개정의 핵심적인 낱말이고 가장 중요한 용어는 '역량', '성취요소', '기능' 등이다. 이런 역량과 성취요소와 기능을 향상시키기 위해서 교과서가 구성되고 교육과정이 체계화되었지만, 이를 정확하게 이해하는 교사는 드물다. 학자들 정책입안자들은 자신들의 의도를 교사들이 잘 구현해줄 것을 기대하고 믿지만 현실은 다르다. 그에 대한 책임은 교사들이 떠안고 있다. 현실과 괴리된 정책과 현장성이 결여된 교사성장의 시스템이 만든 비극이다. 그렇다면 어떻게 교실수업과 교육과정 정책의 거리를 좁힐 수 있을까?

'교육과정 대화와 나눔'

교육과정을 바탕에 놓고 서로의 생각을 나누는 작업이다. 교사들이 전문성을 찾는 힘이 되었다. 교사들은 프로젝트와 수업안을 분석하고 나누면서 교육과정 이론과 맥락을 이해하고 자신의 수업을 설명할 수 있게 되었다. 수업의 모든 장면을 교육과정 이론과 연계지어 의미를 부여하기 시작했다. 이는 지역 교육과정 개발과 체계화로 이어졌고 '학교교과목'이라는 이름으로 세상에 내놓을 수 있었다. 비로소 교육과정의 생산자로서 성장한 것이다.

'내 수업의 뿌리를 찾아서'

이 책은 우리 학교 수업연구 과정에서 작성한 수업 성찰글을 엮은 것이다. 교사가 자신의 수업을 구성하고 실행하는 배경에 어떤 지식과 기능과 성취요소와 철학이 담겨있는지 자세하게 기록하고 있다. 교사들은 스스로 교육과정 전문가가 되기를 원한다. '2022 개정교육과정'은 '학교자율시간'이라는 정책을 도입하여 교사들이 직접 교육과정(과목)을 구성하는 길을 제시했다. 교육과정이 지향하는 역량과 기능과 성취요소를 찾아서 내용을 구성하는 일은 고도의 전문성이 요구된다. 전문성은 하루아침에 만들어지지 않는다.

그러나, 충분히 해볼 만하다. 교사들의 공동체와 지속적인 나눔과 실천의 과정이면 충분하다. 이 책은 교육과정의 눈으로 수업을 보는 교사들의 첫걸음이다. 바쁜 일상 속에서 귀한 시간을 함께하여 토론하고 나누고 정리한 소중한 글을 공유하도록 용기를 내준 선생님들께 감사하다.

좋은 수업이란?

— 이동성(전주교대 초등교육과 교수)

　　초등학교 교사의 직업적 위상이 예전 같지 않은 모양새다. 교육대학교 학생들의 상당수가 휴학이나 자퇴를 신청하고 있으며, 초임 교사들의 일부도 어렵게 입문했던 교직을 이탈하고 있다. 상황이 이처럼 악화되다 보니, 교사교육자로서 나는 다음과 같은 두 가지 질문을 던져본다. "초등학교 교사는 무엇으로 사는가?", "초등학교 교사는 어디에서 직업적 행복을 찾는가?" 전주부설초등학교 교사들의 수업에세이를 읽으면서, 이러한 난제에 대한 답을 어렴풋이 찾을 수가 있었다. 초등학교 교사의 직업적 위상과 행복을 되찾는 일은 바로 나다운 수업을 통해 교사로서 정체성과 역할을 복원하는 것이었다. 교사는 수업을 통해 내가 누구인지를 아이들에게 고백하고, 글쓰기를 통해 보다 좋은 수업을 찾아가는 존재였다.

　　수업에 대한 에세이를 쓰는 일은 말처럼 쉬운 일이 아니다. 왜냐하면, 자신의 수업을 글로 토해내기 위해서는 자아를 마주해야 하는 용기가 필요하기 때문이다. 그리고 수업에 대한 글을 써 내려가기 위해서는 아이들의 존재와 교육과정의 의미, 그리고 자신의 수업방식을 찬찬히 따져보고 성찰해야 한다. 전주부설초등학교의 교사들은 수업에세이를 통해 자신의 수업을 마주할 수 있는 용기를 보여주었다. 무엇보다, 전주부설초등학교 교사들의 수업에 세이는 기술공학적 접근에 기초한 수업기법을 탐구하는 차원을 넘어서, 부설초등학교 아이들의 교육적 성장과 학교교육과정의 의미를 천착하는 교사로서의 몸부림을 여과 없이 보여주었다.

혹자들은 전주부설초등학교 교사들의 수업이 시대에 뒤떨어진 낡은 수업방식을 답습하고 있다고 생각한다. 이른바 승진을 지향하는 교사들이 기술공학적 접근에 기초한 정형화된 교수법을 고수하고 재생산하는 곳이 부설초등학교라는 비판이다. 하지만 이 책은 혹자들의 비판이 하나의 선입견이자 편견임을 입증할 것이라 확신한다. 전주부설초등학교의 교사들은 과거 행동주의에 기초한 수업기술을 답습하는 것이 아니라, '수업의 뿌리'를 찾아 나서고 있다. 여기서 말한 수업의 뿌리란 차시나 단원 수준에서 수업의 기법을 탐구하는 것이 아니라, 교사, 학생, 그리고 학교교육과정을 촘촘히 연결하기 위해 수업의 근원을 찾아가는 활동을 말한다.

전주부설초등학교의 수업에세이는 좋은 수업을 꿈꾸면서 교사로서의 참된 정체성과 역할을 지향하는 교사들의 피, 땀, 눈물의 결정체라고 생각한다. 그들의 솔직담백하고 치열한 수업 이야기가 행복한 삶을 꿈꾸고자 하는 대한민국의 초등학교 교사들에게 작은 위안이 되기를 바란다.